KiWi
Paperback

KiWi

767

Über das Buch:

Soll er eher etwas Autobiographisches schreiben oder doch lieber einen DDR-Roman? Der namenlose Ich-Erzähler aus »Mai, Juni, Juli« streift durch eine deutsche Metropole, es ist Mitte der 80er Jahre und alle reden von Pop, Sex und Seele. Er will ein »großer Schriftsteller« werden, aber noch kommt er schlecht aus dem Bett und leidet an Depressionen. Es vergehen Wochen, Monate und schon wieder ist ein Tag verloren, weil er kein Schreibmaschinenpapier zur Hand hat. Doch immerhin weiß er, was alles nicht vorkommen darf. Keine *verdammt gute* Literatur, keine Monomanie, keine Exzesse, kein Tiefgang, keine geschmäcklerische Yuppie-Schreibe.

Für die »Frankfurter Allgemeine Sonntagszeitung« gehört »Mai, Juni, Juli« zu den »anderen« Klassikern – den Büchern, die nicht im Kanon von Marcel Reich-Ranicki auftauchen, aber eine tiefe Spur im Gedächtnis einer heutigen, jüngeren Generation hinterlassen hat. Nicht zuletzt, weil er am Anfang dessen steht, was heute unter dem Label Pop-Literatur subsumiert wird. Er ist eine Abrechnung mit der nicht enden wollenden deutschen Nachkriegsliteratur: wütend, respektlos und ein wenig großkotzig.

»Das ist kein Buch, das ist das Leben.«

Frankfurter Allgemeine Sonntagszeitung

Der Autor:

Joachim Lottmann, 1956 in Hamburg als Sohn des Lyrikers und FDP-Mitbegründers Joachim Lottmann geboren, lebt mit seiner Nichte Hase im denkmalgeschützten Kurvenstar-Haus. Von seinem 270°-Rundbalkon aus sieht er auf die Synagoge, die Sophienkirche, den Berliner Dom, den Hackeschen Markt samt Rosenthaler Straße und die Wohnungen Joschka Fischers und Benjamin v. Stuckrad-Barres. Zurzeit schreibt der bekennende Pop-Autor an dem Erzählband »Hulebeck auf deutsch«.

Joachim Lottmann

Mai, Juni, Juli

Ein Roman

Kiepenheuer & Witsch

1. Auflage 2003

Umschlaggestaltung: Barbara Thoben, Köln
nach einer Idee von Kalle Giese
Satz: Pinkuin Satz und Datentechnik, Berlin
Druck und Bindearbeiten: Clausen & Bosse, Leck
ISBN 3-462-03246-1

Es war in der Zeit, als ich unbedingt ein Schriftsteller sein wollte. Eine schreckliche Zeit. Morgens kam ich nicht aus dem Bett, und abends hatte ich Depressionen. Dazwischen zersprang mir der Kopf. Oft saß ich einen halben Tag lang vor einer Mauer von Nichts, einem zugehängten Fenster, vor meinem Schreibtisch und dachte: Ich bin ein Schriftsteller.

Dieser Gedanke gefiel mir wie überhaupt der Zustand. Was konnte nicht alles werden! Alles war offen. Jeden Moment konnte die Idee meines Lebens durch mein weiches Bewußtsein zucken, und hurtig mochten die bereiten Finger alles zu Papier bringen. Der Roman, der alles veränderte. Ja, ich war davon überzeugt, ein großer Schriftsteller zu sein, wenn ich nur anfing.

Und selbst, wenn ich nicht anfing – die bloße Existenz der Möglichkeit des Schriftstellerseins schien mir jeder anderen Existenz überlegen zu sein. Vor mir lag die Welt. Fünf Milliarden Menschen faßte ich ins Visier. Ich wog die Staaten, maß ihre Führer, stellte zum Beispiel Vermutungen über die psychologischen Gesetze innerhalb der Ehe des libyschen Revolutionsführers an. Er hatte eine kräftige, schöne Frau, die ihm sieben Kinder schenkte. Dann ging ich zum Kühlschrank, öffnete ihn, wohl aus lieber Gewohnheit, und blickte auf den einzigen Gegenstand, der da immer verwahrt wurde, eine leere Packung Billigmargarine. Ich glaube, die Marke hieß ›Blauband‹. Dann machte ich Kaffee und schlafwandelte zurück zum Schreibtisch, um weiter ›nachzudenken‹. Übermannten mich die ewigen Kopfschmerzen, zog ich mich ins Bett zurück, um ›ein bißchen auszuruhen‹. Ich schlief dann ein Stündchen, um ›geistig wieder frisch zu werden‹ und anschließend um so energischer ›weiterarbeiten‹ zu können. Ich durfte die Welt ja nicht allzu lange warten lassen.

Unfaßbar, aber das ging nun schon einen ganzen Winter lang so, und der Frühling war auch schon fast vorbei. Die Depressionen wurden abends immer stärker, und wenn tagsüber die Sonne schien, machte mich der Gedanke verzweifelt, andere Menschen würden draußen herumlaufen, während ich das Recht dazu nicht mehr hatte. Wer nichts schafft, darf auch nicht herumlaufen. Die Vögel piepsten und tirilierten, aber ich traute mich nicht, wenigstens das Fenster von dem abdichtenden Versteckvorhang zu befreien – denn dann hätte man mich beobachten können, wie ich ›arbeitete‹, also Kaffee trank und ›nachdachte‹.

Wenn es aber regnete und ich einmal kurz davor war, tatsächlich um ein Haar den Gedanken zum Jahrhundertroman zu haben, er mir nur knapp entkommen war und jederzeit zurückkehren konnte, blickte ich auf die bereits gefechtsklare Schreibmaschine und jubelte.

Ich bin ein Schriftsteller!

Ich bin ein Schriftsteller!

Gut, daß das niemand beobachten konnte. Ein Schriftsteller mußte im geheimen arbeiten. Er mußte die nichtsahnende Welt bestehlen. Niemals durfte er im Vorwege preisgeben, was er auf der Pfanne hatte. Scheinbar arglos lebte er unter den Menschen, gleichgültig fast, um dann zu Hause, hinter dem Fenstervorhang, loszuschlagen.

Daß ich kein Geld mehr hatte, versteht sich von selbst. Wer wirklich einmal über längere Zeit kein Geld hatte, weiß, daß sich diese Frage von selbst löst. Irgendwann gibt es die Frage nicht mehr, man freut sich des Lebens und versteht nicht, daß andere soviel Aufhebens davon machen. Alles dreht sich um, und hat man einmal zwanzig Mark, hat man zum erstenmal WIRKLICH Geld. Man ist dann um zwanzig Mark reicher als alle anderen.

Dumm war nur, daß ich somit, da geldlos, nicht die Cafés aufsuchen und einen Kaffee unter Menschen trinken konnte. Da ich dies nicht konnte, hatte ich kein Ziel, auf das ich hätte zulaufen können beim Spazierengehen, so daß es mir fast unmöglich war, das Haus zu verlassen. Ich wohnte in jener Zeit in einem kleinen Stadthaus inmitten der Innenstadt, dessen einziger Mieter ich war. Ich wohnte unter dem Dach, praktisch in der dritten Etage, während die anderen Etagen leerstanden und ich somit keine Nachbarn und andere Mieter kannte. Das war schön, für meine großen Zwekke wie geschaffen. Das Haus gehörte mir allein, und ich liebte es, denn es war anständig, zuverlässig, uneitel, aus einem Zeitalter der ehrbaren Kaufleute, die allerdings recht kleinwüchsig gewesen sein mußten – im Treppenhaus mußte man den Kopf einziehen, die Stufen waren handtuchschmal, das Geländer in niedlicher Kinderhöhe reichte kaum höher als bis zu den Knien. Über dem Dachboden, den ich bewohnte, befand sich, da das Haus hochgiebelig war, noch ein weiterer, noch kleinerer Dachboden, den ich von meinem Schreibtisch aus mittels Leiter und Luke erreichen konnte; es war nur ein einziger, vom zusammenlaufenden Dach umschlossener, muffiger Raum, der mit und ohne Sonne vor Staub flirrte und in dem sich seit 1795 nichts verändert hatte.

Man hatte mir also erlaubt, in diesem Haus im Dachstuhl zu ›wohnen‹, und das war für meine Schriftstellerexistenz das wichtigste. Alle anderen Schriftsteller mußten nämlich, in diesem Jahrhundert, schrecklich viel Miete bezahlen, was sie dazu zwang, ehrlose Arbeiten für Zeitungen auszuführen, wodurch sie ihr Urteil, ihren Blick für das Universum, ihre Liebe zu den Menschen verloren. Dachte ich. Kein Wunder also, daß es RICHTIGE Schriftsteller gar nicht mehr gab, daß ich der letzte war oder, wenn man so will, der erste. Denn nach mir, da war ich mir ganz sicher, nach meinem riesigen Erfolg, würden es mir Hunderte und Tausende nachmachen; sie würden sich der Existenz mit Haut und Haaren aussetzen und auf das Feuilleton pfeifen. Sie würden in alten Häusern wie gebannt auf ihre Schreibmaschinen starren.

Manchmal, es ging ja nicht anders, aber wirklich ganz selten, schickte ich mich dennoch nach draußen. Es waren Expeditionen ins Tierreich, Fahrten zum Nordpol, vor allem Tests nach dem Motto ›Wie lange hält es ein Mensch unter Wasser aus, ohne einzuatmen‹: Die ersten Meter gestalteten sich schwierig, wackelig, die Kamera rutschte hin und her, Gegenstände versperrten den Weg, plötzliche Menschen rannten über einen hinweg und fluchten, Gesichter erschraken. Dann kamen hundert, zweihundert Meter, die ganz gut gingen. Frische Luft, das Federn der eigenen Schritte, die wiedergewonnene Orientierung. Aber dann begann ich mich zu quälen. Meine Haut war so fahl, der Gang so ungelenk, das Jackett so schäbig; todkrank sah ich aus, wie mir der erstbeste zufällige Blick in einen Schaufensterspiegel zeigte, wenn es mir nicht schon die erschrockenen entgegenkommenden Gesichter bewiesen. Ja, monatelanges Vegetieren machte einen Menschen unfrisch, das merkte ich dann immer wieder. Sport hätte ich treiben müssen, ein wenig Gymnastik! Doch wenn ich das tat – ich hatte es ausprobiert –, konnte ich anschließend nicht so gut ›arbeiten‹. Kein Gedanke kam mir in den Kopf, stundenlang, so erschöpfte mich die kleinste Anstrengung inzwischen. Klar, daß mir die ›Arbeit‹ wichtiger war als ein geckenhaftes Aussehen. So blieben die Exkursionen peinvoll, übrigens nicht nur deshalb. Spazierengehen ist, egal in welcher Verfassung, sinnlos, solange man niemanden bei sich hat. Nun hatte ich herausgefunden, daß mich das Gespräch mit anderen Menschen von der ›Arbeit‹ ablenkte; ergo ging ich alleine, hatte nichts als das reine, ausschließliche, Meter für

Meter mit Sinnlosigkeiten gespickte Spazierengehen. Es war, als schwämme man gegen den Strom. Alle Menschen waren eingeflochten in ihre Gespräche und intersozialen Zusammenhänge, agierten, lösten ein, strebten zu, waren in Bewegung, liefen mit Volldampf ihren Stundenplan ab, der wiederum Teil ihres Jahresplans und Lebensplans war. Sie lachten und lebten. Nur ich guckte mit großen, zittrigen Augen zu, stieß mit Leuten zusammen, war im Weg, bekam keine Luft zum Schnaufen. Regelmäßig geriet ich nach zwanzig Minuten in regelrechte Panik, war zu warm angezogen, lief schwitzend zurück, ließ mich in ein Taxi fallen, hatte Angst vor dem Taxifahrer. Wenn ich dann endlich wieder in meinem alten Fachwerk-Dachstuhl war und die Tür doppelt abgeschlossen hatte, nahm ich mir stets vor, endlich zügig zu ›arbeiten‹, damit ich schnellstens berühmt wurde und besser zu den Menschen da draußen paßte. Wenn sie erst meine Bücher kauften und läsen, würden sie mich mit ›Hallo‹ begrüßen und mich in Gespräche ziehen, anstatt sich vor mir zu erschrecken.

So saß ich am Schreibtisch und dachte nach.

Ich dachte zum Beispiel über meine Kopfschmerzen nach; ob es eine Katastrophe sei, daß mir die Aspirintabletten ausgegangen waren, und ob der Kopf wohl explodieren würde, wenn ich Kaffee trank. Möglich war auch, daß der Kopf gerade dann ex- oder implodierte, wenn ich keinen Kaffee zu mir nahm. Schlimmer wurde es auf jeden Fall. Aber hätte ich mich schonen sollen? Faul im Bett liegen sollen wie ein einfacher Arbeitnehmer? Das konnte ich mir als Schriftsteller nicht erlauben. Ich mußte am Schreibtisch ausharren und nachdenken.

Ich riß ein paar Zuckertütchen auf, die ich bei einem Schnellrestaurant amerikanischen Zuschnitts, gleich um die Ecke, gestohlen hatte, und süßte den Kaffee. Die Augen schmerzten. Das Licht fiel trübe in die zugehangene Bude, verlor sich irgendwo oberhalb des Fensters, verharrte unwillig an der Decke, ohne Notiz von mir zu nehmen. Natürlich saß ich direkt vor dem Fenster, mit meinem Schreibtisch und meiner Schreibmaschine, während hinter meinem Rücken die Dunkelheit gähnte. Ach, ich fühlte mich nicht gut. Es war ein Elend, Schriftsteller zu sein und keinen Erfolg zu haben. Immer wieder rieb ich an meinen schmerzenden Augen herum, preßte den Kopf zwischen die Fäuste, rief:

»Kopfschmerzen, geht weg!«

Doch dann kam mir die eine und die andere Idee. Warum sollte ich nicht einen Roman über den ›Neger‹ Billerbeek schreiben? Nein, nein, schon der Name war unmöglich. Ich würde ihn natürlich anders nennen, aber trotzdem; wer so hieß, konnte nicht besonders interessant sein. Was wußte ich überhaupt von ihm? Nichts, nur daß er ein verbranntes

Gesicht hatte – vielleicht hatte er auch nur als Kind die Pokken gehabt, aber ging das heutzutage noch so verheerend aus? – und daß er, bei diesem Gesicht, das immerzu zu grinsen schien, eine viel zu schöne Freundin besaß. Tatsächlich unternahm er nichts, um dem Eindruck des ewigen Grinsens entgegenzuarbeiten; zweifellos mochte er es, daß alle Welt dachte, er grinse viel. Genau das war der Punkt, wo mein Roman einsetzen mußte!

Doch andererseits – wer wollte darüber etwas lesen? Die Feuilletonisten würden derlei nicht zur Kenntnis nehmen – ein Behinderter, über den sich der Autor lustig zu machen schien, nein. Wenn sich Billerbeek in dem Roman wiedererkannte, war er traurig. Die schöne Freundin würde ihn verlassen, würde mich wütend in meiner staubigen Dachkajüte besuchen. Dagegen war nichts zu sagen, aber der Grinser selbst würde auf leisen Sohlen stumm grinsend auf mich zukommen und mit knarriger Leierstimme fragen: »Du hast geschrieben?«

So war er, er sprach nie in ganzen Sätzen. Wenn ich wenigstens dabei berühmt wurde! Aber, der Frühling war noch immer da, die Luft draußen strich köstlich frisch um die Haut, wenn ich nur wollte. Sicher gingen dann auch die Kopfschmerzen weg. Ich mußte nur jemanden haben, der mit mir spazierenging. Hatte ich denn keine Freunde mehr? Nein, hatte ich nicht, als Schriftsteller schon ganz bestimmt gar nicht, auch nicht diesen Menschen in München, dessen Bücher ich las, der aber von mir nichts wußte, da meine Bücher noch nicht erschienen waren.

Neben der Schreibmaschine stand, auch wenn es sich nie meldete, ein rabenschwarzes Porzellan- oder Bakelit- oder Bleizementtelefon; ein schweres Ding, das man kaum heben konnte. Der Hamburger Dichter Klopstock hatte es 1795 hier installiert, in diesem Raum, in dem ich mich befand. Anfangs hatte ich noch Aufträge bekommen – natürlich nur ganz wenige, aber dennoch lukrative. Ein Mann rief an und sagte, ich solle über dieses oder jenes schreiben. Das tat ich dann und bekam drei Wochen später schrecklich viel Geld. Der Mann rief kein zweites Mal an, und die Sachen wurden gottseidank nicht veröffentlicht – denn das hätte meinen Namen und meine Schriftstellerkarriere zerstört. In Deutschland, und ich weiß nicht, ob es in anderen Ländern ähnlich ist, darf man als Schriftsteller nicht für bestimmte Schweine-Zeitungen schreiben. Tut man es und der Name steht darunter und wird in jedes Dorf getragen, ist es vorbei mit den bürgerlichen Ehrenrechten: Kein anständiger Mensch gibt einem dann noch die Hand. Da ich das wußte, hoffte ich, es würden andere als diese Zeitungen einmal anrufen. Aber nein, es waren immer die gemeinen Schweineblätter. Um nun nicht gedruckt zu werden, schrieb ich ganze Romane für die unseriösen Auftraggeber, gezwirbelte Exkurse, die sie nicht mehr retten, nicht mehr redigieren konnten. Seltsamerweise überwiesen sie trotzdem hohe Honorarsummen – offenbar war es ihr Prinzip, Geld zu zeigen, im Sinne von ›Flagge zeigen‹. Der schreibende Mensch sollte immer gezeigt bekommen: Hier gibt es Geld, unter allen Umständen. Heute und in hundert Jahren. Du mußt nur weich werden.

Schließlich rief niemand mehr an. Obwohl kurz darauf Hunger und Elend in mein Leben einzogen, dankte ich Gott, daß ich die Leute los war, denn nun stand meiner Schriftstellerkarriere nichts mehr im Weg. Mir mußte nur noch das richtige Thema einfallen – kein Problem für einen so klar denkenden Geist wie mich.

Sollten doch andere auf den beginnenden Sommer hereinfallen! Ich hatte genug gehabt von der Welt, schon in frühen Jahren. Mädchen? Frauen? Hatte ich alles hinter mir. Wir mußten alle einmal sterben. Jugend? Ich war nicht mehr jung, ich machte mir nichts vor, war abgeklärt und weise.

Dieses lächerliche Jungseinwollen! Dieses Den-Tod-nicht-wahrhaben-Wollen! Eine Frau ist eine Frau, hat ein russischer Dissidentenschriftsteller einmal gesagt, ich hatte das gerade in einer Fachzeitschrift gelesen. Ja, ich las normalerweise diese Fachzeitschriften nicht, genausowenig das Feuilleton. Aber diese Zeitschrift kam mir irgendwie angenehm textlastig vor, ich guckte hinein und las aufs Geratewohl ein Interview mit dem Dissidentenschriftsteller. Da stand, er sei kein Dissident, Dissidenten gebe es gar nicht, nur Simulanten. Es gebe auch keine Lager in Rußland, sondern einen netten Geheimdienst, der ihm zum Beispiel ein Ticket in die Vereinigten Staaten besorgt habe. Dann fragte die Interviewerin ungefähr folgendes: Herr Schriftsteller, Sie haben so viele Frauen und Ehen gehabt, ist da Ihre Einstellung zu Frauen nicht zwangsläufig zynisch und gleichgültig geworden? Der Mann sagte nun, eine Frau sei eben eine Frau und er habe das Jahr 1976 überlebt, als ihn ›Helena‹ (oder so ähnlich) verließ. Ja, er sei so stark gewesen, daß er damals NICHT Selbstmord gemacht hatte! Er sah die Frau triumphierend an. Im übrigen, fuhr er leise fort, glaubte er inzwischen nur noch an sich.

Ja, das verstand ich! So waren wir, die Schriftsteller. Natürlich gab es noch kleine Unterschiede. So glaubte ich noch zusätzlich an die Polizei, an Deutschland, an die Geschichte und die weiterwirkende Kraft der Sozialdemokratie, an den Bundestag, die Tagesschau und sogar an die Freundschaft mit unserem französischen Nachbarn.

Nur mit den Frauen war ich fertig, wie der Kollege. Wenn es nun aber gerade DARAN lag, daß mir der erste Roman nicht glücken mochte? Vielleicht ging es nur um den Anfang, um den ERSTEN Roman, danach konnte ich ja die Frauen wieder Frauen sein lassen! Einmal noch ein kleines Abenteuer, eine kleine Inspiration – und die Karriere brach sich Bahn. Ein Kuß einer Fremden, unter blühenden Apfelbäumen, im Monat Mai, und das Gehirn war startklar. Sicher ging es nur darum. Das Gehirn war bloß blockiert, brauchte einen kleinen Stoß von außen. Ja, ja! So war es.

Die Kopfschmerzen dröhnten scheußlich durch die Birne, kreisten irrläufernd um die inneren Augäpfel; höchste Zeit, daß das aufhörte. Da konnte ja kein vernünftiger Mensch arbeiten! Wenn ich draußen nur jemanden fand, der mich bald küßte – Lust auf lange Debatten verspürte ich wirklich nicht. Zuletzt hatte ich in dieser Hinsicht Pech gehabt. Ich erinnerte mich durchaus an eine öffentliche Veranstaltung, die ich aufgesucht hatte; nur vierzehn Tage war das her. Ich redete wohl eine gute Stunde mit einem jungen Mädchen, aber hatte es mich geküßt? Nicht in tausend Stunden. Ich hätte es noch mit ganz anderen Mitteln versuchen können, und es wäre doch nur zu weiteren Gesprächen gekommen. Das Mädchen hatte mich sogar, nach Ende der Stunde, gefragt, ob sie mich nicht besser siezen solle.

Noch zu zwei weiteren Mädchen hatte ich in jener Zeit einen flüchtigen Kontakt gehabt, ohne daß ich geküßt wurde. Einmal telefonierte ich in einer Extra-Telefonzelle für Behinderte. Ich tat das immer, denn noch nie hatte ich es erlebt, daß ein Behinderter tatsächlich solch eine Zelle benutzte. Ich war immer der einzige, humpelte simulierend heran, während vor den anderen Zellen Leute warteten und Schlange standen. Nach meinem Anruf humpelte ich wieder weg, und die Zelle blieb leer. An dem Tag nicht. Ich sah verblüfft, daß, während ich telefonierte, ein hübsches Mädchen auf das Ende MEINES Behindertenanrufs wartete. Und behindert war es nicht, das Mädchen. Als ich sie zur Rede stellte, merkte ich, daß es sich um eine Amerikanerin handelte. So sagte ich:

»This is a telephone cell for people with only one leg.«

Sie fragte, warum ich dann dort telefonieren dürfe.

So kamen wir ins Gespräch. Vielleicht gefiel es mir, daß

sie mich spontan für das Gegenteil eines Krüppels gehalten hatte – tatsächlich besaß ich eine Pferdegesundheit, trotz der vielen Depressionen und Kopfschmerzen. Es war an jenem Tag ein Reaktorunfall in der Sowjetunion geschehen – natürlich kein schwerer, aber die Nachrichten waren voll davon. Ich hatte plötzlich die Idee, daß die Amerikanerin, die kein Deutsch konnte, noch nichts davon gehört hatte. Ich sagte also:

»By the way: did you hear about the nuclear holocaust in Russia this morning?«

»What?«

Ich erklärte es ihr in bombastischen Worten. Dreißig Millionen Russen seien verseucht, die meisten wahrscheinlich vom sicheren Tod gezeichnet, der Rest fliehe wie eine in Panik geratene Rinderherde gen Westen.

»Oh no!«

O doch. Das Kernkraftwerk sei wie eine Bombe hochgegangen, der Reaktorkern habe sich in den Planeten gefressen und durchdringe die Erdkugel wie ein glühendes Zehnpfennigstück eine Eistorte. So redete ich weiter, einfach, weil das Thema dazu einlud. Eine hochradioaktive Wolke wandere nach Skandinavien und Westeuropa. In Finnland müßten bereits alle Menschen in den Kellern bleiben.

Nun wollte sie wissen, ob die Wolke auch nach Amerika komme. Ich winkte ab und lachte. Nein, Amerika sei sicher, aber es habe keinen Zweck, sich um einen Flug zu bemühen. Selbstverständlich seien alle Flüge zum rettenden anderen Kontinent längst ausgebucht. Ich betrachtete sie und dachte schon, es müsse sich um ein amerikanisches Fotomodell handeln. Sie begann mir zu gefallen, obwohl sie nichts Liebenswertes an sich hatte. Doch dann sagte sie, das sei ja schrecklich, fast so schlimm wie die Sache mit den Terroristen.

Ich verabschiedete mich enttäuscht, denn sie war offensichtlich nicht wirklich zu beeindrucken. Wenn man einen Menschen nicht beeindrucken konnte, konnte man auch auf keinen Kuß hoffen, was mir damals natürlich fern lag zu erwägen. Also, die dritte Begegnung gab es mit einer Französin. Ich war mit ihr zusammengerumpelt, weil sie mit einem Walkman versehen autistisch wie ich durch die Innenstadt tappelte. Da sie sehr schön war, sagte ich:

»Ich freue mich, daß ich dich kennenlerne!«

Sie sah mich unschlüssig an, und da ich so erwartungsfroh vor ihr stehenblieb, sagte sie, ohne jede Begeisterung, ich wolle wohl gerade irgend etwas trinken gehen?

»Ja, das ist eine gute Idee.«

Wir gingen ein paar Schritte bis zum nächsten Straßencafé, tranken einen Espresso, und ich stellte fest, daß ich mein ganzes Französisch verlernt hatte. Das Radebrechen war nicht ergiebig, so daß diese junge Frau nach höflichen zehn Minuten für uns beide zahlte und ging. Immerhin: Gerade weil ich nichts verstand, war die Herausforderung gewaltig. Nie hatte mich etwas so sehr angestrengt. In früheren Jahren gab es diese geselligen Psycho-Spiele, etwa ›kollektives Schweigen mit Anfassen‹, oder ›Eine Minute nonstop in die Augen sehen, lautlos, bei gleichzeitiger Berührung der Nasen‹, und daran mußte ich nun denken. Nein, ohne Sprache lief es nicht.

Ich ging weiter durch die Stadt, es wurde heißer und heißer, bis ich traurig wurde und den Weg zu meiner Dachwohnung einschlug. Unterdessen überlegte ich aber, ob ich nicht doch einen ganz legalen Besuch bei der Freundin von Billerbeek machen sollte – immerhin war sie nicht weit entfernt. Das hatte auch nichts mit dem Roman zu tun, den ich womöglich über ihren Freund, den alten ›Neger‹, verfaßte. Ich tat es sowieso nicht, keine Bange, mein Verleger hielt nichts von dem Stoff, soweit kannte ich ihn. Weder schrieb ich über den ›Neger‹, der natürlich kein Neger war und nur ein mißgestaltetes Gesicht hatte, noch interessierte ich mich für seine Freundin; die beiden Menschen hatten ohnehin nichts Interessantes an sich, sie wohnten nur in der Nähe, als einzige, so wahr mir Gott helfe, wirklich als einzige. Ich hatte mit ihnen nichts zu tun, nur abends, wenn die Geschäfte schlossen, die Banken- und Versicherungskomplexe sich leerten, die Innenstadt wie tot dalag, gab es in der ganzen Straße nur noch den Neger und seine Freundin. Einmal war ich vor lauter Einsamkeit einfach zu ihnen gelaufen. An dem Tag nun, als ich mit der Französin ins Schwitzen gekommen war, ging ich wieder hin. Nur für eine Minute. Ich wollte nicht sofort in meine stickige Schreibstube hinauf. Und womöglich war der Neger nicht da, wohl aber seine unversehrte Freundin, ein liebreizendes Mädchen übrigens, gegen das man nichts haben konnte. Ich näherte mich dem rußgeschwärzten, im Putz abblätternden Vorderhaus.

Wenn Billerbeek einmal ein Kind bekam, hatte es vielleicht das gleiche verbrannte Gesicht wie er. Dem Mädchen würde man auf den Kopf zusagen: Du hast das Kind von Billerbeek! Ich überlegte, ob ich daraus nicht einen Thriller machen könnte. ›Die Rache des Fratzenmannes‹. Womöglich war der arme Junge innerlich bis an die Halskrause mit Rachegefühlen gegen die Welt angefüllt, war voller Haß, so mild er auch schien, äußerlich. Im Grunde interessierte mich das Mädchen aber mehr. ›Die Frau des Fratzenmannes‹. Das war die Madame-Bovary-Schiene, das lief unter Weltliteratur. Die thrillermäßige Hochliteratur oder eine Trilogie: ›Die Heimkehr des Fratzenmannes‹, ›Fratzenmanns Sohn‹ und eben ›Die Frau des Fratzenmannes‹. Da gab es viele Möglichkeiten. Für eine Sekunde glaubte ich, bereits auf der Fährte zum Romandurchbruch zu sein, indem ich nur die paar Schritte zur Kellerwohnung Billerbeeks weiterging.

Im Innenhof dämmerten nutzlose Ziegel, Reifen, alte Fahrräder, ein Vorkriegsmotorrad. Die Fenster in Kniehöhe waren zugenagelt, vermörtelt, versunkene Türen aus der Römerzeit zugemauert, weil ohnehin von den Jahrhunderten überwuchert. Der Boden hatte einst zwei Meter tiefer gelegen, also da, wo Fratzenmann Billerbeek jetzt wohnte, lebte, auf Rache sann. Ein schöner Stoff: sich vorzustellen, wie er von hier aus die Welt eroberte, ein krimineller Grundstücksspekulant wurde – immer mit seiner hübschen Frau als Visitenkarte, die er aber des Nachts bis aufs Blut quälte, die er mit nicht vorstellbarer Brutalität hörig und unglücklich machte! Bis zu dem Tag, da sie das stumme Grinsen ihres Mannes bereits wahnsinnig macht und sie beschließt, aus dem Fenster zu springen. Es ist derselbe Tag, an dem sie entdeckt, daß ihr Kind, ebenso verunstaltet wie der Mann, eine Eigenschaft geerbt hat, die ebenso unheimlich ist wie die äußerliche Verbrennung. Aber welche? Ich konnte nicht weiter darüber nachdenken, denn der Holzverschlag zum einzig intakten Fenster, das auch als Türe diente, öffnete sich.

Hinter einem mehrfach geteilten kleinen Glasfenster erblickte ich, von einer nackten 25-Watt-Glühbirne angestrahlt, wie in einem Wachsfigurenkabinett den seltsam kahlen Schädel von Billerbeek, der mich wohl schon längere Zeit bemerkt hatte und mich stumm angrinste. Ich kletterte durch das Fenster nach drinnen.

Billerbeeks Grinsen steigerte sich zu einem langsamen Lachen.

»Hm – hm – hm – hm!«

Er bot mir Kaffee an und stellte die üblichen Fragen. Strenggenommen war Billerbeek mein einziger wirklich häßlicher Freund. Ihm fehlten Lippen, Augenbrauen, Falten, Haare, Zähne. Er hatte das zwar alles, wirkte aber so, als wäre er ein Brandopfer. Seine Gesichtshaut bestand nur aus Narben. Wenn er stumm grinste, hatte er immer die Zunge draußen, die langsam die scheinbar verbrannten Lippen ableckte. Freilich – weniger sensiblen Menschen fiel das alles gar nicht auf. Sie hielten ihn für einen schlanken, großgewachsenen jungen Mann; einen grundguten dazu.

Billerbeek drehte gerade Zigaretten auf Vorrat, mit so einer Zigarettendrehmaschine.

»Da komm' ich auf neun Pfennig das Stück. Das lohnt sich.« Offiziell war er also Student, in Wirklichkeit aber Zigarettendrehmeister. Er drehte die Dinger, auf einem Schemelchen sitzend, mit dreifach umeinandergeschlungenen Beinen, wie eine afrikanische Negerfrau vor dem Kral es gemacht hätte. So zierlich-unbeweglich, als hätte er noch eine Vase auf dem Kopf. Dann stellte ich wiederum die üblichen Fragen, während er die zuletzt aufmerksam gedrehte Zigarette in schweren Zügen rauchte, wobei seine Hand zwischen den Zügen auf seinem Knie zu liegen kam und dort schier stundenlang, als wäre sie aus Stein, verharrte. Schließlich fragte ich, wo seine Freundin abgeblieben sei. Mit schnarrender Stimme, ohne die geringste Anteilnahme, grinsend, klärte er mich darüber auf, daß sie nicht mehr da war.

»Nach Mün ... chen. Zu ... rückgefah ... ren.«

Das ruinierte mir natürlich den ganzen Roman. Ohne Frau war der Fratzenmann nur noch die Hälfte wert, ganz abgesehen davon, daß mich die Frau sowieso mehr interessiert hatte, rein literarisch, aber auch menschlich. Ich ging.

Er gab mir die Hand und grinste auf die übliche Weise. Hatte uns drinnen eine funzelige 25-Watt-Birne leuchten müssen, stach mir nun die helle Sonne in die Augen. Um über den Verlust der Nachbarin hinwegzukommen – sie war einfach zu schön für ihn, so war die Welt, da gab es keinen Platz für Romane –, lief ich noch mal die Fußgängerzone ab, den Rathausplatz rauf und runter. Nachdem ich Billerbeek ausgiebig verflucht hatte, der weder mich noch seine Freundin inspirierte, ging ich stöhnend auf mein Zimmer.

Dort hielt es mich nicht lange. Nach ein paar trüben Gedanken über die Verhäßlichung der Städte – sollte ich nicht einen Roman über die Häßlichkeit der autofeindlichen Neugestaltung der Innenstadt schreiben? – zog es mich wieder genau da hin, in die häßliche neugestaltete Innenstadt. Ich setzte mich auf eine Bank einer Bushaltestelle, direkt in der größten Einkaufsstraße. Autos durften hier nicht mehr fahren, dafür wehte Unrat – Pappbecher, Servietten, Damenstrümpfe, Zeitungsprospekte – über den ausgewalzten Trottoir. Menschen rauschten vorbei, Massen, ganze Belegschaften, Kleinstädte, zellulitische Jahrgänge, Bundesländer, Erdteile. Das ausgehende Jahrhundert in seiner scheußlichsten Form dampfte vor meinen kranken Augen vorbei. Mir schienen sie nun alle wabblig und speckig zu sein, in hellblauen Schlüpfern steckend, die dicken Frauen; ich konnte gar nichts anderes mehr sehen.

In dem Moment aber verfing sich meine ohnehin diffuse Wahrnehmung bei einem vermeintlich gutaussehenden Mädchen. Wieder mal. Ich starrte ihr ins hübsche Gesicht. Sie ging sehr aufrecht, wie eine Giraffe, und drohte schon im Gewühl der Erdteile zu verschwinden, als ich aufsprang und hinterherlief. Nun war sie allerdings noch fast ein Kind, sechzehn vielleicht, und ich schämte mich. Vor allem: Würden ihr nicht bereits viele seltsame Männer heimlich folgen? Und mich sehen? Ich drehte mich um. Da war wirklich einer. Peinlich berührt, bog ich in ein Fotofachgeschäft ein. In ziemlicher Entfernung folgte ich nun dem Mann, einem jungen Bankangestellten mit Anzug und Aktenkoffer sowie englischen Gesichtszügen; einem Hübschling also, gegen den ich keine Chance besaß. Der Junge war auch gut erzogen, angenehm schüchtern, das sah man sofort, und für das Mädchen der ideale Sympath zum Knuddeln und Liebhaben, einer, der ihr sonntags das Kleinkraftrad putzte, die Vespa wohl. Tja, da konnte man sich ja für das bezaubernde Giraffenkind freuen! Doch – der junge Mann lenkte seine Schritte in eine Seitenstraße und schied plötzlich aus. Ich war mit einem Mal der einzige Bewerber, was mich verlegen machte. Die Unbekümmertheit war weg. Ich näherte mich dem Mädchen, das in eine Boutique eintrat, also in eine moderne Mädchenboutique, in der ich nichts verloren hatte. Ich ging trotzdem mit hinein.

Auf drei Stockwerken, die wiederum durchbrochen-durchlässig und durchgehend dekoriert wie ein einziger großer, turmhoher Raum waren, flirrte mir der Tand entgegen, den junge Mädchen aus guten Häusern offenbar gern befühlen und befingern. Dieses hier lebte zwischen den tausend Flauschpullovern und Moderöcken wie ein Fisch im Aquarium, das erkannte ich schnell. Das würde hier dauern. Mißtrauisch beobachtete ich sie aus den Augenwinkeln. Als ich gehen wollte, verirrte ich mich zwischen Spiegeln, Halogenlampen und Kleiderständern.

Wieder draußen, setzte ich mich auf einen neugestalteten Betonpoller vor dem Eingang. Mein Roman über die mißratene Innenstadt ging mir noch mal durch den Kopf.

Ausgangspunkt mußte sein, daß alles immer häßlicher wurde. Man konnte zum Beispiel an den über einen Zeitraum von fünfundzwanzig Jahren regelmäßig gedrehten James-Bond-Filmen gut die allgemeine Häßlichwerdung der Welt beobachten und ablesen. Teilweise an denselben Drehplätzen gedreht, gab es, je nach Drehjahr, unterschiedliche Grade der Verrottung.

Ein Wort kam mir in den Sinn, und damit starb der Roman: Umweltzerstörung. Nein, einen solchen Roman konnte ich nicht beginnen, lieber wollte ich mich an der Verrottung laben und die neue Massen- und Freßgesellschaft preisen in satten Farben. Der Biertölpel in klirrender

Nietenmontur, der gerade auf mich zugetorkelt kam, er sollte hochleben. Ein Öko-Roman, nein danke. Zu retten gab es ohnehin nichts mehr. Alle historischen oder auch nur schönen Quadratmeter bei uns, in jeder Stadt, jeder Kreisstadt, jedem Dorf, jedem Weiler, waren fußgängerzonenartigen Bepollerungen zum Opfer gefallen, postmodernem Scheiß. Wo eben noch Geschichte atmete und roch, lärmte nun billiger Basalt, quietschten Disneylandfarben, fraßen sich Frittenbuden in die Gemäuer, verdienten Fools und falsche Feuer-Schlucker mit postmoderner Phantasie ihr Geld, neben Blaskapelle und Bierausschank, Feuerwehr, Schützenverein und Freier Theatergruppe! Aber andererseits – war es nicht undemokratisch, so zu denken? War es nicht das größte Verbrechen, massenfeindlich zu sein? Hatten nicht die Reichen nach wie vor alle Schönheit dieser Erde, freie Privat-Strände, saubere Ländereien, Schiffe und Schlösser? Schlösser, in denen die Geschichte ungestört atmete bis zum jüngsten Tag? O ja.

Noch einmal ging ich hinein in die Mädchenboutique. Das Mädchen schnupperte unverändert an den pastellhellen Sommerpullovern und schien ganz in ihrer Tätigkeit aufzugehen. War das nicht eigentlich recht langweilig? Würde ich bei ihr zu Hause nicht binnen weniger Tage den Feitstanz bekommen? Der erste Abend mochte noch schön sein, auch der erste Morgen. Man würde im Garten ihrer Eltern auf einer Schaukelbank sitzen und den Bäumen beim Blühen zusehen. Die Bienen würden brummend von Blüte zu Blüte fliegen. Stunden würde das so gehen. Aber dann – ich wagte nicht weiterzudenken. Diese Mädchen waren so unsicher und hilflos. Sie hatten nichts in der Hand, stürzten in einen Abgrund des Nichts. Schon nach der ersten Nacht standen sie mit dem Rücken zur Wand – furchtbar. Ich entfernte mich rasch und stürmte zur Straße.

Mädchen, da kannte ich mich aus. Ha! Da konnte es keine Enttäuschungen mehr geben, außerdem mußte ich jetzt meinen ersten großen Roman schreiben. Ich lief mit langen Schritten in Richtung Dachwohnung. Zuletzt hatte ich ein Mädchen gehabt, das dachte immer, ich wollte ihr etwas vorwerfen. Wenn ich sagte, wieviel Uhr ist es, antwortete sie pampig, dafür könne sie doch nichts, daß es schon soundso viel Uhr sei. Oder erst sei. Oder, und nun wurde sie wirklich böse, ich wolle sie wohl loswerden, wenn ich ständig ostentativ nach der Uhrzeit frage. Wenn ich das abstritt, war sie endgültig eingeschnappt, denn sie meinte, ich hielt sie für unwissend und dümmlich. Herzzerreißend klagte sie dann, ja ja, sie habe unrecht, denn sie habe ja IMMER unrecht, immer und ewig, denn sie sei dumm und unwichtig. Dieses würde ich denken, denn sonst würde ich ihr nicht andauernd widersprechen. Und so weiter. Ja, ich kannte mich aus mit Mädchen. Alles, was noch kommen konnte, konnten nur Wiederholungen sein. Lieber bereitete ich mich auf den Tod vor, der ja auf alle Menschen wartete, als daß ich unreifen Küken beim Weichpulloverschnuppern zusah. Alles zu seiner Zeit! Erst das Leben, dann die Literatur, schließlich der Tod. Und überhaupt: Ganz am Ende, beim zweitenmal in der Boutique, war mir aufgefallen, daß das langbeinige Füllen wohl schöne lange Beine hatte, aber auch, wenn es zu Boden guckte, ein leichtes Doppelkinn. Das Kinn selbst war nicht besonders ausgeprägt, nicht gerade fliehend, aber auch bestimmt nicht selbstbewußt-willensstark. Genau das aber hätte ich gerne gehabt.

In der Dachwohnung lastete schon jetzt eine Sommerhitze, die es draußen noch nicht gab. Im Nu heizte das sich erwärmende Holz die stickige Luft auf – schlechte Voraussetzungen für einen Schriftsteller, der mächtig nachdenken mußte. Ich setzte mich schwitzend an den Schreibtisch und starrte auf das fleckige Leinentuch, das das Fenster zuhängte.

Die Vögel hörte ich von dieser Position aus stärker als draußen. Draußen waren überhaupt keine mehr. Man gaukelte mir etwas vor, den Frühling nämlich, den es zwar gab, aber sicher nicht SO SCHÖN. Oder doch? Nachts gab es nun immer schwere, warme Gewitter, viel Wasser, das da runterkam und Luft und Erde schwängerte, versuppte, feuchtete und den Grünbestand zum unkontrollierten Wuchern brachte. Junge Leute fuhren mit neuartigen Enduros darüber, das waren leichtgewichtige Geländemotorräder.

Ach, es war ein blödes Leben, das ich als Schriftsteller führen mußte! Ich lebte ohne Spaß, ohne Lachen. Verständlich, daß andere nicht die Kraft besaßen, sich durchzubeißen wie ich. Der Kopf war leider nicht so klar wie sonst, leichte Kopfschmerzen arbeiteten hinter der Stirn, und ich beschloß, mich erst ein bißchen auszuruhen. Ich schlief ein Stündchen und fühlte mich dann tatsächlich frischer.

Beim Einschlafen hatte ich noch mein Herz vor Angst schlagen gehört, so laut, daß ich es für dumpfe Schritte im mittelalterlichen Treppenhaus hielt. Aber dann hatte ich alle Kümmernisse im Schnellverfahren weggeschlafen. Jetzt oder nie, rief ich aus, wollte ich meinen Roman festlegen, per Dekret. Ohne nachzudenken, wollte ich meinen Zeigefinger in die Luft stoßen und von da auf die Tastatur der Schreibmaschine. Welche Themen standen zur Auswahl? Noch nicht viele, ich mußte noch sammeln. Also … vielleicht … etwas über Arme und Reiche? Irgendwo hatte ich gerade gelesen, die Reichen im Lande seien, nach dem Wegsterben alter Führungseliten, schamlos geworden – hier in Deutschland, woanders nicht. Aber wie sollte ich das nachprüfen? Mir fiel ein, daß es in der ›DDR‹ keine Prostitution gab, also auch keine Zuhälter, bestochenen Polizisten, Mörder, keine muskelbepackten Gorillas, die unglücklichen Töchtern einheizten und sie ängstigten. Das war ein interessanter Ausgangspunkt; ich mußte mich einmal ins Herz einer DDR-Bürgerin hineinversetzen. So eine Frau ging sicher vollkommen angstfrei durch die hübschen Straßen von Halle oder Leipzig, während sie hier, im freien Westen, an einem schwülen Frühsommerabend, gleich von Kriminellen aller Art bedroht wurde. Die DDR war, das war die einfache Erklärung, der Staat der Frauen. Seltsam, daß das noch keiner entdeckt hatte. Ich mußte nach Halle fahren, dort ein halbes Jahr bleiben und dann mein Buch vorlegen: ›Staat der Frauen‹.

Die Verleger hätten die Hände vor dem Kopf zusammengeschlagen: Nichts galt, in jener Zeit, als ich unbedingt Schriftsteller hatte werden wollen, weniger als der Ostblock. Eine Art von Antikommunismus lag in der Luft, der hundertfach stärker war als jener zu Zeiten des Kalten Krieges. Das Moskauer Regime schien auf eine ähnlich grundsätzliche Weise besiegt zu sein wie der Faschismus am 8. Mai 1945 – alles floh weit weg und beteuerte, nie etwas damit zu tun gehabt zu haben: die Politiker, Journalisten, Modeschreiber und Feuilletonisten. Mein DDR-Roman hätte somit den gleichen ›Erfolg‹ wie ein Roman über Adolf Hitler als Tierfreund. Nein, ich mußte ein Thema wählen, das im Trend lag.

Vielleicht etwas Autobiographisches? Nein, lieber wollte ich das lassen, nein, nein. Alles Nette hatte ich vergessen, und alles Fürchterliche war mir verständlicherweise unangenehm. Aber die Leute verlangten danach! Konnte ich mich dem entziehen, wo ich doch Schriftsteller war? Gewiß nicht. Ich begann zu stochern. War da nicht eine frühe Schwester gewesen, oder zwei Brüder ... der Vater Kriegsspätheimkehrer, das heißt, das ging nicht, das würde ja eher auf den Großvater gepaßt haben. Also noch einmal. Das Wirtschaftswunder, doch Erhard mußte gehen, und Kennedy wurde ermordet. Adenauer kam und brachte alles wieder in Schwung, vor allem die Erfassungsstelle für

Wiederholungstäter gesamtdeutscher Verbrechen, sein Atomminister sorgte für alles mögliche, bis zur Spiegelaffäre. Augstein wurde Außenminister unter einem sozialdemokratischen Kanzler, und ich kam auf das Gymnasium. Nein, das interessierte niemanden.

Mein Leben. Ich erinnerte mich noch, als sei es erst gestern gewesen, als mein Onkel Sowieso zum erstenmal mit einem Spielzeugauto der Marke XY nach Hause kam. Kindheit war das letzte. Ich hatte einmal eine Autobiographie Schnitzlers gelesen: Da konnte sich der Mann auch an nichts erinnern. Da war es schon besser, ich hielt mich an die jüngere bis jüngste Vergangenheit. Es war doch erst wenige Jahre her, da hatte ich Freunde und Freundinnen besessen – über die könnte ich nun berichten, ohne mich anstrengen zu müssen. Andererseits – wenn alle Welt amerikahörig geworden war, mußte ich nach Amerika fahren und vor Ort berichten. Wen interessierten schon meine ehemaligen Freunde, die ohnedies recht wunderlich und idiotisch daherkamen? In Amerika konnte ich atemlos über die neuesten Errungenschaften in Politik, Leben, Unterhaltung und Lifestyle erzählen: neue Farben, neue Stoffe, neue Drinks, neue Begriffe. Doch dann dachte ich: Ein Schriftsteller sollte sich allerdings mehr an Zeitloses halten. Ich war doch kein blöder Journalist! Meinen Roman mußte man auch in hundert Jahren noch lesen können. Außerdem: Wer gab mir das Geld, nach Amerika zu fahren? Der Verleger! Den mußte ich von meinem Thema überzeugen! So einfach war das. Schließlich galt es als gesichert, daß ich ein Talent zum Schreiben hatte – jeder, der meine seltsam literarischen Artikel für die Schweineblätter in die Hand bekam, erkannte das widerspruchslos an. Ja, schreiben konnte ich. Millionen konnten schreiben, aber nur ich war, darüber hinaus, ein echter Schriftsteller.

Ja, ja, ja, ja. Soweit war alles klar. Womöglich reichte es

auch, nach England zu fahren. England war nicht so teuer und auch ganz interessant.

Ich machte mir ein eiskaltes Tuch, das ich mittels eines kalten Schals um die Stirn band; das sollte die aufkeimenden Kopfschmerzen zurücktreiben. Der alte Schal muffelte, das Tuch war eher laukalt als eiskalt, nur vom Leitungswasser gekühlt. Nun, ich war froh, daß ich überhaupt diesen einen Wasserhahn mit Leitungswasser besaß.

Weiter! Ich fuhr also nach England und berichtete über meine idiotischen Ex-Freunde. England war schon deswegen gut, weil – tja, das ist eine kleine Geschichte. Einmal also hatte mich, Ende gut, alles gut, eine Zeitung angerufen, die NICHT zu dem Schweineblätterkonzern gehörte und für die man als Ehrenmann schreiben durfte, OHNE anschließend geächtet zu sein. Die Leute, verschnarchte Feuilletonisten von vorgestern, baten mich um einen Meinungsartikel. Nun haßte ich es, Meinungen herzustellen, denn als Schriftsteller mochte ich stets erzählen, anstatt zu räsonnieren. Meiner Ansicht nach war eine Schilderung jeder Meinung überlegen. Meinungen waren etwas für unsichere Leute mit einem Minderwertigkeits- oder auch Bildungskomplex. Klar. Natürlich sagte ich das nicht, sondern machte mich freudig an die Arbeit. Am nächsten Morgen hatten die Zeitungsleute zweieinhalb Pfund wohlfeile Meinung im Briefkasten; jedoch, sie meldeten sich nicht. Erst vier Wochen später, wie es die Art dieser Honoratioren war, bekam ich Antwort. Sehr schön, lobte eine sonore Altherrenstimme, aber es müsse noch einmal überarbeitet werden. Ich bekam also die Sachen zurück.

Wieder bastelte und schnitzelte ich an dem Meinungsding herum, glättete es, verdichtete es, die ganze Nacht hindurch. Nun war nicht mehr viel Meinung übrig, aber das machte nichts, im Gegenteil. Da ich Meinungen haßte, gefiel mir der Artikel nun sogar besser. Allerdings war er in der Länge auf ein Fünftel geschrumpft. Nach acht langen Wochen fand ich ihn gedruckt, erneut gekürzt, nicht wiederzuerkennen, ohne Bild, irgendwo in eine Ecke gedrückt, lieblos, ohne Schlagzeile. Ein halbes Jahr später kam auch das Honorar: zwölf Mark achtundsechzig, gut ein Promille des Honorars, das die Schweineblätter schon für den puren guten Willen bezahlten. Aber, was wichtiger war: Nach anderthalb Jahren kam ein LESERBRIEF auf diesen ›Artikel‹. Dieser Leserbrief kam aus England. In feurigen Worten lobte eine Studentin aus York meinen Artikel, den sie, mit der üblichen Verspätung, in der deutschen Bibliothek in der University of York gefunden hatte.

So war das nämlich. Für die Schweineblätter zu schreiben war immer von Anfang bis Ende wertlos und folgenlos, Geld hin, Geld her. Geld bedeutete nichts. Man gab es aus, fertig. Bei den ›guten‹ Zeitungen dagegen konnte man noch so winzig sein, es hatte Folgen, die am Ende das ganze Leben veränderten. Diese Studentin schrieb mir bald regelmäßig. Ich schrieb ihr zurück, daß ich ein Schriftsteller ohne Inspiration sei und einen Tapetenwechsel dringend gebrauchen könnte.

Seitdem wartete ich auf Antwort. Die englische Post, obwohl gerade privatisiert, brauchte noch immer Wochen, um die Briefe über die Meere zu schippern, das war mir klar. Bis dahin mußte ich mit meinem Leben selbst fertig werden. Die Leserin würde mich also einladen, nach England, na und? Was sollte ich da eigentlich – über Dinge memorieren, die in Deutschland spielten? Meine Jugendjahre schildern, während vor meinen Augen englische Schafe grasen? Unsinn. Ich verwarf den Gedanken wieder, obwohl … da gab es diesen deutschen Autor, der einmal in Italien ein Buch geschrieben hatte, das angeblich kraftvoll war, ›Rom, Blicke‹. Trotzdem. Ich mußte hierbleiben. Es war nichts mit England, nichts mit der Jugendbiographie, genausowenig wie mit der ambitiösen Trilogie über den Fratzenmann.

Nur über Knoske hätte ich gern geschrieben, einen Jugendfreund, oder besser Jugendfeind. ›Verfolgungswahn‹. Wen dieser Freund einmal ins Herz geschlossen hatte, den verfolgte er bis zum bitteren Ende. Ich selbst mochte ihn sehr, war aber auch schon bis nach Guatemala vor ihm geflohen; einige Frauen hielten sich seit Jahren in Burma versteckt. Frauen, die Knoske einfach nur geliebt hatte, auf eine rührende, spießige, kleinkarierte Weise! Und lustig war er auch noch – mit einem Wort: Ein Stoff war das, nicht schlechter als die Fratzenmannstory. Eigentlich. Andererseits verkörperte der Mann alles Dumpfe und Derbe, das im deutschen Volkskörper seit den Zeiten des ›Stürmer‹ noch schlummerte, und das war nicht attraktiv. Darauf stand die Zielgruppe nicht, wie der Verleger immer sagte. Ich hatte nämlich durchaus einen Verleger, und ich hatte ihm einmal die ganze Knoskegeschichte von A bis Z erzählt. Ich fing damit an, daß ich einen großen Roman über einen einzigen Menschen schreiben wolle, über einen miesen, kleinen, abgehalfterten Schauspieler, einen Spießer und Alkoholiker. Sein Herz sei aus Gold und sein Verstand nicht vorhanden, weggetrunken. Der Verleger, ehrbar, aber geschäftstüchtig, winkte sofort ab. Keine Problemliteratur mehr in den 80ern! Aber ich wollte so gern. Ich legte los, versuchte ihn zu begeistern, ich meine, den ehrbaren Kaufmann zu motivieren. Das sei ein gefährlicher Junge, mein ›Knoske‹, ein Mann, der einen an den Galgen bringen könne, eine kleine Nummer, die nur darauf wartete, womöglich Jahre und Jahrzehnte, eine Schwäche zum Zuschlagen zu entdecken, der ewige kleine Ganove, der aus seiner Haut nicht heraus könne, der Krypto-Faschist. Gleichzeitig sei er natürlich der beste Mensch der Welt, Kumpel at its best, unverbrüchlich treu und so weiter, Helfer in der Not. Selbst der Leser weiß bis kurz vor Schluß nicht, ob Knoske gut ist oder böse. Knoskes Vater hatte angeblich im Osten unter bzw. bei Brecht Theater gespielt, am Theater am Schiffsbauerdamm.

Eine Zeit gab es, da spielte der Alte noch mit Brecht abends im Osten, und morgens wohnte und konsumierte er schon, hübsch mit Sohnemann, im Westen. Ein paar Jahre haben das die armen Kommunisten mitgemacht. Aber dann war Brecht tot, die Mauer wurde gebaut, Ulbricht lernte Skilaufen, der Alte brachte den Othello nicht mehr so richtig, Klein-Knoske bekam Krach in der Schule, erlogen war sowieso alles, in Wirklichkeit war Knoskes Vater Werbetexter und textete für Biskin und Sanella. Das mit dem Doppelwohnsitz stimmte aber wohl. Wer denkt sich freiwillig aus, seine Eltern hätten sich einst rübergemacht aus dem Osten? Nicht? Und seine Mutter zumindest geisterte als unbedeutend drittrangige, aber nicht talentlose Komparsin in Fernsehspielen des Dritten Programms herum, heute noch. Der merkte man an, daß sie in besseren Tagen einmal die volle Mutter Courage auf die morschen ostzonalen Bretter gebracht hatte.

Also, das war Knoske. Später soll sein Vater ein hohes Tier beim WDR geworden sein. Komisch, kann man da nur sagen. Knoske? Nie gehört. Nowottny? Ernst Dieter Lueg? Immer doch. Kennt man. Aber Knoske – Fehlanzeige. Sie hielten dann den Mann prompt für einen Ostspion. Knoske selbst wuchs im Ruhrgebiet auf. Fünf Geschwister ebenfalls. Die leben heute noch da, einfach hängengeblieben. Nur eine Schwester kam mit nach Hamburg, wohin ein Teil der Familie Mitte der 70er übersiedelte. Nicht weniger als sieben Knoskes geisterten nun kreuz und quer durch das Bundesgebiet. Der letzte Stand war, daß der Vater in Hannover, die Mutter in Berlin, der Bruder in Dortmund lebte und der Rest verschollen war. Heimisch wurden die Leutchen nirgendwo.

Der Verleger schüttelte verständnislos lächelnd den Kopf

und meinte nur, das sei irgendwie wohl nicht so gut. Mein Kampfgeist war gebrochen. Mehr trotzig als überzeugt wies ich, mich wiederholend, auf die vielen interessanten Widersprüche hin. Der Vater ein Spion, oder ein hochrangiger Werbetexter, oder Brechts Alter Ego? Die ganze Familie rübergemacht aus der Zone, aber die Alte gibt weiter Abend für Abend die Mutter Courage am Schiffsbauerdamm? Und schließlich der Sohn, der beste Kumpel, aber der größte Verräter, mal lustig wie Hans Albers, mal konsequent wie ein Gauleiter? Je mehr ich sprach, desto weniger konnte der Verleger mit dem Projekt anfangen. Ich selbst wohl auch. Das war es ja: WEIL ich die Wahrheit über Knoske nicht kannte, wollte ich über ihn schreiben. Fast verzweifelt warf ich noch auf die Waagschale, daß der Mann viele Witze erzählen könne, zum Beispiel den, wo eine Frau mit einem neuen Pelzmantel nach Hause kommt und der Mann sie fragt, wo sie ihn herhabe, und sie ihm antwortet, sie habe sich das fabelhafte Stück selbst zusammengefickt.

Der gutmütige Verleger lächelte mitfühlend. So ging es natürlich nicht. Kommentarlos wandte er sich anderen Dingen zu. Ich kannte den Verleger schon seit vier Jahren. Ich kannte ihn inzwischen besser als jeden anderen Menschen. Alles in meinem Leben hatte sich ein ums andere Mal von Grund auf verändert – nur der Verleger war geblieben, gutmütig und milde. Er hatte in den vielen Jahren Nachsicht mit mir gehabt und mich niemals fallenlassen, wofür ich ihm dankbar und freundschaftlich verbunden war. Ich dachte oft: der gute Verleger! Hoffentlich lebt er noch lange! Hoffentlich kann er noch lange arbeiten, wird nicht krank, macht nicht pleite, bleibt mir gewogen! Ja, ich hatte ihn wirklich gern.

Ihm vorzuwerfen, er hätte mich in all den Zeiten nicht veröffentlicht, wäre nicht nur ungerecht, sondern definitiv falsch gewesen. Er HATTE mich veröffentlicht. Eine

Kurzgeschichte brachte er in einem Sammelband unter und eine andere in einem Sonderband für Krimikurzgeschichten.

Natürlich gab es dafür kein Honorar. Der Verleger hatte schon Scherereien mit mir zur Genüge, weil ich doch einst für Schweineblätter geschrieben hatte – was zum Glück allmählich in Vergessenheit geraten war. Nun, der Verleger glaubte wohl, ich sei damals ein Opfer meiner frühen Jugend gewesen: Ich hatte in dem Alter unmöglich wissen können, daß man sich das Leben versaute in diesem Schweinekonzern. Ja, er war der einzige, der Gnade walten ließ gegen mich – da wollte ich nicht undankbar sein.

Einmal im Quartal empfing mich der Verleger und hörte zu, was ich ihm vorzutragen hatte. Er tat zumindest so, als hörte er zu. Ich sprudelte dann los. Einen Roman über Winston Churchill wollte ich schreiben! Oder ein Gedicht über eine Reise mit einem schwermütigen, blonden Mädchen!

Ja, was denn nun? fragte der Verleger.

Ganz gleich, nur einen kleinen Vorschuß bräuchte ich, wenn's recht ist, dann geht alles wie von selbst!

Der gute Mann lächelte und sah wieder auf seine Papiere. So ging es natürlich nicht. Die Unterredung war beendet.

Dennoch hatte er mich nie verstoßen. Es mußte mir nur das RICHTIGE Thema einfallen. Ich starrte auf die Schreibmaschine. Wenn ich doch nur einmal ein bißchen mehr inspiriert gewesen wäre … aber mein Kopf war ausgepreßt wie eine ausgewrungene Dattel von vorletzter Woche. Draußen war der Frühling, nein, der Hochsommer, und ich zermarterte mir den Schädel auf der Suche nach dem Nichts. Ich mußte auf die Plätze und die Menschen am Kragen packen und sie anbrüllen: Was interessiert Sie? Worüber soll ein prädikatsgeprüfter Schriftsteller etwas schreiben? Reden Sie, Sie Null!

Die Kopfschmerzen blieben unverändert zwischen den Augen und hinter der Stirn. Ich nahm das mufflige Tuch ab und begab mich nach draußen. Es konnte nicht schaden, es konnte wirklich nicht schaden.

Einige Tage – waren es Wochen? – später saß ich immer noch vor dem kleinen Fenster und hörte dem Regen zu, der sich draußen in dicken Tropfen auf die Welt stürzte. Zwischendurch kam die Sonne auf, und die Menschen schleckten fertiggepackte Langzeitfabrikeiskrem, worum ich sie nicht beneidete. Übermütige Negerkinder schlugen im Takt mit Eisenstangen gegen Rolläden, vielleicht waren es auch weiße Kinder oder junge Hunde, ich konnte es ja nicht sehen. War es nicht möglich, daß durch irgendein Wunder mein Bankkonto aufgefüllt worden war? Ich zog meine besten Sachen an und ging zur Bank. Auf dem Weg dorthin durchlief ich schnell wieder die inneren Stationen vom Wahrnehmungsschock, der Euphorie und der Ängstlichkeit bis hin zum Menschenhassen. Ich war weniger ängstlich, als daß ich alles haßte, vor allem die Frauen. Ich sah ihnen an, daß sie nichts mit mir hätten anfangen können. In tausend Jahren hätten sie mich nicht verstanden, schon deshalb, weil sie nicht hübsch waren. Konnte es nicht sein, daß der Verlag für meine Minikrimistory in seinem Krimi-Sonderband doch noch ein Minikrimihonorar überwiesen hatte? Um den Weg abzukürzen, wählte ich die U-Bahn.

Aus irgendeinem Grund, wahrscheinlich des schönen, warmen Wetters wegen, befand sich niemand in dem sackartigen U-Bahn-Schacht. Gewohnheitsmäßig lief ich immer weiter, bis zum Ende des Schachtes, wo der Tunnel begann. Wenn man hier stürzte, war man verloren. Nun sah ich, daß doch noch ein Mensch, ein anderer, zweiter Fahrgast, die U-Bahn benutzen wollte: ein Sizilianer in einem heißen Sommeranzug. Dieser Mann saß am Ende des Schachtes, und ich konnte es mir selbst nicht erklären, wieso ich ihn nicht von Anfang an gesehen hatte. So blieb ich stehen, ging ein paar Meter zurück, tat so, als läse ich den U-Bahn-Fahrplan, während der Mann auf mich zuging. Nun wußte ich, daß ich neurotisch war, daß in Wirklichkeit der Mann keineswegs AUF MICH zuging, sondern ganz einfach seines Weges ging. Ich riß mich also zusammen, hob den Kopf und sah arglos-diffus in seine Richtung. Innerlich verachtete ich mich für meine Verstörtheit, die es mir noch nicht einmal gestattete, normal U-Bahn zu fahren. Ich bildete mir ja tatsächlich ein, der Mann, ein ganz normaler Facharbeiter und Opelfahrer, käme auf mich zu, habe fremdländische Züge und wolle mir Böses. Doch plötzlich war es wirklich so: Die Faust des Muselmanen – vielleicht war es auch ein stinkgewöhnlicher Unterschichtzuhälter – sauste auf meinen Magen zu und kam erst in allerletzter Sekunde zum Stehen. Das weiße Zuhälterjackett flatterte, die brutaldicke Faust klappte auf, rollte die häßlichen Wurstfinger ab, Daumen nach oben. Ich hatte mich ein wenig erschrocken. Aber noch immer hielt ich alles für einen Teil meiner Neurose! So dachte ich, ich müsse versuchen, den Mann anzulächeln, quasi von Mensch zu Mensch. Das konnte nicht schaden, dachte ich! Dann würde sich herausstellen, daß alles auf der Welt natürlich war und harmlos. Morde gab es nur in schlechten Filmen. Das Leben war anders, es ging immer seinen Gang, die Menschen fuhren U-Bahn und waren nett zueinander, mal nett, mal gleichgültig, wie Hunde. Wollte mir der nette Mann nicht einfach nur die Hand geben? Auf eine seltsame Weise, gewiß! So, wie der seine Totschlägerpranke verdrehte, KONNTE man ihm gar nicht die Hand zu einem normalen Handschlag reichen. Allerdings kam dieses Gegenüber auch eindeutig aus einem anderen Kulturkreis. Er mochte Araber sein, oder Dritte-Welt-Neger, oder Unterdrückter-Aller-Länder, am ehesten: ein weggespülter Rastafari aus dem Bodensatz der Avantgarde-Untergrund-

Kultur Londons. Also einer, der einem nicht die Hand reicht, sondern mit ihr und der Hand des anderen, des Kumpels, eine Art Watschentanz oder auch Schuhplattler aufführt. Er hielt die Hand hin, und man mußte dagegenschlagen; dann hielt man die eigene Hand hin, und er, jeder Zoll ein Kumpel, schlug dagegen. Dann drehte man sich um und beklatschte sich noch vier weitere Male in den verrücktesten Haltungen, wie Whoopie Goldberg und ihre schwarze Schwester in ›Die Farbe Lila‹. Ich dachte: Das probierst du jetzt einmal mit dem Kerl. Ich schlug zu – patsch!

Im selben Augenblick schnappt die Pranke von dem Tier zu und umkrallt meine dürre Schriftstellerhand, genau genommen umkrallte sie den oberen Teil der Hand samt Daumen, also vor allem den Daumen, während die vorderen Finger hilflos im Freien zappelten. Ich konnte nur hoffen, daß das die für ihn landesübliche Form des Händegebens war. Ich grinste weiter, so gut ich konnte, während er, dessen Gesicht ich nun aus nächster Nähe sah, selbst verstört wirkte. Er schien nicht recht zu wissen, was er wollte. Plötzlich sagte er, als machte er den höflichen Versuch einer Konversation:

»Sonne – gutt. Nicht?«

Ich gab ihm recht. Jaja! Es war schönes Wetter, ganz sicher. Er wiederholte seine Aussage.

»Sonne – Menschen, alles anders dann. Alles anders. Gutt.« Was sollte ich sagen? Ich sagte, jaja, die Sonne, es sei wunderbar spazierenzugehen, alle Menschen seien froh und gingen spazieren – aber, hilf Himmel, ich stand doch mit dem Mann im Schacht und ging NICHT spazieren. So fand ich mich geradezu verlogen, als ich das sagte.

Er sah mich mißtrauisch an, entfernte sich etwas. »Du – Reeperbahn? St. Pauli?«

Ich wollte ja zur Bank, aber da die Richtung stimmte, sagte ich erst einmal ja.

»Du – wohnen St. Pauli?«

Ich nickte gewichtig.

»St. Pauli – gutt Menschen.«

»O ja, sie sind sehr gesellig, die Menschen in St. Pauli.«

»Gutt Menschen – nur in St. Pauli.«

Er schien zu wissen, was er sagte. Offenbar glaubte er, gerade im Stadtteil St. Pauli jenes lustige Vielvölkergemisch anzutreffen, welches er aus anderen großen Metropolen des Westens kannte und dem er selbst höchstwahrscheinlich entstammte. Ich wußte dennoch jetzt nicht weiter. Was sollte ich ihm sagen – seit Tagen hatte ich mit niemandem gesprochen. Als die U-Bahn eintraf, fühlte ich mich völlig verkrampft und verschwitzt. Ich setzte mich auch nicht neben ihn, wie er es angeboten hatte, sondern blieb unglücklich zwischen den Türen stehen, angestrengt nach draußen guckend. Die Stationen ruckelten vorbei – ich guckte ins Schwarze.

Die Bank hatte keinen Eingang verzeichnet. Ich war extra langsam zur Bankfiliale geschlichen, damit ich womöglich zu spät kam und die schlechte Nachricht gar nicht mitgeteilt bekommen konnte. Aber obwohl ich zu spät kam ließen sie mich noch hinein. Ein achtzehnjähriges Milchgesicht, schnieker Anzug, dunkle Krawatte, Bügelfalte, Goldrandbrille, teilte es mir hüstelnd und verlegen mit. Ich hatte weiß Gott nichts gegen saubere junge Menschen, aber das grauenhafte Mißverhältnis, daß dieses unbeschriebene Blatt, dieses junge Nichts, auf seiten des Geldes war und ich auf der Seite des bettelnden Empfängers! Das machte mich fertig. Dumpf und geprügelt und unverrichteter Dinge lechzte ich dem Ausgang entgegen, aber der war nun geschlossen.

»Benutzen Sie bitte die Hintertreppe.«

So machten sie das, wenn schon geschlossen war. Man mußte über irgendwelche Hinterhöfe entweichen; ich wurde um fünf Ecken und Flure geführt und schließlich von dem schlüsselklappernden Bübchen-Milchgesicht hinausgelassen. Ich fragte: »Kennen Sie Herrn Karsch?«

»Wen?«

»Na ... egal. Auf Wiedersehen.«

»Auf Wiedersehen.«

Herr Karsch war der alte Filialleiter gewesen, der mir noch persönlich die Kreditkarte abgenommen hatte. Ein Charakter von einem Mann, der mich noch persönlich bei der Polizei um ein Haar angezeigt hatte. Leider hatte auch dieser sehr persönliche Mann nicht verstehen können, daß ich ein Schriftsteller war. Aber immerhin. Dieses Milchgesicht hätte ihn gefälligst kennen sollen.

Ich hatte jetzt noch genau drei Mark und neunundneunzig Pfennige – ein Pfennig zu wenig für ein Schnitzel im Grillimbiss. Aber der Hunger war gräßlich, und die Gefahr bestand, daß ich das Geld gleich für Unsinn ausgeben würde. So machte ich, daß ich mit letzter Kraft in letzter Sekunde in den Imbiss kam, noch bevor ich von irgend etwas abgelenkt werden konnte.

Ein einziger Pfennig – das war ja wohl kein Thema. Mit vorgebeugtem Oberkörper holperte ich zum Grill-Mann, einem schlechtgelaunten ehemaligen Lehramtskandidaten. Dieser Mann, Ende dreißig und Bartträger, war ein echter tragischer Fall. Zehn Jahre lang hatte er auf der Lehramtswarteliste gestanden, ehe man ihm mitteilte, daß er sich auf der ›Straße nach Nirgendwo‹ befand. Also – dieser Mann war wohl einer der Blödesten im Lande, aber daß er als Würstchenverkäufer endete, war gleichwohl ein kleines bißchen ungerecht. Oder nicht? War es nicht GERADE gerecht? Mußte nicht gerade Blödheit vom lieben Gott bestraft werden? Ich glaubte es. Dieser nicht nur blöde, sondern auch noch verbiesterte Würstchenlehrer schien mir geradezu ein Fall zu sein, wo Gott sich jenen, die Augen für die Menschen hatten, offenbarte. Deswegen ging ich immer wieder hin, obwohl mich der Mann unfreundlich behandelte.

»Guten Tag!«

Er antwortete nicht.

»Geben Sie mir ein Schnitzel.«

Er schien nicht zu hören, machte sich aber im hinteren Teil der Bude zu schaffen. Ich sah inzwischen nach draußen, wo die Frühlingsmenschen über die Fußgängerübergänge schlenderten, wenn Grün war, und sich aufreihten und warteten, wenn Rot war. Ich guckte mir alles an, die wartenden Menschen und die gehenden. Wartend sahen sie netter aus, weil sie gute Laune hatten und man das dann noch deutlicher erkennen konnte. Ich wurde richtig ruhig beim Zugukken, aber allmählich störte mich, daß mein Schnitzel weder kam noch bruzzelte.

»Könnte es sein, daß Sie mein Schnitzel vergessen haben?«

»Was?! Das dauert nun einmal so lange! Soll ich das aus der Luft herzaubern, oder was! Das muß gefälligst erst aus der Tiefkühltruhe kommen und auftauen, und das können Sie schon glauben, daß das so ist! Was glauben Sie denn? Wenn es Ihnen nicht gefällt und Sie Beschwerden haben –«

»Nein, nein. Es hätte ja sein können, daß Sie es einfach vergessen haben, wogegen ich ja nichts gehabt hätte, im Gegenteil, was ich geradezu sympathisch gefunden hätte – aber wenn Sie es nicht vergessen haben, ist es auch gut.«

Der Lehrer sprang nach vorne, riß die Schürze vom Leib, mahlte mit den Kiefern, holte Rechnungen hervor und erklärte mir den ganzen Laden. Alles in allem wollte er darauf hinaus, daß er das Schnitzel keineswegs vergessen hatte. Inzwischen war es auch fertig, und ich begann zu essen. Draußen liefen weiter die Leute vorbei. Frisch, modisch, up-to-date sahen viele aus, während andere, jüngere Frauen zumeist, mich schier zusammenbrechen ließen: Sie lösten in mir die alte Zwangsvorstellung vom ANDEREN, vom LANGWEILIGEN Leben aus. Langweilig gekleidet kamen sie daher, mit der Mode von vor fünf Jahren am uncharmanten Körper. Ich mußte mir sofort ihr Leben vorstellen. Ein Job, ein Freund, die Gespräche im Bett, die Konflikte »mehr Freiheit für sie/für ihn«, die Sätze »Ich möchte auch einmal an mich denken können« und »Ich glaube, du hast da ein großes Bedürfnis, das du auf mich überträgst, das ich aber nicht erfüllen kann« usw. Beide liegen nackt im Bett, beide schweigen lange zwischen den erbärmlichen Standard-Sätzen. Gerade hatte ich die Hälfte des zähen Schnitzels in den Magen befördert, als ich von weitem ein weißblondes Etwas im Matrosenanzug auf die Ampel zukommen sah, ein zutiefst hanseatisches Bürgerkind. Meine Kurzsichtigkeit hinderte mich daran festzustellen, ob es ein wohlgeformtes Gesicht hatte, und so aß ich ruhig weiter. Aber das Mädchen kam näher und wurde hübscher und hübscher. Nun war Rot, es blieb stehen, ich beugte mich vor, der Lehrer verschwand, und ich begann zu ahnen, daß ich gleich dem Mädchen hinterherlaufen würde. Was für ein Ärger, daß ich das blöde Schnitzel noch nicht zur Gänze aufgegessen hatte! Ich schlang und würgte an den sehnigen Brocken. Es wurde Grün. Nun kam das Mädchen extrem nah an mir vorbei, und gerade in der Zehntelsekunde der größten möglichen Annäherung erkenne ich, daß sie dunkle, breite Augenbrauen hat, trotz der hellblonden Haare, und ein hübsches Näschen und überhaupt ein wohlgeratenes Gesicht. Nun lasse ich das zähe Schnitzel stehen und sage hastig:

»Zahlen bitte.«

»Hat es Ihnen jetzt auch nicht geschmeckt?! Die Schnitzel dauern nun einmal so lange, das hat mit Vergessen oder nicht Vergessen überhaupt nichts zu tun!«

»Ja, ja. Entschuldigen Sie übrigens, ich weiß gar nicht, ob das Geld reicht …«

Ich zählte ihm mit fliegenden Fingern die drei Mark neunundneunzig auf den Tisch. Der Mann wartete auf den noch fehlenden Pfennig, obwohl er sah, daß ich ihn nicht hatte. Er machte keine Anstalten einzulenken.

»Das reicht doch nicht. Da fehlt doch was.«

Ich zuckte mit den Schultern, entschuldigte mich. Aber er konnte es nicht fassen. Wo blieb der ausstehende Pfennig?

»Ich kann ihn doch morgen vorbeibringen! Sie kennen mich doch, ich komme doch fast täglich.«

»Nein, so geht das nicht.«

Wir schwiegen. Der Bartlehrer fühlte sich bewußt brüskiert, vorsätzlich auf den Arm genommen, auf's Gemeinste lächerlich gemacht. Dreist hatte ich ihn betrogen und vorher kein Sterbenswörtchen gesagt. Sein Bart färbte sich rot, noch röter, als er vorher schon war.

»Wenn Sie es vorher gesagt hätten, hätte ich darüber nachdenken können, aber so, hintenrum, auf die billige Tour, nee …« Unschlüssig-bockig stand er vor mir, ließ mich nicht zu dem weißhäutigen Mustermädchen. Ich sagte ihm, daß ich ihm das Geld einfach beim nächsten Mal geben würde.

Da er weiter beharrlich schwieg und sich gedemütigt fühlte, kam ich nicht aus dem Laden – das Mädchen entkam. Statt dessen fing er ein letztes Mal an, das Mißverständnis mit dem vergessenen Schnitzel klären zu wollen. Ich sagte nur noch jaja und neinnein. Schließlich entließ er mich.

Ich sagte auf Wiedersehen, aber er schnaubte nur verächtlich durch die Nase. Ein tragischer Fall. Ich raste dem Mädchen hinterher, zwanzig Straßenzüge weit – aber umsonst. Ich fand es nicht mehr.

Nun lenkte ich meine Schritte zu einer öffentlichen

Gartenanlage, mißmutig und depressiv. Im Grunde hatte ich erst jetzt richtig Hunger bekommen. Ich wollte richtig kräftig anständig essen gehen! Mit Vor- und Nachspeise. Das Straßenentlanglaufen schien mir traurig und deprimierend zu sein, ich hatte zu nichts mehr Lust und wollte die Menschen nicht mehr sehen müssen. Sie sollten weg sein, mich alleine lassen in der öffentlichen Gartenanlage. Ich haßte es, daß man von fremder Seite ungehindert feststellen konnte, daß ich mich wie ein Hund fühlte. Ich hielt mich nicht mehr aufrecht und hatte sogar Lust, ungeniert zu torkeln. So ging ich eine Zeitlang an den Menschen vorbei, bis ich unvermutet ein ideal abgeschottetes Plätzchen fand, ein Refugium, eine vom Restpark durch Hecken abgetrennte Bank, auf der mich niemand sehen konnte. Schwere Wolken zogen auf. Ich hatte keine zwei Minuten Zeit gehabt, mich auf der Bank zu beruhigen. Nur ein Viertelstündchen, und ich wäre zufrieden geworden. Das Mädchen im Matrosenanzug war weg, andauernd begann es in dieser nordischen Hafenstadt zu regnen! Ich blieb sitzen, hoffte, daß mich die Bäume schützten. Aber nun kamen andere Menschen, die sich unter den Bäumen aufstellten und das lustig fanden. So stürzte ich davon, unzureichend geschützt, exaktement in den Sommergewitterregen hinein. Prompt wurde mir eiseskalt, der Wind pustete plötzlich durch den feuchten Kragen, die Beinkleider legten sich kalt und naß auf die Schenkel, ich begann mit einem Niesanfall zu kämpfen. Widrig, die ganze Welt.

Endlich zu Hause angelangt, griff ich kurz und klamm zum Telefon, dem alten Bleizementkasten von 1795, und rief einen ehemaligen Freund an. Ich hatte ihn bis dahin nicht angerufen, weil er in einer anderen Stadt lebte. Ich meldete mich mit meinem vollen Namen und erklärte, wer ich sei und wer ich gewesen war. Der ehemalige Kumpel erkannte mich sofort.

»Was liegt an, wo brennt's denn?«

»Es geht mir schlecht. Ich bin unglücklich seit 180 Tagen, ohne Ausnahme, ununterbrochen unglücklich.«

»Das mußt du erst beweisen.«

Ich beschwor ihn, mir zu glauben. Umsonst. Er glaubte mir genau fünfzig Prozent (somit blieben die restlichen fünfzig Prozent für Glück, Erfolg, Liebe und Leidenschaft), aber um ganz sicherzugehen, vereinbarte er mit mir einen etwas längeren Aufenthalt in seiner Stadt. Da würde man schon sehen, was ich hatte. Natürlich bestand ich darauf, daß mein schriftstellerisches Schaffen nicht gestört würde, sondern, ganz im Gegenteil, daß es noch gefördert, angespornt, herausgefordert würde!

»Keine Bange.«

Befriedigt hängte ich ein. Kein Zweifel, das war die Wende. Die nächsten Tage verbrachte ich damit, das Geld für die Bahnfahrt zusammenzukratzen. Am Ende wurde ich so ungeduldig, daß ich keine Lust mehr zum Kofferpacken hatte. Ohne Koffer, nur mit einer Zahnbürste und meiner Schreibmaschine unter dem Arm, traf ich in der fremden Stadt ein.

Ich lief durch breite Alleen und altes heiliges Gemäuer, das muffig in der trägen, dunstigen Sonne moderte. Die Schreibmaschine zog mir den linken Arm nach unten, in der rechten Hand hielt ich eine Eiswaffel. Nette Leute überall, das mußte ihnen der Neid lassen. Alle zehn Meter sprach ich einen der Fremdlinge an, um ihre Reaktion zu testen: Wie spät ist es? Kennen Sie die Mariengasse? Wo finde ich die nächste Busstation? Wissen Sie, ob man in dem Lokal rechts um die Ecke echte Knackwürstchen bekommt? Nehmen Sie es mir nicht krumm, wenn ich Sie so einfach anspreche, aber könnten Sie mir die etwas, äh, politische Frage beantworten, ob amerikanische Touristen auf europäischen Flughäfen wirklich sicher sind?

Die Leute gaben willig Antwort, manchmal scheu und schüchtern, aber immer irrsinnig bemüht. Ein gutes Vorzeichen! Draußen lungerten haltlose Menschen herum, saßen in Cafés, plauderten untätig mit anderen Zuspätgekommenen, bemühten sich nicht um Arbeit, gingen nicht zum Friseur, schämten sich nicht die Bohne. Erwachsene Männer und Frauen, oft im besten Alter, kaum fünfunddreißig Jahre alt, lümmelten jeansbehost in irgendwelchen Vorgärten und hatten nichts zu tun. Das war bedenklich, so nett sie auch immer auf meine Fragen antworteten. Arglos waren sie, aber auch, ich gestand es mir nicht gerne ein, ein bißchen abgestanden, ein wenig unfrisch eben, um nicht zu sagen ranzig. Vielleicht war es schlicht die saubere Meeresluft, die fehlte und die den Menschen der nordischen Hafenstadt, die ich gerade hinter mir gelassen hatte, von selbst ewig neue Frische tagtäglich unter den Rock blies. Vielleicht hing es auch einfach mit der erhöhten Arbeitslosenquote zusammen. Jedenfalls hatte ich das Gefühl, daß selbst das Eis, das ich in der rechten Hand hielt, nicht so sauber war, wie Eis normalerweise zu sein hatte, daß es vermischt war mit dem Eis vom vorletzten Sommer und schimmelig schmeckte. Dennoch schleckte ich es tolerant zu Ende. Andere Völker, andere Sitten! Kosmopolit, der ich war, Jung-Goethe, entschiedener Demokrat, furchtloser Populist, sah ich darüber hinweg. Diese wackeren Leute sollten ihre Chance bekommen, ich verurteilte sie nicht. Wenn es einen Tag gab, an dem mir Großherzigkeit gut zu Gesicht stand, war es dieser. Wohlwollen war eine meiner wertvollsten Tugenden.

Ich stand vor dem Eingang des Hauses, in dem ich wohnen sollte. Nach allen Seiten hin ragten viel zu große, alte, sechsstöckige, dunkelbraune Altbauten in den dunstigen Himmel. Eine seltsame Gegend. Der Verkehr war wie tot. Kein Hund rührte sich, dennoch verkaufte ein Opa Zeitungen in einem Kiosk mitten auf der Straße. Türkenkinder lagen am Boden herum. In einem tristen Friseurgeschäft neben dem Eingang unterhielten sich gedemütigte Frauen, die einmal Rockmusik gutgefunden hatten. Jede von ihnen hatte einen Kerl, aber keine einen Mann, und Kinder erst recht nicht; überhaupt hingen die selbstbemalten Neonröhren längst defekt und staubig an den bunten Wänden, die abblätterten. Oben, im sechsten Stock, begrüßte mich mein Freund aus alten Kindestagen.

»Wo sind denn deine Sachen? Du willst doch hier wohnen.«

»Lasse ich mir alles nachschicken.«

Der Freund – wir waren zusammen in die Schule gegangen – mußte nun erst einmal ein Fußballspiel sehen und ließ mich allein. Aber nach dem Spiel sollte es ein Konzert zeitgenössischer Popmusik geben, und da würde ich mit allerhand interessanten Menschen bekanntgemacht werden, versprach der Sandkastengefährte. Im Gehen fiel mir etwas ein.

»Ich brauche Schreibmaschinenpapier!«

»Mußt du dir morgen selber kaufen.«

»Morgen? Und heute? Wie soll ich ohne Papier ...?«

Nichts zu machen. Ich verlor einen Tag. Da mußte mir der Abend dann auch etwas bieten!

Der Freund holte mich, nachdem ich zwei Stunden unfähig wie eine dumme Stubenfliege durch die brachliegende Wohnung gebrummt war, rechtzeitig ab, per Taxi, und ließ uns querbeet zum Ort der lokalen Pop-Kultur fahren. Wieder fielen die vielen Menschen auf, die draußen statt drinnen ihr Leben in die Tat umsetzten. Das Taxi rauschte an Leibern vorbei, teilte die Menge, schlich durch Ströme von Fußgängern und Passanten. Menschen klopften an die Scheibe, lachten ins Wageninnere, Neger spritzenderweise, Rockfans setzten sich auf die Kühlerhaube, bis wir ausstiegen und die letzten zehn Meter bis zur brodelnden Konzerthöhle selbst zurücklegten. Jeder Jugendliche war um die dreißig Jahre alt und hatte eine Bierflasche in der Hand. Es war ein angenehmes Gefühl, an den Millionen arglosen Gesichtern vorbeizugehen und zu wissen: Niemand kennt dich! In tausend Jahren nicht, niemals. Und angenehm war es auch zu wissen: Selbst wenn sie dich kennen würden, die arglosen Biertrinker, würden sie dir nichts tun! Da, wo ich herkam, bedeutete die Öffentlichkeit noch etwas, war sie die Zäsur des Tages, die unbestechliche Prüfstelle für Oben und Unten; aber hier nicht. Hier war jeder Kumpel, hatte jeder den rotgeäderten Schwiemelblick des Dauerbierkonsumenten. Und obwohl ich womöglich wie Graf Bobby unter den Papua-Indianern aussah, ruhten die müden Schwiemelblicke gutmütig auf mir, und es hätte nicht viel gefehlt, da hätten mir die netten Einheimischen aufmunternd zugeprostet.

Ich fühlte mich schon fast wie ein normaler Mensch, zumal nach dem ersten eigenen Glas Alkohol, als der Sandkastenfreund eine Bekannte heranwinkte.

»Das ist Soundso«, freute er sich, vielleicht hätte ich schon von ihr gehört.

Mich stellte er als Freund vor und, als das nicht reichte, als Schriftsteller. Seltsamerweise fragte sie nicht, woran ich gerade schriebe, sondern rauchte wie ein Cowboy eine Zigarette weiter – als sei ich ihr unangenehm. Der Vermittler ruderte weg, und ich stand allein vor ihr, die auf einem Hokker neben dem Tresen saß. Sicher wußte der Vermittler, was er tat: Ich sollte ein bißchen Konversation mit der Soundso treiben, um mich in der Stadt heimisch zu machen! »Hallo Mädchen!«

Sie sah kurz hoch und mußte unwillkürlich lächeln. Ich hatte das so schmetternd vorgebracht, daß mich auch andere Gäste gehört hatten, die nun schmunzelten. Nun sagte sie aber immer noch nichts und fühlte sich immer noch belästigt, vielleicht gar nicht von mir, sondern ganz allgemein. Sie packte ihre Zigarette, die sie erst zu einem Drittel geraucht hatte, und schleuderte sie haßerfüllt weit weg auf den Boden. Man sah, wie die Funken stoben. Fassungslos blickte ich auf die Zigarette. Sicher brannte sie jetzt ein Brandloch in den teuren Belag.

Ich guckte wieder Soundso an. Tatsächlich hatte ich schon viel von ihr gehört, zum Beispiel, daß sie übermäßig verehrt wurde. Womöglich hatte sie sich zum Schutz vor zu viel Annäherung eine Attitüde der Ruppigkeit zugelegt – aber das sollte mich nicht aufhalten.

»Wie findest du Dylan Thomas?«

Ich hatte das plötzlich gesagt, ohne Sinn. Ich kannte Dylan Thomas gar nicht. Der Name war mir zum erstenmal in meinem Leben durch den Kopf geschossen, wie irgendein Wort, wie ›Hoover Staubsauger‹ oder ›Ortega de la Madrid‹. Soundso geriet in Verlegenheit.

»Zu meiner großen Schande muß ich gestehen«, sagte sie, »daß ich von dem kaum etwas gelesen habe. Ich weiß auch nicht, warum. Man müßte sich wohl einmal damit befassen, da hast du sicher recht ...«

Sie holte eine neue Zigarette, steckte sie in den Mund und beugte sich weit zu mir: Ich sollte sie anzünden, was ich nicht konnte, da ich kein Feuer besaß. Nun überlegte ich, wie ich die nettgemeinte Geste erwidern konnte.

»Kann ich dir etwas Geld leihen?«

»Was?« Sie zog das Gesicht in belustigte Falten. »Ich meine ... kann ich dir ein Bier ausgeben?«

»Hab noch.«

Sie nahm ihr Glas, hielt es hoch und schlug es gegen meins, wobei sie mich wieder wie ein Cowboy ansah, was diesmal wohl heißen sollte: Schon gut, Kumpel, alles unter Kontrolle, mach dir keine Sorgen, Prost. Dankbar leerte ich mein Glas.

Meine nächste Frage lautete, wie sie den monomanischen Dichter Rainald Götz fände. Monomanisch? fragte sie. Das klänge immer so verdächtig nach VERDAMMT GUTER LITERATUR, das lese sie nicht. Sie verzog angewidert das Gesicht. Ich stülpte meine Jackettasche auf und zu, um meine Hände zu beschäftigen. Dann sagte ich ein Kompliment auf.

»Aber intelligente Frauen müssen doch gerade etwas mögen, das nur vom Herzen kommt!«

»Intelligente Frauen können machen, was sie wollen. Sie haben es in jedem Fall gut.«

»Nicht alle.«

»Doch, sie können lesen, was sie wollen, und haben in jedem Fall was davon. Scheiße ist es nur, wenn man dumm ist. Die Dummheit ist das größte Unglück auf Erden.«

Ich sagte nun, ich würde eine Frau kennen, die klüger sei als Allah und Mohammed zusammen und die dennoch erstens erfolglos, zweitens verkannt, drittens unbeliebt und schlußendlich todunglücklich sei. Mit einem Wort: Wenn ich schon so intelligent auf die Welt käme wie diese Frau, dann – Soundso unterbrach mich. Ungehalten, in einem röchelnden Tonfall, die Oberlippe angeekelt nach oben gezogen, diktierte sie Sätze in den Raum.

»So meine ich es natürlich nicht! Du kannst ja machen und denken, was du willst. Du bist Schriftsteller? Das imponiert mir kein bißchen, nebenbei gesagt. Du kannst ja da hübsch rumschreiben, kleine hübsche Geschichten schreiben, über intelligente und dumme Frauen, immer rauf und runter, und ich habe auch nichts dagegen, mach doch, viel Spaß dabei! Schreib, bis du kotzt! Aber MICH interessiert das nicht, mich interessieren auch nicht deine Ansichten darüber, was intelligente Frauen fühlen oder nicht fühlen.«

Ich schluckte. Offenbar redete sie gerne, oder sie lebte sich im prononcierten Reden aus; jedenfalls machte sie gleich weiter, ohne an irgendeiner Entgegnung interessiert zu sein. Ich konnte nur hoffen, daß das alles nichts mit mir zu tun hatte.

»Intelligente Frauen wissen immer, wie alles zusammenhängt. Sie tun Dinge, die andere nicht verstehen, die ihnen scheinbar schaden, die so aussehen wie: Erfolglosigkeit, Unbeliebtheit, Unglück, Elend, Ende. Aber in Wirklichkeit sind es Bereicherungen und sind auch als solche geplant und bewußt umgesetzt.«

»Wenn man der Frau, die ich eben meinte, sagen würde, daß sie die unverstandenste und unbeliebteste Person der Stadt ist, würde sie auf der Stelle tot umfallen!«

»Was sagst du da, du Knochen?«

»Ich meine, damit muß man erst mal leben können. Das ist die Frage, ob man das kann.«

Sie sagte so etwas wie ›Äääää‹ und bog ihren Oberkörper von mir weg. Das Gespräch, beschied sie mich, sei beendet.

Ich war empört. Dieses Verhalten mußte man als selbstherrlich und dreist bezeichnen. So stocherte ich weiter.

»Ich hätte da aber noch ungefähr acht Einwände, die ich gern vorbringen würde.«

Blitzschnell fuhr sie mir über den Mund. Ob ich denn denken würde, sie würde sich das anhören wollen? Sie höhnte. Nicht ein einziges Wort würde sie davon zulassen. Sie schien ziemlich selbstbewußt zu sein. Oder hatte irgend jemand – nur mein Sandkastenfreund kam in Frage – gegen mich Stimmung gemacht? Die Dame hing lässig am Tresen und machte ein Gesicht, als taxierte sie als Spitzel verdächtigte Bandenmitglieder, von denen Tod oder Leben bei einem geplanten Banküberfall abhing. Sie sah aus wie Big Old Bradie, der sich nur ungern beim Pokern übers Ohr hauen ließ. Die zusammengekniffenen Lippen und Augen, der eingezogene Hals, die eng am Körper gehaltenen Arme und der krumme, introvertiert alles Äußere abschirmende Rükken zeigten Mißtrauen und Feindseligkeit. Warum also hatte mich mein Sandkastenfreund gerade mit ihr, mit Soundso, zusammengebracht? Vielleicht hatte ich nur zufällig an irgendeinem wunden Punkt gerührt?

Ich fummelte verlegen in meinen Jackett- und Hosentaschen, förderte eine kleine Kamera zutage. Da Soundso keine Anstalten machte wegzugehen, sondern fast interessiert dicht neben mir verharrte – sie war aufgestanden und stand so dicht neben mir, daß ich ihre Haare im Gesicht hatte –, versuchte ich es noch einmal.

»Guck mal, die kleine Kamera.«

»Was ist damit?«

»Sie hat ein Hochleistungsobjektiv von Carl Zeiss, Wetzlar, achtlinsig, und neue intravenöse Schaltcomputer der fünften Generation. Absolut unglaublich.«

Soundso guckte auf das kleine schwarze Ding und rührte sich nicht. Da sie schwieg, sprach ich weiter.

»Sie rechnet alles automatisch aus, mit diesen unfaßbaren Speicherwundern. Diese komperativen kleinen Chips sind ja in der Lage, Rechenoperationen auszuführen, für die das menschliche Gehirn keine Vorstellung mehr hat, also, die Kamera hier fotografiert Dinge – einfach unvorstellbar.«

»So so.«

»Ja. Wenn sie knipst, ist das kein Knipsen und Klicken mehr, sondern ein feiner, müder Lidschlag, sanft, unhörbar!«

»NA SO WAS.«

Sie sagte das sehr abfällig. Auch normale Konversation schien ihr nicht sehr zu liegen. Verlegen steckte ich das Spielzeug wieder ein.

Ich drehte mich zum Kellner, um noch ein Bier zu bestellen, ja, eine ganze Runde. Ich wußte ja, daß man sich damit in einer neuen Umgebung beliebt machte. Man rief – ich kannte das aus mehr als einem Film – leutselig die zündende Botschaft durchs Lokal: ›Und jetzt alle! Jedem Mann sein Glas rasch aufgefüllt – und zwar auf meine Rechnung!‹ Ich holte tief Luft, wollte aber in jedem Fall sichergehen, daß der Kellner mich hörte; er stand gerade mit dem Rücken zu mir. Ich starrte ihn an, starrte in seinen Rücken, bereit, ihn lauthals anzusprechen, sobald er sich umdrehte. Quälend lange drehte er sich nicht um, fünf Minuten, zehn Minuten.

Mein zündender Schrei verdorrte mir schon in der Kehle. So nahm ich einen scharfen Bierdeckel, holte weit nach hinten aus und schleuderte ihn – zack! – zwischen die Schulterblätter des dienstlosen Kellners. Der Mann zuckte zusammen, ich auch, und hinter mir lachte jemand laut auf: der Sandkastenfreund. Er war wieder da, gottseidank. Soundso fragte ihn, warum er lache, und er erklärte es ihr: Ich, sein Freund aus der nordeuropäischen Hafenstadt, habe dem Kellner einen scharfen Bierdeckel ins Kreuz geworfen. Irritiert nahm der Gastronom mein geflüstertes Anliegen zur Kenntnis:

»Ach bitte schön, diese kleinen Biere, die sie ausschenken, davon bitte doch eines für den, für die da und, äh, für mich.« Er nickte betroffen. Wenig später hatten wir die kleinvolumigen Gläser in Händen und stießen an.

»Also dann!«

»Auf dein Wohl.«

»Auf gutes Gelingen, hier bei uns.«

Zusammen mit der Freundin des Sandkastenfreundes, auf vier Köpfe angewachsen, plauderten wir, isoliert von den übrigen Lokalbesuchern, über den Faschismus. Ich wunderte mich bereits über den respektvollen Abstand, den die anderen Menschen zu uns wahrten – inmitten der bierigen, hoffnungslos überfüllten, verschwitzten Arena schien um uns ein Kreis der Unberührbarkeit gezogen zu sein, den niemand überschritt – als eine Frau in gebückter Dienerhaltung auf Soundso zukroch. Sie mochte fünfundzwanzig Jahre alt sein und hatte nur Augen für Soundso. In der einen Hand hielt sie eine auf DIN A1 vergrößerte Fotografie von Soundso im Halbprofil, die sie ihr zitternd darreichte. Dazu sagte sie dienernd und kopfnickend, sie könne die Aufnahme gern noch einmal machen, wenn sie nicht gefallen sollte. Ich sprach das arme Wesen, ein an sich hübsches Mädchen, freundlich an.

»Was wird das denn einmal, wenn es fertig ist?«

Sie hörte mich nicht. Die Augen starr auf Soundso geheftet, wartete sie auf irgendeine Huld der von ihr offensichtlich Verehrten und achtete nicht auf mich. Soundso selbst beantwortete mir die Frage.

»Alle Abonnenten bekommen dieses Foto, wenn ich es unterschrieben habe und es auf Plakatgröße vergrößert ist.«

Nun besprach sie mit der Dienerin die Einzelheiten des geplanten Plakates; tatsächlich gefiel ihr das Foto nicht, und sie drang auf einen neuen Fototermin. Mein Sandkastenfreund nahm mich beiseite und fragte mich aufgeregt, wie mir Soundso gefallen habe. Ich müsse nämlich wissen, fügte er hinzu, es gebe gewisse Hierarchien in der Stadt, und ganz oben, da stehe diese Soundso. Er selbst habe sich im Laufe von zwei Jahren das Recht erkämpft, in diesem Lokal neben ihr stehen zu dürfen. Dieses Recht hätten sonst nur noch zwei oder drei Personen, auf keinen Fall aber ich, der ich mich nur kurzzeitig ihr nähern dürfe.

»Ich … freue mich, daß ich mit ihr sprechen konnte.«

Mein Freund strahlte. Er winkte einen jungen Mann herbei und stellte ihn mir vor.

»Dies ist der berühmte Autor von Jugendmode und ihr Ende‹!«

»Aha. Sehr erfreut.«

Ich sei im übrigen Schriftsteller, erklärte mein Gastgeber.
»Ach, woran schreibst du denn so?«

Der junge Mann hatte Pomade im Haar sowie kleine, gutmütige Augen. Noch nie hatte ich so kleine Augen gesehen. Sie waren so klein, daß der Kopf, der womöglich eine normale Größe hatte, elefantengroß wirkte. Nun wollte er wissen, was ich schrieb. Eine gräßliche Frage.

»Ich vertrete eine bestimmte, konsensuale Linie in der Literatur, mußt du wissen. Das heißt, daß ich … nicht vereinnahmbar bin für Radikale.«

»Was für Radikale …?«

»Kurz und gut: Ich schreibe ein Konzeptbuch.«

»Ich wußte gar nicht, daß man das heute noch kann. Kannst du mir mehr darüber sagen?«

»Du wirst lachen: Ich habe ›Jugend und kein Ende‹ bei mir zu Hause liegen. Obwohl ich eigentlich nie lese. Ein Mädchen hat es mir gegeben. Sie mochte es übrigens nicht, leider, was ich gar nicht verstehe.«

»Ach, wirklich? Was liest sie denn sonst so?«

»Das … weiß ich nicht.«

»Ganz bestimmt nicht? Überleg' doch mal!«

Ich wußte es nicht, es gab kein Mädchen. Der junge Mann wollte schließlich wissen, wie ich denn am besten schriebe. Ich sagte es ihm. Der entbehrungsreiche Winter, der hinter mir lag, die eiserne Disziplin, die ich mir in der Zeit auferlegt hatte, die unsterblichen Zeilen, die dabei entstanden waren: das, so tönte ich, hätte mich zum Schriftsteller reifen lassen.

Nach einigen Tagen war ich soweit, daß ich mit der Bevölkerung der neuen fremden Stadt richtiggehend ›ernste‹ Gespräche führte. Ich war aufgetaut, wie man so sagt. Man führte mich in Bier- und Volks- und Stadtgärten ein und schätzte meine Anwesenheit. Einmal war ich in einem Lokal, das mit Bierdeckeln bis an die Falzlinie ausgenagelt war und zahllose Fotos von ehemaligen Fußballspielern, ja sogar Boxern an den Wänden kleben hatte. Ein anderes Mal schmiß ich mit frischen Bekannten die Music-Box an. Ich erfuhr, daß Soundso, die ich inzwischen wie alle anderen ›Evelyn‹ rief, erstens älter war, als ich dachte, nämlich fast 25, und zweitens selbst einmal fast eine Schriftstellerin geworden wäre. Ein Verleger hatte ihr gesagt, sie könne schreiben, was sie wolle, er würde es drucken. Solchermaßen ins Gespräch gekommen, besprach ich mit ihr literarische Probleme. Auch mein Freund, der Sandkastenmensch, saß wieder mit am urgemütlichen Volksgartenbierstammtisch, als ich die Frage aufwarf, ob man die Pflicht habe, seine Stimme als Schriftsteller ins Konzert der Meinungen hineinzutragen, sie zu erheben und Zeugnis abzulegen.

»Man muß es machen, weil es sonst ein anderer tut«, sagte der Freund.

»Es wäre mir aber peinlich«, argumentierte Evelyn. Ich merkte sofort: Peinlich – das war kein Standpunkt. Im Gegenteil: Es mußte einem peinlich sein, sonst hatte es keinen Wert.

»Mutig muß man sein!«

Was aber meinte ich damit? Ich wußte es nicht. Dennoch nahm ich mir vor, unverzüglich mit dem Schreiben zu beginnen und etwas PEINLICHES herzustellen. Ja! Ich mußte über MICH schreiben, über mein Leben, meine Eltern, meine Großeltern, schonungslos! War nicht Sartre erst dadurch zu Sartre geworden? Weil er einfach über sein Leben schrieb? Genau. Ich konnte ja ein bißchen das Geburtsdatum manipulieren und auch sonst die Dinge etwas beschönigen – dem Dichter alle Freiheit! Hauptsache, das Buch verkaufte sich bestsellermäßig; außerdem konnte ich nur lernen. Learning by doing.

Aufgeregt machte ich mich tags darauf ans Werk: MEIN LEBEN.

»Ich bin als Sohn meines Vaters und als erster Bruder meines älteren Bruders und somit als zweites Kind meiner armen Eltern vor schrecklich langer Zeit auf die Welt gekommen. Man setzte mich in der großen Hafenstadt des Nordens aus, also in die Welt, ich meine: Man behielt mich natürlich in der Familie. Mein Vater war ein F.D.P.-Politiker, mein Großvater und Vater meines Vaters verdiente sein Geld als Kanonenfabrikant. Die Kanonenfabrik lag am Rande der Hafenstadt, und während ich einschlief, sang der Fabrikant manchmal ›Nachts, im Hafen, wo die großen Schiffe schlafen‹ sowie ›Heute gehört uns Deutschland und morgen die ganze Welt‹. Es war eine schöne Kindheit. Jedenfalls für meinen Vater – ich lebte ja erst, als die Kanonenfabrik pleite gegangen und Deutschland untergegangen war. Ja, mein Leben! Aufregend von Anfang an. Ich habe nie verstehen können, warum wir den Krieg verlieren mußten. Großvater auch nicht.

Später gab es ein Grubenunglück in Lengede. Verschüttete Kohlenkumpel mußten aus tausend Meter Tiefe mit einer extra gebauten Kapsel geborgen werden. Als ich sehr klein war, stellte man mich Thomas Dehler vor. Das ist Thomas Dehler, sagte man mir, und ich spürte, wie bedeutend der Augenblick für mich objektiv sein mußte: Thomas Dehler, der Mann, der gleich nach Adenauer kam, der Vize-

König, der halbe Bundeskanzler. Adenauer war natürlich uneinholbar. Für meinen Bruder und mich war der Alte aus Rhöndorf der Größte. Nachkriegspolitik – für meinen Bruder und mich keine leichte Aufgabe. Westintegration, Atlantisches Bündnis, Römische Verträge: Das wollte wohlbedacht sein. Einig waren wir uns nur in unserem klaren Bekenntnis zur Bundeswehr, zur atomaren Mitverantwortung im Rahmen der Wertegemeinschaft und natürlich, wie könnte es anders sein, zur Gemeinsamkeit der Demokraten. Aber was fing man damit im Einzelfall an, Spiegelaffaire, Attentat auf Kennedy, Starfighter?

Fragen über Fragen. Geboren in den 50er Jahren, gelangten wir Anfang der 60er Jahre zu Bewußtsein, Gedächtnis, Sprache und Erinnerung. Mein allererstes Ereignis, an das ich mich später erinnern konnte, war die Abdankung Adenauers im Jahre 1963 einschließlich Feierstunde im Kölner Dom. Adenauer stand die ganze Zeit, trotz seiner 91 Jahre. Wir Kinder hätten den ganzen Tag heulen mögen – wir haßten Erhard, den ruchlosen Nachfolger. War er, der dicke, falsche Hund, nicht mittels einer verdeckten Kulissenschieberei, durch heimliche Absprachen innerhalb der eigenen Reihen, an die unverdiente Macht gekommen? War Adenauer überhaupt tot? Nein! Er lebte, man konnte es ganz klar erkennen, im Fernsehen: Da stand er, im Kölner Dom, lebendig. Überreden hatte er sich lassen, der Gute, der Weise. Dabei hätte er weitermachen und Deutschland mit sicherer Hand in den unendlichen Aufschwung steuern können. Wir Kinder waren maßlos traurig. Und wie das Leben so spielt – kein Jahr später war Erhard am Ende.

Nun sagten die Parteistrategen: Einmal muß Halla noch über die Hürde. Mit Halla, eigentlich der Name des Pferdes, mit dem ein deutscher Springreiter einmal eine Goldmedaille gewonnen hatte, war Ludwig Erhard gemeint, der neue

Kanzler, der schon am Ende war. Mit ›Hürde‹ meinte man Bundestagswahlen, die 1965 stattfanden. Wir Kinder, die wir die ›Bild‹-Zeitung lasen, wußten von dem Schwindel. Andere fielen drauf herein: Erhard gewann die Wahlen. Und trat zurück. Das war so abgemacht worden.

So war unsere Kindheit. Unser Vater schwärmte: Wenn ihr einmal groß seid, Jungens, geht ihr auch zur Bundeswehr! Freiwillig, versteht sich. Feine Sache, vor allem, wenn Krieg ist. Da kann man viel ›organisieren‹, und wer am besten organisiert, kriegt die besten Mädchen. Euer Vater war selbst neun Jahre beim Militär, am Monte Cassino zwölf Wochen lang die Yankees aufgehalten, und mit den Italienerinnen, Mensch, die fielen in Ohnmacht vor Freude, wenn sie ihn, unseren Vater, nur von weitem sahen. Also – gute Aussichten, erst mal. Aber es kam statt dessen die Große Koalition, die Neue Zeit, die Aufklärung, die Sexuelle Revolution; die Bundeswehr wurde entwaffnet und aufgelöst. Mein Bruder und ich schlossen uns den Roten Horden und berserkernden Brigaden an.

Aber immer der Reihe nach. Natürlich war auch Strauß unser Held, weil er in einer mutigen Nacht-und-Nebel-Aktion das Natterngewächs der deutschen Intellektuellen ausrottete, es zumindest versuchte. Er ließ schlagartig alle ›Spiegel‹-Redakteure aus ihren Betten holen und warf sie furchtlos in die deutschen Zuchthäuser, die man dafür ja gebaut hatte. Andererseits lasen wir den Spiegel – unser Haushalt hatte ihn abonniert, und es war ein schrecklicher Gedanke, ihn nicht mehr zugeschickt zu bekommen. Überhaupt sah der junge Augstein besser aus als der junge Strauß, der mit seiner dicken Figur an den Verräter Erhard erinnerte. Da auch unser Vater als F.D.P.-Abgeordneter hohltönend für eine sogenannte freie Presse eintrat, fanden wir uns mit dem Ausgang des schneidigen Coups ab: Strauß verlor. Bis dahin hatten wir darauf gesetzt, daß er eines sehr bestimmten Tages Bundeskanzler werden und vierzehn Jahre lang bleiben würde, von 1966 bis 1980.«

Die Jugenderinnerungen! Sie waren wirklich das Schönste im Leben. Es gab Situationen, und diese war eine, da dachte ich besonders gern an früher. Ich hatte nämlich, meine Befürchtung bewahrheitete sich schnell, eine Erkältungskrankheit bekommen, Mit ALLEN Symptomen. Klar, daß ich den ganzen Tag medikamentös unter Drogen stand. Wenn alles nichts half, was täglich der Fall war, mußte ich Alkohol zu mir nehmen, weil der noch am besten die Viren wegbrannte. Die Temperaturen waren auf 33 Grad geklettert, die Luftfeuchtigkeit betrug sechzig Prozent. Alle Stunde einmal nahm ich Kontregripp, Aspirin, Gelonida, frisch gepreßten Zitronensaft und Malteser Aquavit. Dabei schwoll mein Kopf an, erreichte den doppelten Umfang – und draußen lastete tropische Schwüle. Zum Glück hatte ich kaum Kopfschmerzen, nur die Hörleistung des linken Ohres war um 50, die des rechten um 90 Prozent zurückgegangen. Es strengte mich, da ich ja sensibel war, sehr an, in einer fremden Stadt zu sein, o ja. Immer lief ich in nassen Hemden herum, da ich fieberte und, wie die Ärzte sagten, transpirierte. Schlimm war das mit den Ohren.

Ich wußte nun, daß es kein schöner Zustand werden wird, wenn ich erst Greis bin. Dumpf und feindlich-fremd liegen die Dinge da, hegen keinerlei Sympathie für einen, verachten einen, weil man sie nicht hört, während sie einen sehr wohl hören. Nachts war es nicht möglich zu schlafen, und die einzigen Stunden, in denen ich alles um mich vergaß, waren die Saufabende mit Evelyn. Anfangs gesellten sich ihre Freunde noch dazu, später nur noch ein paar Fans, dann gingen wir nur noch zu zweit weg. Wir überlegten uns, ob wir unsere Sachen nicht zusammenwerfen wollten für das restliche noch verbleibende Leben – aber ich will der Reihe nach erzählen. Ich wurde also immer kränker, das

Wetter setzte sich wie eine böse UFO-Glocke über der fremden Stadt fest. Ich saß am Schreibtisch und dachte an Sartre, und ich dachte an früher. Endlich hatte ich meinen Stoff gefunden! Ich schrieb, auch wenn ich nach jedem Satz auf allen Vieren zum Tablettenschrank kroch, auch wenn es langsam ging, weiter an der Geschichte meines Lebens. Ich hatte auch schon einen Titel dafür. ›Auf Der Suche Nach Der Verlorenen Jugend‹, frei nach Proust, den ich freilich nicht kannte, was meiner Arbeit aber nicht schadete:

»Vater und ich sowie mein Bruder waren eine verschworene Gemeinschaft, Mutter war schon früh verstorben. Der Krieg lag nun schon Jahrzehnte zurück, Deutschland war wieder wer. Man lebte gut, die Währungsreform hatte allen Geldgeschenke gebracht sowie Mitbestimmung und die Fußballweltmeisterschaft. Unser Vater bekam ein Angebot von der Bundeswehr, wieder groß als Konteradmiral einzusteigen – was der aber ablehnte. Er wollte nach Bonn, in den Bundestag, Reden halten, roter Teppich bei allen Staatsbesuchen und Flughäfen. Erst mußte er seinen Wahlkreis gewinnen – dazu hielt er Reden vor Bauern in Wirtshäusern –, dann seine Landesliste. Dazu schob er mit anderen die Kulissen hin und her. Die Lebensmittel für den Vier-Personen-Haushalt, Dienstmädchen inklusive, sie waren übrigens immer jung und wechselten häufig, lieferte ein Großhandelsgeschäft, auf Knopfdruck, per Fernbedienung. Wir hatten eine Liste, auf der wir alles ankreuzten. Ein Kreuzchen mehr – und es kamen zusätzlich 200 Negerküsse. Auf dem Frühstückstisch stand morgens neben Butter, Marmelade und Brötchen ein Taschenradio, das leise murmelte. Die Zeitung ging zu gleichen Teilen an meinen Vater, meinen Bruder und mich: Tagespolitik an meinen Vater, Sport an meinen Bruder, Wirtschaft an mich. Das Dienstmädchen guckte mit seinem hübschen Gesicht ins Leere. Eines Morgens spielte das sonst so ruhige Taschenradio verrückt. Wir ließen die Zeitung sinken: Das erste Lied der Beatles dröhnte durch den Äther. Und, tja, man mag es nicht glauben, obwohl unser Vater apodiktisch feststellte, daß diese Musik gar niemals nicht in unser Haus käme, schenkte er uns, Liberaler in Hochform, gleich darauf einen Schallplattenspieler samt erster Schellack-Beatles-Platte. So begann die Jugend.

Um in der Klientel-Partei F.D.P. hochzukommen, dachte unser Vater, müsse er in der Wirtschaft erst mal Furore machen. Also: Import/Export, immer gut. Er gründete eine Im-/Ex-Firma, die Milch in Tüten von Deutschland nach Italien exportierte. Machte die große Kanonenfabrik des Großvaters nach stolzen 99 Jahren pleite, schaffte die Milchversandfirma nur wenige Monate, was aber nicht weiter schadete. Mein Bruder bekam das alles nicht mit, hielt Papi für den neuen Tütenkönig, meldete sich freiwillig zur Bundeswehr und ließ die Dinge auf sich zukommen. Abends lag er im Bett und redete laut mit sich selbst, der Bruder, der ältere. Da meinte er dann, Karl May sei ein nicht überragender, aber anerkennenswerter Schriftsteller. Thomas Mann könne sich zwar womöglich schreibend einfallsreich ausdrücken, aber Heinrich Mann habe ohne Zweifel die größere inhaltliche Aussagesubstanz. So kamen wir auch nicht weiter, im Gegenteil: Gegenüber vergleichbaren Klassenkameraden, die gerade erfolgreich zwischenmenschlich in die Bretter sprangen, fielen wir zurück. Wurden wir etwa auf Parties eingeladen, mein Bruder, Karl May und ich? Nee! Mit uns Schmollmündern wollte keiner seine Party downen. Mein Bruder hatte es noch einfach – der las. Aber ich? Ich mußte Radio hören oder Schulaufgaben machen. Fünf Jahre verödeten wir so. Draußen im Lande saßen wir und hingen durch, während in Bonn ein Bundestagswahlkampf nach dem anderen geschlagen wurde. Unser Vater redete immer noch zu den Bauern. Der Bauernminister hieß Ertl und gehörte der Partei von Papi an. Papi selbst ackerte sich auf der Landesliste nach oben. Zu Weihnachten gab's viele Geschenke, aber das interessiert wohl nicht weiter.

Bleiben wir bei der Jugend, weichen wir nicht ab. Erich Mende besuchte Ende der 60er Jahre unseren Haushalt, ein unvergeßliches Ereignis, das sehr zu trennen ist von der IOS-Tätigkeit, in die Paps später verstrickt wurde. Außerdem verfolgte unser Vater frühzeitig die Jungtürken-Linie in der F.D.P., begrüßte geradezu begeistert das Entstehen der Sozialliberalen Koalition, war ein Scheel-Mann. In lustiger Kampfstimmung sah er sich an, wie die erbärmlichen Überläufer um Mende den Kanzler zu Fall bringen wollten. Abends, jeden Abend, trank er Bier mit den Bauern, von denen er behauptete, das seien seine treuesten Wähler. Das Geschenk, das mein Bruder zu Weihnachten bekam? ›Der Schut‹ von K. May. Als er bemerkte, daß er das schon doppelt hatte und mir nun schenken wollte, nahm ich erst mal mißtrauisch an und las das Buch tatsächlich, bis Seite sieben. Grauenvoll! Ich verstand diesen älteren Bruder nicht. Es war längst Sitte, daß wir uns – mehr oder weniger heimlich – die Weihnachtsgeschenke selbst zuschickten und schenkten. So packte ich zum Beispiel einen blitzeblanken neuen Fotoapparat in ein Normpaket der Post und schickte es anonym an ›Der liebe, gute Joachim Lottmann, Hartungstr. 3, 2000 Hamburg 13‹. Im Innern fand sich noch ein Verehrerbrief an mich, unterzeichnet mit ›Der Geheimnisvolle XX‹. Andere machten sich weniger Umstände, aber im Prinzip funktionierte das Schenkungssystem auf diese Weise – wieso also der doppelte ›Schut‹? Es warf nur ein allzu bezeichnendes Licht auf meinen Bruder!

Ostern war immer Ostereiersuchen. Vater fuhr mit einem alten DKW-Kombi, uns Kindern und dem Dienstbunny in den Wald, wo alle warten mußten, erst mal, alle Kinder, während Papi und Fräulein Trixi die Ostereier verstecken gingen. Mein Bruder und ich untersuchten solange den Wagen, einen echten Zweitakter mit obergäriger Mischverbrennung und drei – nicht vier – Zylindern. Natürlich spielten wir auch Fußball, wenn das rituell-nichtssagende Eiersuchen abgeschlossen war. Unser Vater unterstützte Hannover 96, ich selbst den Verein von Schalke 04 und mein Bruder, ein bißchen trottelig, aber diesmal unangreifbar, den HSV. Oft, so auch hier, blitzte ein letztesmal Klasse auf beim guten Bruder, und man sah, daß er aus einem guten Stall kam. Zum Vergleich: Fräulein Trixi votierte für den Westberliner Verein Hertha. Auf der Rückfahrt hörten wir per Autoradio Sportsendungen und Nachrichten. Meistens war wieder einer der Kennedy-Leute umgenietet worden, oder Mao Tsetung starb, oder Schleyer bettelte um sein Leben. Später gab's Weltwirtschaftsgipfel in Rambuillet, Knickerbocker, Räucherstäbchen und Grillabende in Langenhorn im Schmidtschen Reihenhaus, mit Giscard und Dear Ford – ein Mann, der zwei Jahre US-Präsident war –, und immer saßen wir im Auto, und mein Bruder war noch immer nicht aufgeklärt. Aufgeklärt – so nannte man damals den Zustand, Männer und Frauen im sportiven Sinn unterscheiden zu können. Schließlich – mein lieber Scholli – schickte man den zukünftigen Soldaten mit Fräulein Trixi hinter den Müllberg, das war eine ehemalige Müllhalde, die nun zum Naherholungsberg ausgebaut und begrünt worden war. Dort, beim ernsten Spaziergang, passierte es dann. Als der Bruder zurück war, wurde erst mal wieder Fußball gespielt – die Bolzkugel befand sich immer im Wagen. Sogar im Winter, wenn wir Ski fahren sollten, kickten wir uns das klitschnasse Leder zu: Der Torwart konnte sich im Schnee so gut hinwerfen. Nach der Pleite im Tütengeschäft zog Paps eine Import-/Exportfirma für deutsche Pharmaprodukte auf, die hochwertiges Aspirin von Deutschland nach Österreich und Belgien verschob. Die Sache mit den IOS Investmentfonds hatte uns nur einen Sommer lang in Atem gehalten – Nachdem buchstäblich alle unsere Freunde, Hausfreundinnen, Bekannte und Politikerkollegen wertlose Papiere gekauft hatten und fassungslos bis weinend bei uns anriefen – ›Das war das Erbe meiner verstorbenen Frau Großmutter …!‹ –, zogen wir vorübergehend in eine andere Stadt um. Da gab es wieder ein neues Dienstmädchen: Stefanie. Mein Bruder war nun schon ein ungeheuer erfahrener Mann in punkto Dienstmädchen, dachte er schmutzig, hatte dann alle fünf Finger im Gesicht. Nachdem die Aspirinfirma im Bankrott versandet war, fuhr uns unser Vater zu seinem Geburtshaus; dort sollten wir einmal sehen, aus welch gutem Stall wir eigentlich einst gekrochen waren. Weite Wiesen mit Apfelbäumen, Kirschbäumen und Brombeerhecken erwarteten uns, ein breiter Auffahrtsweg kam auf unseren DKW-Kombi zu. Man trank Tee im Garten aus silbernen Kannen, die schon auf der deutsch-südamerikanischen Schiffahrtsreederei und im untergehenden Commonwealth gereicht worden waren. Wir verstanden eines nicht: Warum behielten die feinen, aber engen Verwandten beim Gartenfrühstück die Hüte auf? Papi erklärte es uns. Diese Leute seien eingebildet, und deshalb wolle er mit ihnen nicht zuviel zu tun haben.

Vater erzählte auch, er hätte in SEINER Jugendzeit unentwegt in diesen Brombeerbüschen gesessen und Brombeeren gepflückt. Die Bauern, die seine treuesten Wähler seien, die habe er damals überhaupt nie zu Gesicht bekommen. Im Alter von zwölf Jahren sei er in die Harzburger Front eingetreten, um sich mit dem Stahlhelm gegen die Bolschewiken zu schlagen, die damals zerlumpt durch die Straßen fegten, schwangere Frauen und Kinder vorneweg. Selbstverständlich konnte unser Jungvater, wie alle anderen Deutschen, die Nazis nicht leiden, während er die Person des Führers und Reichskanzlers innig bewunderte: ›Wenn das der arme Führer gewußt hätte.‹ Der arme Führer war nur hinters Licht geführt worden, von gewissenlosen Ratgebern, jüdischen Großgrundbesitzern womöglich und homosexuellen Bankern. Wie später Strauß von Donisl und Onkel Alois. Als dann der Krieg losging, waren zum Glück alle Differenzen vergessen, und Papi stürzte sich vorbehaltlos in fremde Länder & Völker. Endlich lernte er die Welt kennen. In Nordnorwegen schnitt er Eskimofrauen das Haar, in Sizilien leitete er eine Munitionsfabrik, in der ausschließlich dienstverpflichtete und zwangsrekrutierte junge Frauen arbeiteten, in Afrika machte er die Zangenbewegung der deutschen Wehrmacht mit, die, über Ägypten und Persien, die Heeresgruppe Afrikacorps mit der Heeresgruppe Süd verbinden sollte, die über den Kaukasus bis zu den Ölfeldern von Baku vorgestoßen war und Georgien, Afghanistan und Nordpersien einnehmen sollte. Schade, daß alles nicht klappte. Es klappte nicht, weil der Angriff ein Jahr später erfolgte, zu einem Zeitpunkt, als bereits täglich Tausende von fabrikneuen LKWs von den USA in die Sowjetunion transportiert wurden. Stalin mußte nur noch auf Zeit spielen; jeden Tag wurde der deutsche Sieg unwahrscheinlicher; und unser Vater biß sich in El Alamein fest ...«

Ich geriet ins Schwärmen und ins Grübeln. Was wäre, wenn wir den Krieg gewonnen hätten? Dann wäre die gerade beschriebene Jugend anders verlaufen. Ach, es war ein dankbares Thema, über das eigene Leben zu schreiben. Gerade das Persönliche gab einem Buch die gewisse intime Färbung, die man heutzutage auf dem Markt einfach verlangte.

Am nächsten Tag fuhr ich zu meinem Verleger, der auch in der Stadt wohnte. Das war ja das Gute an meinem Tapetenwechsel. In der Nähe des Verlegers war ein ganz anderes Arbeiten möglich, indem ich ihn immer besuchte, die Konzeptionen koordinierte, Verständnis für die Sachzwänge von Verlagen entwickelte und so weiter. Nun ging es aufwärts.

Die Dame am Empfang kannte mich natürlich nicht. Sie schickte mich zur Anmeldung in den dritten Stock, aber das umging ich. Ganz beiläufig fragte ich den nächstbesten Mitarbeiter, wo der Alte sei.

»Der Alte?«

»Na, der Verleger.«

»Verleger?«

»Der Chef eben!«

»Hier wird alles kollektiv entschieden. Sagen Sie: WEN wollen Sie besuchen?«

An den Wänden im Treppenhaus hingen Fotografien bekannter Autoren des Verlages. Mit Widmung. Autoren wurden hier angehimmelt, das sah man. Bald würden sie ein gerahmtes Foto besorgen und aufhängen, das mich zeigte. Dann war es vorbei mit den Frechheiten der Lakaien. Ich fand einfach meinen Verleger nicht. Vom dritten kam ich in den zweiten Stock, dann in den vierten, schließlich schlenderte ich im Erdgeschoß umher, direkt in die Arme der Empfangsdame, die allerdings gerade mit dem Verleger plauderte.

Als er mich erkannte, freute er sich. »Na, so etwas!«

Wir schüttelten uns lange die Hände.

»Das ist schön, daß Sie kommen. Gerade kürzlich habe

ich an Sie gedacht. Ich wollte Ihnen einmal diesen Stapel Manuskripte zurückschicken, der sich da seit Jahren angesammelt hat!«

»Ja, das ist nett von Ihnen, und jetzt komme ich selbst und kann alles mitnehmen.«

»Ja-ha. Na, dann kommen Sie mal mit, bringen wir's gleich hinter uns!«

Ich trottete hinter ihm her, folgte ihm in sein Chefzimmer.

»So ... sehen Sie, hier ist alles. Nichts geht hier verloren, obwohl wir Millionen Manuskripte bekommen jeden Tag.« Ich stand vor ihm.

»Macht es Ihnen etwas aus, wenn ich die Tür schließe?«

»Nein, bitte sehr! Aber ich muß gleich wieder runter.«

Ich schloß die Tür und setzte mich.

»Wie haben Ihnen die Sachen eigentlich gefallen?«

Er wußte es nicht mehr.

»Gott, das ist nun Jahre her inzwischen, da müssen Sie mir schon helfen ... Worum ging es da doch gleich, wissen Sie das noch?«

Ich sah auf den Packen Manuskripte. Zualleroberst lag eine Erzählung mit dem Titel ›Quellkopf‹. Das war die Geschichte, wo ein Mann, sobald er Alkohol zu sich nahm, bestimmte Ausfallerscheinungen hatte. Sein Kopf schwoll an, wurde heiß, schmerzte ... nein, das konnte ich dem Verleger nicht als vorrangiges Beispiel präsentieren. ›Quellkopf‹ verstand er nicht. Obwohl die Sache nicht schlecht gemacht war ... Darunter lag eine dicke Schwarte, nämlich mein voluminöser Roman über einen rechtsradikalen Skinhead.

»Erinnern Sie sich noch an die Skin-Sache?«

»Wie? Pardon?«

»Dieser Neo-Nazi-Roman. Wo ein junger Mann immer durch die Straßen läuft, sich prügelt, das Deutschlandlied singt.«

Er erinnerte sich wieder!

»Ja, ja, richtig. Das habe ich über weite Strecken mit Spaß gelesen, was mir nicht allzuoft passiert.« Als er sah, daß ich ihn aufmerksam betrachtete und nach weiteren Statements dürstete, langte er zu.

»Der Stil, den Sie für den packend zeitbezogenen Stoff gewählt haben, ist locker und journalistisch, man merkt auch, daß Sie einen Humor haben, durch den in den Text eine angenehme Leichtigkeit kommt. Ich müßte aber unbedingt noch mehr davon lesen, um mit Bestimmtheit sagen zu können, ob es was für uns ist.« Ich war verblüfft. Warum gab er es mir dann zurück?

»Wissen Sie, wir arbeiten hier im Kollektiv. Ich habe im Grunde überhaupt nichts zu sagen. So ein Nazi-Buch ist sehr kompliziert zu verkaufen, das sage ich Ihnen gleich, gerade intern, da muß man sich drum kümmern, und die Zeit hat einfach keiner. Das Thema, um das es da geht, ist ja nicht nur witzig.«

Er hatte sich in seinem Chefsessel weit zurückgelehnt und wirkte entspannt, auch ernst und ehrlich. Jetzt konnte man mit ihm reden. Ich sagte, der letzte Winter, das letzte Halbjahr sei nicht leicht für mich gewesen, und wenn ich ihn, den Verleger, nicht gehabt hätte, wäre es noch schlimmer gekommen. Aber nun, da es Sommer und ich in der Stadt sei, könne man endlich einmal Nägel mit Köpfen machen.

»Sagen Sie mir, was ich schreiben soll!«

»Das müssen SIE entscheiden, SIE sind der Schriftsteller. Ich werde mich hüten, Autoren in ihr Schaffen hineinzureden.« Ich blätterte weiter in den Manuskripten. Als Deutscher durfte man einfach keinen Nazi-Roman schreiben. Da: ›Port Stanley Ist Gefallen‹, ein ergreifender Bericht über die Liebe und den Falkland-Krieg. Darüber wollte ich immer schon einmal mit ihm reden.

»Das war doch aber ganz gut, damals, nicht?«

Ich mußte ihm wieder erzählen, was das war. Trotzdem erinnerte er sich kaum noch. Schließlich fand er eine überraschende Antwort.

»Wissen Sie, Ihre Ansichten über den Falklandkrieg sind ja nicht uninteressant und Ihre Fehlschläge in der Liebe auch nicht, aber müssen das unbedingt 5000 Leute lesen?«

Ich war so überrascht, daß der Verleger Gelegenheit fand, mich hinauszukomplimentieren. Als er mir die Hand zum Abschied reichte, wollte ich protestieren, aber er sah mich so freundschaftlich an, daß ich gleich beruhigt war. Der Mann ließ mich nicht fallen, niemals. Er war mein Freund. Beschwingt lief ich zur Straßenbahn und fand die Unterredung mit einem Male nützlich und fruchtbar, ja anregend, bahnbrechend. Das Tor zum Erfolg war aufgestoßen. Ich erkannte meine Fehler.

Mit dem dicken Packen Manuskripte auf dem Schoß wartete ich auf eine Bahn, die offensichtlich in einen Stau geraten war. Wo sie blieb, wußte ich nicht, aber ich hatte ja keine Eile und zudem meine Romane, die ich lesen konnte. Sicher würde ich sogleich merken, was ich falsch gemacht hatte, wo der Fehler lag. Da der Verleger grundsätzlich nicht in das Schaffen seiner Autoren hineinredete, mußte ich die Analyse selbst vornehmen; ich guckte verächtlich auf das erste Manuskript und sagte:

»Also gut, Quellkopf.«

Und begann zu lesen.

Quellkopf

Wer wenig oder gar nichts trinkt, wer lange Wochen keinen Tropfen zu sich genommen hat, wer Alkohol eigentlich gar nicht mag, den erwischt es besonders schlimm. Der wacht am nächsten Morgen mit einem Quellkopf auf. Der schlimmste Quellkopf, den ich je hatte, passierte mir im vorletzten Winter in der Adventszeit. Meine Frau gab mir damals vierzig Mark und sagte: »Besauf dich man schön.« Ich freute mich: Vierzig Mark, damit konnte man einen Abend lang aushalten. Aber SO RICHTIG freute ich mich nicht, denn es war klar, daß meine Frau mich bloß loshaben wollte. Da wurde man also in die Kälte zum Saufen geschickt, alleine. Das wollte mir nicht ganz gefallen. War es nicht ein bißchen entwürdigend? Hinzu kam, daß ich an dem Tag bereits mit leichten Kopfschmerzen aufgewacht war und mich nicht ganz wohl fühlte. Auch war mir etwas flau im Magen, einfach, weil ich das Mittag- und das Abendessen versäumt hatte. Ich hatte keinen rechten Appetit gehabt, wohl der Kopfschmerzen wegen; vielleicht vergaß ich es nur. Vielleicht hatte ich meine Frau, da die Stimmung an dem Abend ja etwas muffelig war, nicht um die Zubereitung einer Wegzehrung fragen mögen. Jedenfalls tappte ich, viel zu früh, mit vierzig Mark, mit Kopfschmerzen, mit flauem Magen, etwas mißgelaunt, aber arglos in die Winternacht. Insgesamt war es doch nett, nach so langer Zeit einmal wieder etwas zu trinken. Acht Wochen war ich nicht mehr ausgewesen, was daran lag, daß ich meine Junggesellenbude aufgegeben und mit meiner Frau zusammengezogen war. Ein bißchen dusselig lahmte ich zur Bushaltestelle und wartete.

Nach zwanzig Minuten quietschten neben mir die Reifen

eines Taxis. Der Taxifahrer, ein Hamburger, nölte: »Is doch kein Busverkehr, wegen der Demo-stratschioun!« So nahm ich das Taxi und fuhr damit zur Kneipe meiner Wahl. Ergebnis: Es waren nur noch 25 Mark in meinem Portemonnaie. Teure Getränke waren nun nicht mehr möglich, auch kein Gläschen Sekt. Da es so früh war, mußte ich das nehmen, was am längsten hielt, wovon ich am meisten kaufen konnte, natürlich Billigbier in Dosen. Da, wo der Taxifahrer mich absetzte, gab es nur Dosenbier und Sekt – es war eine große, finstere Party für junge Leute. Das Dosenbier kostete zwei Mark fünfzig.

Es war nicht leicht, in der funzeligen, nur mit Kerzen beleuchteten Halle den Bierstand zu finden, zumal ich mich matt fühlte und leichte Kopfschmerzen hatte. So nahm ich, um Kraft zu sparen, gleich drei Dosen auf einmal. Freilich wurden mir die Dosen sogleich lästig, und ich mußte sie auf einen Zug austrinken, ob ich nun wollte oder nicht. Mitten in dem unsäglichen Geschlürfe trat aber ein angeblicher Freund aus dem Dunkel – wie ich meiner Frau später noch berichten konnte – und bot mir an, aus seiner Flasche Oldesloer Korn zu trinken. Ich lehnte dankend ab: Erst wollte ich das Billigbier abräumen, dann mich in der Halle umsehen, später vielleicht auf das Angebot zurückkommen. Der Abend war noch lang. Was war das auch für ein ›Freund‹? Seit acht Wochen hatte ich den Kerl nicht gesehen. Das eiskalte Billigbier hatte ich endlich verdrückt, als eine Freundin mit einem Tablett Tequila auf mich zusteuerte und mir herzlich zulachte. Es war die Freundin meines besten Freundes. Ich hatte sie gern. Wir prosteten uns zu. Das Tablett war nicht für uns gedacht, wir machten es dennoch kurzerhand leer, um gleich ein neues zu bestellen. Das Billigbier vertrug sich nicht mit dem Billig-Tequila, und ich begann schon jetzt zu ahnen, daß ich am nächsten Morgen einen Quellkopf haben würde. Aber es war noch nicht einmal elf Uhr, was hätte die Frau gesagt, wenn ich jetzt schon zurückgekommen wäre? Das hätte ihr nicht gefallen, weiß Gott. So quälte ich mich weiter über den Abend.

Was tut man, wenn man die Zeit totschlagen muß? Man trinkt noch ein paar Bierchen. Nichts anderes tat ich. Später kam wieder der ›Freund‹ hinzu und goß mir seinen Fuselkorn in den Pappbecher. Auch die Freundin ließ sich nicht lumpen und spendierte, als ich kein Geld mehr hatte, noch ein paar Tabletts Tequila. Die Zeiger meiner kleinen Armbanduhr konnte ich nicht mehr erkennen, aber gute Freunde versicherten mir, es wäre noch immer nicht spät genug für die Frau gewesen. Allmählich fand ich mich damit ab, am nächsten Morgen einen Quellkopf zu haben, und fragte den Nächstbesten vorbeugend nach Kopfschmerztabletten.

»Na, du siehst ja ganz blaß aus«, beschied man mir, »irgendwie verquollen.« – »Verquollen?« – »Ja, quellig.« – »Dann ist das der beginnende Quellkopf, mein Gott. Gibt es hier nirgends Aspirin?« Es gab nicht. Dafür sollte ich Sekt trinken, riet die Bekannte, wegen der prickelnden Bläschen innendrin: Das würde das weitere Aufquellen des Kopfes verhindern. Wollte man aber in diesem Keller Sekt trinken, mußte man eine ganze Flasche für 40 Mark kaufen. Die hatte ich nicht. So mußte ich Billigbier weitertrinken. »Herr Ober, Champagner!« rief ich in die Dunkelheit, umsonst. Meine Bekannte konnte mir auch nicht aushelfen, ja, sie war verschwunden. »Wer bezahlt mir Sekt?« flüsterte ich. Endlich streifte mich ein vertrautes Gesicht: Schnapsnase Wohrm, der Schulfreund! So manche Nacht hatten wir zusammen gesoffen, damals. Das waren unvergeßliche Zeiten gewesen, mein lieber Scholli. »Wie siehst du denn aus?« wollte er mitfühlend wissen. »Wieso? Wie soll ich aussehen?«– »Du hast so einen aufgeschwemmten Schädel, alter Junge ... sieht gar nicht gut aus.«– »Ja, weißt du, das habe ich normalerweise immer erst am nächsten Morgen. Das ist der Quellkopf. Ich verstehe es auch nicht, warum ich jetzt … aber ich war ja schon heute morgen betrunken, daran wird's liegen.« Seine Fahne machte mich ganz schwindelig. Wohrm wankte, stützte sich auf mich. Ich fragte ihn, ob er mir nicht eine Flasche Sekt ausgeben könne. Er lachte fast befreit auf, streckte mir einen Flachmann entgegen, prustete: »Das wird helfen!« Nun hieß es: runter damit. Man durfte Wohrm nicht kränken. Gluck-gluck-gluck-gluck. Als Ausgleich diente ich Wohrm meinen Anteil am nächsten Tequila-Tablett an, das die Bekannte gerade brachte. »Kommt nicht in Frage, Kleiner, wo es dir doch schlecht geht!« Da war nichts zu machen, Wohrm lehnte ab. In meinem Kopf blubberte, orgelte, schmerzte es. Der Quellkopf des Jahrhunderts war am Anquellen. Was tun? Erst einmal zur Nachtapotheke. Aber dafür fehlte das Taxigeld. Und das Geld für die Tabletten. Zum Glück trug ich an dem Abend eine viel zu weite Hose, die von einem schmalen braunen Hosengürtel zusammengehalten wurde. Den nahm ich nun ab und band ihn um den Schädel, genau gesagt: um die Stirn. Das fiel nicht weiter auf, denn es war dunkel, und die Leute dort kleideten sich ohnehin gern verrückt. Während ich mit der einen Hand die weite Hose hielt, umklammerte ich mit der anderen einen Stützbalken. Trinken konnte ich so nicht mehr. Freilich blieb die Quellung; der Gürtel war zum Zerreißen gespannt. Kaltes, eiskaltes Wasser mußte her. Vielleicht war das die Rettung.

Auf Umwegen erreichte ich die Toilette, robbte das letzte Stück auf allen Vieren: da, das Waschbecken! Herrliches, eiskaltes Wasser! Andere halfen mir hoch, setzten mich notdürftig auf ein Heizungsrohr. Mit geschlossenen Augen fummelte ich das Oberhemd auf, streifte es luschig vom Körper, zerrte das Unterhemd weg, fragte einen Kumpel, ob er mir hochhelfen könne, hin zum Waschbecken. Dann hielt ich das Unterhemd unter den naßkalten Wasserstrahl, näßte es voll, bis es kalt und erdig war, tauchte es noch einmal unter Wasser, nahm den Gürtel ab, faltete das Unterhemd und band es mit Hilfe des Gürtels an den Kopf. Ich hörte es förmlich zischen. Der heißgelaufene Quellkopf begann bei der Berührung mit dem eiskalten Wildwassertuch zu dampfen. Ah, welche Wohltat!

Nun konnte der Abend lustig werden. Es war noch lange nicht an der Zeit, zur Frau zurückzugehen. Ein paar Stündchen mußte man schon noch aushalten. Ich knöpfte das Oberhemd zu, ließ mich auf die Beine stellen und stelzte ins Gewimmel zurück. Es mußte doch, verdammt noch mal, irgendwo Sekt aufzutreiben sein.

»Was hast du denn da um den Kopf?« wunderte sich ein entfernter Bekannter, der nette Frank Rübke. Ich erklärte ihm alles. Ihm konnte man es sagen, das wußte ich. Der nette Frank Rübke verstand die Welt. War er es nicht gewesen, der mir die Flasche ›Superiore Rosso‹ zugesteckt hatte, als ich mich mit meiner Frau so gestritten hatte? Ja – und sofort wußte er wieder Rat. Ich müsse etwas essen, meinte er und zog ein altes, steinhartes, aber nur mäßig verschimmeltes Vollkornbrot aus der Manteltasche. Im übrigen, erfuhr ich, habe eine Freundin von ihm gerade ihre Tage. Sie blute sehr stark, alle Laken seien mit blutrotem Blut durchtränkt. »Da hab' ich es ja noch gut mit meinem Quellkopp«, strahlte ich. Das Problem war, sich nicht einen Zahn auszubeißen. Rübke erzählte, daß er immer die Laken wechseln müsse, also blutrote gegen weiße. »Verstehe schon, Rübke. Das Thema scheint dich ja zu beschäftigen.« Er bejahte. Jedenfalls hatte diese Freundin von ihm starke Schmerzen und nahm dagegen Aspirin. Das Tollste: Die Freundin war anwesend, mitsamt den Tabletten.

»Allmächtiger!« Wie gerecht es doch zuging in der Welt! Mir platzte fast der Quellkopf vor Freude. Jubilierend und bei Rübke untergehakt, fieberte ich der blutigen Freundin entgegen, schleifenden Schrittes schleusten wir unsere Körper durch die Dröhnnacht. Und tatsächlich: Der Bruder hatte nicht zuviel versprochen. Die Freundin war da, die Aspirin waren da. Sechs Stück genügten fürs erste.

Gerade rechtzeitig: Das Koppelschloß des Gürtels knirschte schon vor Überlastung. Nun allerdings war der Höhepunkt überschritten. Die Quellung war unter Kontrolle. Rübke lieh mir das Geld für die erste Flasche Sekt, mit der ich dann singend von Kneipe zu Kneipe zog. Es wurde eine wundervolle Nacht, vor allem, als ich im Äquator Club Tina, Heidi, Siegi, die junge Miezi und Kiev Stingl traf. Als es dann draußen hell wurde, ließ ich mich nach Hause fahren, zu meiner Frau, die bis dahin kein Auge zugemacht hatte.

Ich fiel in wundervollen Schlaf, träumte von den vielen netten Dingen, die ich erlebt hatte, und schlief bis in den späten Nachmittag hinein. Ich wachte auf von dem explodierenden Knall der berstenden Gürtelschnalle. Aber das hatte ich erwartet.

Im Zeitalter, in dem wir lebten, ging es anders zu als früher. Also verbot sich Einfachheit und Geradlinigkeit von selbst; möglichst komplex mußte ich es mir machen. Wieso daher EINEN Roman schreiben und nicht sechs? Wurde ich damit dem Zeitalter gerecht, o nein. Schriftsteller, pah! Serieller Schreiber, das war ich, sollte ich sein. Erst wenn ich gleichzeitig an sechs Romanen, zwölf Kurzgeschichten, einem Fernsehdrehbuch, einer Beichte und drei Kinderbüchern schrieb, lösten sich Romantizismen auf, die ins letzte Jahrhundert gehörten! Ich überlegte.

Die bisherigen Schritte waren gut, die mußte ich nur in gewissen Abständen weiterschreiben: Die gnadenlose MEIN LEBEN-Abrechnung, der angefangene Roman über den Grinser Billerbeek, das Frauenbuch STAAT DER FRAUEN über Frauen in der ›DDR‹ … und hinzukommen müßte ein Liebesroman, ein Geschichtsroman, ein … mal sehen. Ein autobiographischer Roman. Ein authentisch-wahrhaftiger Konfessionsroman. Ja, ja! Als erstes wollte ich den Geschichtsroman beginnen und dann in schneller Folge den Liebes- und den Konfessionsroman; dabei wollte ich an den anderen Stoffen immer hübsch weiterschreiben, Sätze anfügen, drüberkomponieren. Was ich brauchte, war ein zimmerüberspannender Brückenschreibtisch, der Platz für zwölf Manuskripte bot und ein Stuhl mit Rollen. Am Ende mußte ich mich dem Zustand ANNÄHERN, an allen Romanen gleichzeitig zu schreiben.

Ich hätte am liebsten ›Salambo II‹ geschrieben oder etwas über Napoleon oder Bismarck. Aber das war zu gewöhnlich. Ich kam schließlich auf Lessing. So sollte auch der Titel sein, knapp und griffig: ›Lessing‹. Ich erinnerte mich, über den in der Schule nette Aufsätze geschrieben zu haben. An irgendeiner Stelle im Tiefschlafgedächtnis mußten diese Aufsätze noch lagern. Schrieb ich über Lessing, schöpfte ich aus tiefsten Quellen, schrieb ich dagegen über einen chinesischen Kaiser in der Ming-Dynastie, fiel mir womöglich nichts ein. Den Liebesroman wollte ich über Evelyn schreiben, und zu dieser Konzeptionierung gehörte eine Reise mit ihr in ein deutsches Seebad. Noch wußte sie nichts davon. Ohne blöde Vorbereitungen, die nur alles verfälscht hätten, ohne auch nur Luft zu holen, begann ich mit LESSING.

»Die Pflaumenbäumchen standen in schwüler Blüte, und die Mägde am Anger setzten die Körbe ab, die sie anmutig über den weiten Vorplatz bis zum Haus getragen hatten. Lessing saß mit einer ledernen Bundhose, einem weißgefalteten Bethemd und einer Brottasche, die ihm um die Brust hing, unter dem Torbogen des Stadtturms. Er war kein Mann, der die Freuden eines vom Krieg verschonten Hafenstädtchens nicht auf sich wirken ließ, ja mitmachte; er konnte trinken, aber auch schreiben – auf beides verwandte er auf die Minute genau fünfzig Prozent der Zeit, die der Herrgott ihm gegeben.«

Ich war ordentlich ins Schwitzen geraten. Ganz schön kompliziert, so ein historischer Roman. Aber jeder Anfang war schwer. Wichtig war nur, daß er gemacht wurde!

Ich sah aus dem Fenster und beobachtete einen alten Mann, der in zweien seiner Zimmer eine alte Wehrmachts- und Reichskriegsfahne gehißt hatte. Der Mann war bestimmt gute achtzig Jahre alt, aber er verfiel einmal am Tag auf den infantilen Scherz, von seinem Balkon im sechsten Stock aus mit Wasser gefüllte Papiertüten auf ahnungslose Passanten herabsausen zu lassen. Was für eine großartige Existenz – vor der alten Kriegsflagge salutieren und anschließend den Krieg mit anderen Mitteln weiterführen. Unten kreischten die Getroffenen auf, meist gesinnungslose, langhaarige, schlecht erzogene Studenten und Vaterlandsverräter.

Von diesen alten Leuten konnte man viel lernen, nämlich das Zackige. In den modernen und postmodernen Zeiten war das so selten geworden, daß man, wenn es gut an den Mann gebracht wurde, damit eindrucksvoll auftreten konnte.

Mein Verleger, den ich erneut die Ehre hatte zu treffen, erzählte mir zum Beispiel eine Geschichte, in der sogenannte Skinheads vorkamen, junge rabiate Burschen, die einen brilletragenden, blassen, belgischen Jugendlichen verprügelten. Jedenfalls behauptete der Verleger das. Zwanzig Leute sollen es gewesen sein, die in blindem Haß auf die ›Brille‹, also auf den Intellektuellen, losmordeten. Eine gute Chance also für jeden überzeugten Demokraten, Zivilcourage zu zeigen. Der Verleger hätte nun beweisen können, daß er es mit dem Minderheitenschutz ernst meint: Schützend hätte er sich vor die Brillenschlange stellen können und abwarten können, bis die zwanzig Skins beide, die Brillenschlange und ihn, zu Brei geschlagen hätten. Was tat der Verleger? Er wartete in seinem Auto, bis Sanitäter den toten

Studenten und ehemaligen Belgier abtransportierten, verließ dann das Auto, ging würdelos schleichend zum Ort der Schlägerei, hob die geborstene Brille des Toten auf und trug sie demselben hinterher. Aber selbst das war den Skins zuviel. Einer von ihnen bekam die Szene zufällig mit, begann wie Schlachtvieh zu röhren: ›Oi oi oi, den schnappen wir uns!!‹– und die ganze Horde rempelte auf den aufrechten Verleger zu, der inzwischen sein Auto wieder erreicht hatte und durchstarten wollte. Jedenfalls erzählte er die Dinge in dieser Weise. Mit ihren unglaublich schweren, eisenbesetzten Stiefeln zertraten die Skins die Scheinwerfer, hoben die Vorderräder an, rissen an den Türen; dann, der Wagen hatte zum Glück Hinterradantrieb, durchbrach das Auto die Menschenkette und taumelte mit letzter Kraft und brennenden Reifen, zerstört, aber unbesiegt, in die Freiheit, der nächsten grünen Ampel entgegen. So der Verleger. Glückwunsch, der tote Student wird sich bedankt haben, beziehungsweise seine Eltern, arme Bauern und treusorgende Eheleute in dem belgischen Dreifelder- und Halbackergebiet um Vercauteren. Wie aber hätte wohl mein Nachbar, der alte Mann mit der deutschen Wehrkriegsmarineflagge, die Situation angegangen? Hätte er auch, ohne Zack und Schneid, wie ein Saaldiener die Scherben zusammengefegt? Schwer zu sagen; ich kann nur sagen, wie ICH vorgegangen wäre! Ich wäre auf die Rabauken zugeschritten, hätte jedem einzelnen fest zwischen die Augen gestarrt, bis ich den schwächsten und weichsten ermittelt hätte; dem hätte ich mich zugewandt. Ruhig und schneidend hätte ich folgende Sätze gesagt: ›Suchen Sie etwas?‹ und ›Wohnen Sie hier?‹ und ›Würden Sie sich bitte ausweisen.‹ Dann hätte ich die Papiere angesehen und anschließend demonstrativ fallen lassen, in den Dreck. Dann hätte der verunsicherte Knabe die Brille von dem Belgier aufheben müssen. Zu dem Belgier hätte ich gesagt: ›Gehen Sie jetzt. Sie sind frei.‹, und die

Skins hätten noch, nach einer langen Kunstpause von zwanzig Sekunden, von mir zu hören bekommen, außerhalb der Hörweite des Brillenheinis: ›Rührt euch.‹ Und während mir der Waschlappen von Weichskin, der seinen Ausweis vom Trottoir picken mußte, Feuer gibt, sage ich leise, fast wie zu mir selbst, aber so, daß es der völlig demoralisierte Hund durchaus noch hört: ›Danke, Männer. Deutschland braucht wieder Kerls wie euch.‹ Mit einem Wort: Dem Belgier ist geholfen, den Skinheads ist geholfen, der Gesellschaft ist geholfen – allen geht's gut. Und alles nur, weil man ein wenig zackig vorgegangen ist. Später hat man mir übrigens erzählt, daß es nicht zwanzig, sondern nur zwei Skins waren, die den Verleger bedrängt hatten, und das nur – so die zufällig dem Geschehen beiwohnende Polizei –, weil der Verleger versucht hatte, die beiden ahnungslosen jungen Leute umzufahren. Aber das hat mir nun wiederum jemand erzählt, der dem Verleger Schlechtes wollte, so daß die Wahrheit erst noch ermittelt werden müßte, so sie von Interesse wäre.

Interessant ist aber einzig, was der Verleger zu meinen neuesten Romanprojekten sagte. Ausgerechnet STAAT DER FRAUEN gefiel ihm, mein DDR-Seller. Das sei eine prima Idee, die er selbst schon einmal gehabt habe. Dann sagte er, und das freute mich, denn es zeigte das zunehmende Interesse dieses Verlegers an meinem Gesamtwerk, daß er einige meiner früheren Fragmente anderen Mitarbeitern zur Durchsicht gegeben habe, vor einem Jahr. Jetzt lägen sogar Stellungnahmen vor. Am besten gefalle den Leuten eine sextriefende Geschichte über ein minderjähriges Mädchen, welches einen älteren Geschäftsmann von sich sexuell abhängig macht. Er, der Verleger, könne damit nichts anfangen, hielte den Stoff für zäh und intellektuell unergiebig; aber die Kollegen – die waren begeistert. Ich erinnerte mich natürlich schlagartig an diesen Roman. Ich wußte, daß meine Werke in der Regel darunter litten, zu wenig Sex zu haben, und da hatte ich dieses ewige Manko einmal überkompensiert, quasi mit der Brechstange. Prompt gefiel es diesen Typen! Ich erboste mich. Mein neues Fragment ›LESSING‹ habe weit mehr Gehalt als dieses Machwerk, legte ich dar.

»Dann sollten Sie vielleicht erst einmal diese anderen Sachen schreiben, von denen Sie erzählt haben, guter Freund.« Natürlich. Der Polit-Reißer, zum Beispiel. Die zehn Simultanromane und so weiter. Ich schluckte nervös, nickte eifrig. Ich versuchte gleich, ein bißchen über Politik mit ihm zu diskutieren, damit meine diesbezügliche Kompetenz augenfällig wurde.

»Ich habe gehört, Herr Verleger waren früher einmal im SDS?«

Tatsächlich sprach er gern darüber, das wußte ich. Nach einigen Bieren – auch der Herr Verleger hatte, wie jeder andere Einwohner dieser seltsamen Stadt, eine bestimmte Kneipe, in der er dieses obergärige Bier in schmalen, dünnen Gläschen zu sich nahm –, nach einigen dieser Biere redete er grundsätzlich nur noch über seine romantischen Jugendjahre in der roten Bewegung. Ich wollte das abkürzen und kam direkt darauf zu sprechen.

Er sah mich aber eher mißtrauisch an. »Was wissen SIE denn davon?«

»Na, war doch selber in der SPD. Bin ich heute noch! Ich zahle regelmäßig Mitgliedsbeitrag.« Das gefiel ihm, sein Gesicht riß auf.

»Wirklich?!«

»Ja. Es ist die einzige Partei, in der man sein kann, außer in der Evangelisch-Lutherischen Kirche Nordelbiens. Das heißt, Herr Verleger waren im SDS, wie ich hörte?«

Er nickte unmerklich. Aber er war noch nicht soweit, daß er reden wollte. So machte ich weiter.

»Ich finde, der Kampf gegen den Antisemitismus hat etwas geradezu stinkend Verlogenes. Was soll das bloß. Das kann sich nur um einen Ersatzkonflikt handeln, in den sich verlogene Staatsträger hineinphantasieren. Es ist der verlogenste und absurd-irrationalste Ersatzkonflikt von insgesamt vielen Ersatzkonflikten, die ich allesamt irreführend, ablenkend und verlogen finde, wie der Öko-Konflikt, der absurde Kampf gegen Tierversuche ...«

»Oh, Moment mal, mein Freund. Antisemitismus gibt es wirklich. Und wie es den gibt! Ich habe vorletztes Jahr mit meiner dritten Frau auf den Malediven Urlaub gemacht. Wir haben uns natürlich gleich überlegt, meine Frau und ich, daß das nichts für uns ist, die Touristeninsel da. Aber nun waren wir schon mal dort, und da dachte ich mir: jetzt studierst du die Typen mal. Diese Fascho-Deutschen. Und was ich dann zu hören bekommen habe, hätte ich mir IM SCHLAF NICHT TRÄUMEN LASSEN ...«

Er erzählte von einem Haus, das einem Nazi gehört haben sollte, der es von Franco geschenkt bekommen haben sollte. Es sei sehr abgelegen und versperre den Touristen die Westseite der Insel. Noch immer wohne der Nazi, ein Ex-General, in der Villa, herrsche über unzählige Angestellte, über die halbe Insel. Direkt auf der Spitze des Bergkamms, für alle einsehbar, liege das Haus, hochherrschaftlich, unbezwingbar. Selbstschußanlagen verhinderten das Erstürmen der Anlage durch Massentouristen. Diese Touristen jedoch, allesamt Deutsche, hörten an allen Ecken und Enden von der seltsamen Geschichte dieses Hauses, starrten wie gebannt auf den Bergkamm, bewunderten die Architektur, rieben ihre roten Gesichter an den Stacheldrahtverhauen und riefen stolz irgendwelche chauvinistischen Parolen. Etwa: Das kriegen sie nicht hin, die Kanaken, da muß erst der Deutsche kommen, so ein Haus, das kann nur vom Adolf sein.

Er fragte mich, ob ich das nicht auch schrecklich fände. Insgeheim war mir der übriggebliebene General lieber als rotgesichtige Massentouristen, aber ich nickte.

»Ja, die Sache kann einen betroffen machen. Unbelehrbare Menschen, diese Deutschen. Ein Funke nur, und alles geht von vorne los. Aber ... was ich fragen wollte: Wie stellt sich eigentlich der Verlag dazu?«

»Wie?«

Ich wollte wissen, ob der Verlag eine politische Richtung habe. Der Verleger stotterte.

»Wir haben seinerzeit Sarah Kirsch gemacht, äh, wir haben auch jetzt, gerade jetzt, DDR-Autoren im Programm, ganz neue sogar ... Christa Prenzlin erscheint jetzt im Herbst zum erstenmal ...«

»Eine Dissidentin?!«

Ich war für einen Moment entsetzt. Ich sollte mich mit einem Verlag gemein machen, der Dissis druckte! Für mehrere Sekunden riß der innere Faden, und ich nuschelte unverständliches, halbgares Zeug: Leute, die ihr sozialistisches Vaterland verrieten, seien das letzte, die solle man erschießen und nicht drucken. Zum Glück konnte der Verleger mit dem halbgebremsten Ausbruch nichts anfangen; nur leicht irritiert machte er weiter, mit dem Herbstprogramm.

»Auch von Biermann haben wir endlich einmal wieder etwas dabei im Herbst. Auch Biermann haben wir ja damals gemacht, nicht wahr, das waren ja wir damals, als erste. Und jetzt Christa Prenzlin. Da sind wir wieder die ersten, die haben wir entdeckt. Christa Prenzlin, eine Schriftstellerin, die ...« Ich fuhr dazwischen, mitten im Satz.

»... hermetische Lyrik schreibt!«

»Was?«

»Hermetische Lyrik.«

»Ja, das tut sie, aber hier beschreibt sie, was für Repressionen und staatliche Schikanen sie dabei erlebt hat, das im Westen veröffentlichen zu wollen. Sehr interessant, das kommt im Herbst.«

»Hätten Sie die Gedichte denn auch sonst gedruckt?«

»Warum nicht? Klar. Aber jetzt, die Sache mit den Repressionen, auch wenn es politisch ist, EBEN GERADE auch der politische Aspekt, da machen wir mit, da zeigen wir Farbe!«

»So, so.«

»Ja, da ist gewissermaßen eine Linie, von damals Biermann bis heute ... eine politische Linie. Das ist ja das Schöne an dem Verlag, im Gegensatz zu anderen Verlagen, die einzig profitorientiert sind und keinen Sinn für Engagement haben.« Ich sagte, daß Biermanns Fall anders läge, fast schon erträglich sei.

»Biermann hat 1953 den Westen verraten und zwanzig Jahre später den Osten – das ergibt Plusminusnull, immerhin. Biermann würde ich als einzigen sogar gelten lassen. Wer weiß, wie mich selbst an seiner Stelle verhalten hätte.«

Ich hatte nicht genuschelt, der Verleger geriet in Verlegenheit. Wo blieb eigentlich seine kommunistische Vergangenheit? Um das Gespräch wieder in sichere Bahnen zu lenken, sagte ich etwas, das ihm sofort seine ganze verlegerische Kompetenz zurückgab.

»Wie ist das mit – Entschuldigung, wenn ich abschweife – den Freiexemplaren, die man bekommt, als Autor, wenn man veröffentlicht? Wie viele bekommt man? Wie viele würde ICH bekommen?« Der Verleger warf den Körper nach vorn. Alle Lebensgeister kehrten zurück, auch die Lust am Reden und am Trinken. Es folgte ein langweiliges Gerede über Quoten, Vorläufe, Termine, Buchhändlerbelieferungen, Vertreterschulungen, Pressenotizen und Hintergrundkulissengeschiebe resp. Informationsstrategien. Schließlich stoppte ich den Mann mit dem Fehlschluß:

»Sie wollen also aus mir den absoluten Media-Hype machen!«

Er schwieg bedripst.

»Wogegen ich übrigens nichts hätte. Ich könnte auch dafür sorgen, daß die Presse mitspielt! Sie wissen, ich habe selbst jahrelang für die Presse gearbeitet, ich kenne sogar Benedikt Erenz.«

»Jaa ... wenn Ihre Sachen noch einen Tick mehr ... Biß hätten. Ich denke zum Beispiel an einen Text von Ihnen, der für mich verbunden ist mit einer Fahrt im Intercity zwischen Frankfurt und Köln. Es ging da wohl um eine Person, wie hieß sie doch ... also um ein junges Mädchen, dem ein älterer Mann verfällt.«

»Das geht nicht mehr. Das kann ich nicht mehr schreiben.« Er sah traurig aus. Offenbar hätte er wirklich gern erfahren, wie das ausging mit dem älteren, erfolgreichen Mann und dem blutjungen, sadistisch veranlagten Mädchen.

»Wissen Sie, ich selbst interessiere mich nicht sonderlich für diesen Stoff, ich habe gleich gesehen, daß Sie da nur experimentiert haben und Ihre Stärken mehr in der ernsthafteren, engagierten Avantgarde liegen, aber die Kollegen, ich sage Ihnen, die hätten das am liebsten gleich gedruckt, als Taschenbuch.«

»Womit ich erledigt gewesen wäre.«

Er sah dumpf auf die Tischplatte. Wir tranken noch ein Bier und gingen unseres Weges, dann. Mich hatte das Treffen wie immer aufgewühlt.

Ich stapfte den langen Nachhauseweg zu Fuß ab, um die vielen neuen Gedanken ordnen zu können. Die Folge war, daß ich am nächsten Morgen mit der festen Gewißheit aufwachte, ich müsse so schnell wie möglich den ›Roman mit Biß‹ schreiben. Und das konnte nur sein: der Konfessionsroman, also die Beichte, die schonungslose Abrechnung mit mir selber, der Authentizitätsbolzen. Ich mußte schreiben, wie mir der Schnabel gewachsen war, atemlos unmittelbar hechelnd ehrlich distanzlos! Nur so bekam die Sache ›Biß‹. Und worüber wollte ich Zeugnis ablegen – über die Wirklichkeit natürlich! Und wo kam die Wirklichkeit her?

Die war da. Ich mußte nur auf die Uhr gucken und eine Stunde abwarten, und schon hatte ich sechzig Minuten astreine Wirklichkeit, die ich nur noch in ehrliche Worte zu kleiden brauchte. Ich wartete den folgenden Tag zur Gänze ab und setzte mich erneut an den Schreibtisch. Zwischen Wirklichkeit und Dokumentation lag nichts weiter als acht Stunden Schlaf. Ich spannte das Papier ein.

Sollte ich gleich mit Auswürfen, Ausrufen, Flüchen beginnen? Oder mit dem Wort ›Verdammte Scheiße‹? Oder sollte ich mich untersuchen, ob es mir irgendwo körperlich schlechtging, mich zwickte, juckte, reizte? Oder ... sollte ich vielleicht erst einmal ein Buch über Dada lesen? Dada hatte mich nie interessiert, hatte mich immer mit Verachtung erfüllt, aber diesmal sollte ich meine diesbezügliche Arroganz vielleicht aufgeben?

Endlich fiel mir das passende Textprinzip ein. Man mußte, ganz klar, einfach JEDEN Zipfel der Wirklichkeit beschreiben, ohne Ansehen der Wichtigkeit. Jede Sekunde mußte beschrieben werden! Jede Sekunde.

Ich begann.

»Jetzt sitze ich hier und muß über alles nachdenken. Seit drei Tagen bin ich nicht rasiert. Wenn ich Kaffee trinke, habe ich ein Ziehen im Bauch, aber auch ein Brennen im Gesicht, das der Stoppelbart verursacht, der sich an der dünn gewordenen Haut reibt; dünn, vom Sonnenbaden. Lange Zeit schon war da dieser sonnenverätzte Dachgarten, in dem sich Angelika manchmal sonnte und der zur Wohnung gehört, aber ich hatte ihn nicht benutzt. Erst kürzlich, und es war schon fast Abend, ungefähr sechzehn Uhr fünfzehn. Ich dachte immer: Leg dich nicht in der Gluthitze auf diesen Dachgarten, sonst kriegst du zu all der Hitze auch noch den Koller. Sonnenstich, nicht schlafen können, durchdrehen. Aber von vier bis sechs – das mußte gehen. Hieß es nicht, im Ruhrgebiet verhindern Schadstoffemissionen das volle Scheinen der Sonne? Auch wenn man es nicht sieht – so stark wie an der Riviera scheint es hier niemals. Also legte ich mich hin, tat die paar Schritte von Wohnung zu Dachgarten. Niemand konnte mich sehen, Angelika war abgereist.

Ich lag in einem Liegestuhl, der noch neu war, und hielt mein Gesicht genau in Richtung Sonne. Leider konnte ich mich in dem Liegestuhl – das haben die so an sich – nicht auf den Rücken legen. Einige Stockwerke tiefer dudelte ein Radio halbgute Lieder. Solange die Lieder kamen, verging die Zeit ganz ordentlich; aber dann war die Sendung zu Ende. Ich konnte mir nicht vorstellen, daß ich jetzt schon etwas von der Sonne abbekommen hatte, obwohl ich schwitzte und stöhnte und auch beobachtete, daß die Insekten nicht mehr so fröhlich flogen wie sonst. Ich ging wieder in die Wohnung, holte dicke Decken und ein eigenes Radio. Es war nicht sofort anzuschließen – der Dachgarten besaß keine Steckdose. Um in den Dachgarten zu gelangen, durchquerte man einen kleinen Zwischenraum, in dem eine defekte Waschmaschine, ein altes Fahrrad, das schwarz gestrichen werden sollte (zur Hälfte war das schon geschehen), und eine Seilwinde untergebracht waren; dort gab es eine Steckdose. Nun zeigte sich, daß die Steckdose nur dann Strom hatte, wenn im Treppenhaus Licht brannte. Der Lichttakt betrug sieben Minuten, immerhin. Ich stoppte die Zeit, nachdem ich zum drittenmal aufgesprungen war und das Licht im Treppenhaus angemacht hatte. Manchmal ging das Licht von selbst wieder an, nämlich wenn ein Fremder gerade die Treppen hochächzte und so blöd war zu glauben, das bißchen Licht, das die Deckenfunzeln zusätzlich zum gleißenden Julilicht schufen, sei nötig. Aber es interessierte mich nicht mehr so, das Radiohören: Ich fand keinen Sender, der Musik spielte. Statt dessen holte ich ein Buch und eine Sonnenbrille, das Buch war von Hamsun (Mysterien), die Brille von Angelika. In dem Buch befand ich mich im letzten Drittel oder Viertel: Hamsuns Hauptfigur, Nagel, ist schon ganz gebrochen, unternimmt eine mehrtägige Dampferreise, um Dagny zu vergessen, niemand weiß, wohin. Er will sich nur ablenken, irgendwie sich noch mal fangen. Aber kaum ist er zurück, sieht er Dagnys Spuren überall, rumpelt in sie selbst hinein, begegnet ihr abends, grüßt sie des Morgens, ertappt sie dabei, wie sie heimlich seine Jackettaschen durchsucht. Er denkt: Mein Gott, sie steckt mir einen Brief zu!, und sein Herz rast vor Glück – aber nichts ist in dem Anzug. Er spricht sie an und sagt, ›was gesagt werden muß‹ in einer solchen Situation. Er bittet sie um Verzeihung, aber sie wird nur weiß, atmet stark, wendet sich ab –.

In dem Moment bekam ich, verdammte Scheiße, Besuch von einem Hausnachbarn. Ich wußte gar nicht, daß so etwas passieren kann. Vielleicht passierte es, weil ich die Tür zum Treppenhaus aufgelassen hatte. Es handelte sich um einen Mann von schätzungsweise dreißig oder sogar dreiunddreißig Jahren, zweifelsfrei einem Deutschen. Er war dieterhoeneßblond, hatte auf dem ganzen, athletisch bis schwabbelligen Hünenkörper helle Haare, nur auf dem Kopf nicht, da hatte er eine Art Halbglatze. Natürlich war der Mann braungebrannt und hatte blendend weiße Zähne; er sah durch und durch wie Dieter Hoeneß aus, so daß ich mich schon fragte, ob er das sei. Er legte sich bräsig räkelnd in den Liegestuhl, auf dem ich zuerst gelegen hatte, verbog seine Gliedmaßen, blinzelte in die Sonne und fing ein Gespräch an. Ich hatte nichts dagegen, auch wenn ich zu gern mehr zum Fall Dagny Kielland erfahren hätte.

Nach vierzig Minuten artete das Gespräch – bei ihm, dem Kopfballspezialisten, in Philosophie aus. Ich hätte gern weggehört, aber wer kann das schon. Selbst jetzt weiß ich noch, daß er sagte, bei den Deutschen gäbe es bestimmte Gefühle, die es immer, zu allen Zeiten gäbe, wie bei allen anderen Menschen auch, und die sich der Nationalsozialismus zunutze gemacht hätte: Und diese Gefühle könnte sich auch ein neuer Nationalsozialismus im neuen Gewand wieder zunutze machen. Man müsse das so sehen, beim Fußball. Wenn ein Tor falle und so.

Fußball? Wenn ein Tor geschossen wird? Der Mann war DOCH Dieter Hoeneß! War er natürlich nicht, und ich zog es vor zu gehen. Es gibt keinen Nationalsozialismus mehr in Deutschland, spätestens, seit der letzte NPD-Funktionär beim Dackelzuchtwettbewerb einem Herzinfarkt erlag, das war vor fünfzehn Jahren. Es wird nie mehr etwas dergleichen geben, lächerlich, das auch noch aussprechen zu sollen – lieber gehen. Mein Sonnenbaden war beendet, im Spiegel grüßte ich mir als Bantuneger entgegen. Lieber Schwarz als Rot, dachte ich und konnte es trotzdem kaum fassen. Es sollte Folgen haben. Ob ich nun gesünder war als vorher? Angeblich bekam man weniger häufig eine Erkältung, wenn man sonnenbadete. Ich duschte und zog meinen neuen ›DDR‹-Anzug an.

Meine Hautfarbe war wesentlich dunkler als der Ersatzpropylen-Stoff des VEB-Strickwarenkombinats VEB Elfriede Butzmann, Zwickau, oder war das gute Stück sogar aus Cuba? Vorgefertigt? Ich krempelte das rechte Hosenbein hoch, um besser Fahrrad fahren zu können. Es war sehr heiß, aber als Neger ertrug ich es jetzt besser, tatsächlich. Wo sollte ich hinfahren? Es war sechs Uhr gewesen, als ich die Dachterrasse verließ. Nun war es, nach ein paar Stunden Fernsehen, neun Uhr abends. Noch immer stand die Sonne gelb leuchtend am Himmel. Ich dachte, es würde mir guttun, jemanden zu treffen. Sogar das Gespräch mit Dieter Hoeneß hatte mir gutgetan, ich hätte es getrost weiterführen können; aber wen jetzt finden? Für mein Leben gern hätte ich Evelyn getroffen, aber von der wußte ich, daß sie mit drei Freunden ausgegangen war: Sie waren zu viert in einem Fünf-Sterne-Eß-Restaurant. Das konnte ewig dauern, bis alle elf Gänge serviert waren. Ich wußte noch nicht einmal, ob sie schon mit dem Ganzen angefangen hatten. Womöglich trafen sie sich erst um zehn und speisten dann bis zwei Uhr nachts! Bis dahin mußte ich mich über Wasser halten.

Ich fuhr mit meinem Rostesel den Ring ab. Die Stadt lag im Dämmer, in trügerischer Ohnmacht. Niemand wußte, was die Menschen im Innern der starren, regungslosen Häuser im Schilde führten. Keine Autos fuhren. Man konnte eine Stecknadel fallen hören. Plötzlich verstand ich den 80jährigen Nazi, der Wassertüten auf die Passanten warf. Klar: Verglichen mit den heimtückischen Unsichtbaren hier, die jetzt wahrscheinlich Morde begingen, Frauen stumm quälten, sich zu Inzucht hinreißen ließen, ihre Haustiere lautlos mit einem im Frotteetuch eingewickelten Brecheisen erschlugen, war der harmlose alte Opa ein wackerer, anständiger Beamter. Der hatte weiß Gott nur seine Pflicht getan, in der Leibstandarte Brigade Horst Wessel. Ohne Befehl hatte DER keine Geiselerschießungen vorgenommen, jedenfalls nicht größeren Ausmaßes. Auch die Reichskriegsmarineflaggen verstand ich: Besser so eine Flagge als die unwägbare Indifferenz hier, die gähnende Ausdruckslosigkeit jener Ring-Wohnungen, in denen sich die Mörder versteckten.

Nachdem ich den Ring bis zum Friesenplatz hochgefahren war, wußte ich immer noch nicht weiter. Die Zeit verging einfach nicht. Sollte ich mich nicht freuen, dachte ich endlich, auf der Welt zu sein? Gewiß, ich fuhr NUR Fahrrad. Aber wenn ich das nicht könnte, weil ich uralt und gebrechlich wäre? Wäre das nicht hundertmal trauriger? Schon richtig, daß ich gerade nichts erlebte – aber wenn ich nun NICHT hier auf der Lenkstange des angelehnten Fahrrads sitzen und auf den gleißenden Asphalt gucken könnte, weil ich tot wäre? Weil ich arbeiten müßte? Weil ich kein Schriftsteller wäre? Weil die Welt im Chaos untergegangen wäre?

Das konnte ja alles durchaus noch passieren! Ich würde alt und elend werden, die Welt würde an der Überbevölkerung und der Zerstörung der Ressourcen zugrunde gehen, schlicht kollabieren. Dann war es aus mit Radlfahren. Ich holte tief Luft, sah plan in die Gegend. Alles da. Und wie gesund ich sein mußte, bei meinem Alter, bei meiner Jugend, und gerade jetzt mit der neuen Negerhaut. Ich kaufte mir eine Kinokarte. Das brachte neunzig Minuten. Da der Hauptfilm noch nicht lief, setzte ich mich kurz in eine Eisdiele und holte ein weiteres Viertelstündchen heraus. Ich war der einzige Gast, die sieben italienischen Angestellten beachteten mich nicht, lehnten an der Wand und sahen fern. Ein Fußballspiel wurde übertragen. Ich setzte mich an ein Tischchen, an dem bereits eine bekittelte Italienerin saß, fragte höflich ›permesso?‹, bekam keine Antwort. Dann wandte ich mich barsch an einen der Papagalli: ›Ein kleines Milcheis mit Sahne.‹ Wie ein Peitschenhieb kam diese Order, so geschmeidig wie brutal, durchaus drohend. Wenn der Mann nicht gespritzt wäre, hätte tags darauf eine ferngezündete Autobombe hochgehen können, das wäre mir dann auch egal gewesen. Ich war freundlich, oft liebenswürdig, zeigte anderen aber ihre Grenzen auf. Im Kino dann bekam ich schlechte Laune, wurde wehleidig. Da ging es andauernd um Leute, die eine ›Lebenslüge‹ mit sich herumschleppten. Ich wußte nur zu gut, daß am Ende jemand kommen würde, der allen sagte, daß es nur Lebenslügen waren, ihre Lebenslügen, und daß es ihnen dann prima gehen würde. Prima für die Leute, sie warfen ihre Lebenslügen über Bord und hatten fortan das supergute Leben. Ich dagegen hatte keine Lebenslüge, die ich gesagt bekommen konnte. Ich war Schriftsteller, da biß keine Maus einen Faden ab. Gerade hatte der Verleger es mir wieder bestätigt, daß ich einer war.

Der gute Verleger. Er hielt seine Hand über mich. Und ob ich auch wandelte im finsteren Tal, mir konnte nichts fehlen. Noch bevor der Film aus war, schlich ich mich aus dem Saal; damit mich niemand sah, wie ich bei DEM Wetter alleine im Kino die Zeit absaß, ohne Mädchen.

Draußen, ich weiß nicht wieso, verschlechterte sich meine Stimmung weiter. Nichts mehr war von dem Überschwang des Lebendürfens da. Ich fluchte und seufzte. Bei der blöden Hitze konnte man sowieso immer nur mühsam durchatmen und bei jedem Atemzug sozusagen seufzen. Ich übertrieb noch etwas und röchelte. Dann begann ich zu japsen und zu piepsen, tastete mich ungeschickt zum Fahrrad, dem man natürlich zwischenzeitlich die Luftpumpe gestohlen hatte, was mir nichts ausmachte, da ich es erwartet hatte und die Pumpe überdies nicht mehr brauchte.

Ja ja ja ja ja ja ja ja.

Noch immer war es zu früh, um das Lokal aufzusuchen, in dem Evelyn womöglich sein konnte, wenn sie mit dem Essen fertig war. Trotzdem fuhr ich schon mal hin. Ich besaß ein kleines, murkeliges, blaues Etwas von einem Plastikkettenband, das ein Fahrradschloß sein sollte und nur zwei Mark fünfzig im Kaufhof gekostet hatte. Ich wollte ja für ein gefundenes Rad kein Geld ausgeben. Schloß und Pumpe hatte ich gleichzeitig gekauft, beides war so billig gewesen. Zuerst meinte ich, die Luft würde sicher oft ausgehen bei so einem Sperrmüllrad. Nun wußte ich's besser. Gut also, daß die Pumpe weg war, Herrgott.

Das murkelige blaue Kettenschloß, übrigens mit Zahlenkombination, wobei die Zahlen nur von eins bis sechs gingen, befestigte ich nun, vor dem Lokal, an Rad und Laternenpfahl. Ich wollte sagen: an Rad und Laternenmast. Jeder Mensch, ob klein, ob groß, arm oder reich, ob Hund oder König, Gastarbeiterkind oder Fixer, konnte dieses kleine Plastikkettchen entzweibrechen und das Rad stehlen. Aber wer, ja WER hatte die allesüberbietende Brutalität, ausgerechnet das wehrloseste, schwächste, dünnste kleine blaue Kettchen der Welt anzupacken und vom Leben in den Tod zu befördern, es zu zerreißen, als wäre es so selbstverständlich wie Zähneputzen und Kindergebären? Mein lieber Freund! Ich wußte sehr gut, daß sich keiner finden würde, der das tat! Mein Fahrrad war in Sicherheit, und ich konnte es vor dem Lokal lassen und gehen, wohin ich wollte.

Ich ging erst einmal die Seitenstraße, an deren Beginn das Lokal lag, hinunter, einfach so. Was es sollte, konnte ich mir nicht sagen. Alle fünf Meter röhrte mir eine Kneipe seitlich ins Ohr – es war eine Kneipenstraße, offensichtlich. Ein gut Teil der Kneipenbesucher trank das lokalpatriotische Getränk (›Kölsch‹) wegen der Hitze direkt im Freien, also da, wo ich meinen Fuß hinsetzen wollte, auf der Straße. Ich umkurvte die Säufer wie Skistangen. Erstaunlich, daß so viele Kneipen in einer einzigen Straße überwintern konnten. Jetzt, das war schon klar, wollten die Wampen was zum Picheln haben, wer wollte das nicht, selbst der Autor hätte ein halbes Glas kühle Cola nicht abgeschlagen – aber was war, wenn es NICHT so schwülte?

Am Ende der Kneipenstraße befanden sich zwei Telefonzellen, die beide funktionierten. Das sprach dann doch für die Gegend, daß sie solche Telefonzellen hatte. Um die beiden Zellen herum saßen, wohl im Rahmen eines erweiterten Gartencafés, achthundert Menschen auf Gartenstühlen. Sie wurden von einer vor Sex platzenden Busenblondine bedient, die mich unwillkürlich zusammenzucken ließ; wahrscheinlich erging es mir wie anfangs den achthundert Gästen: Ein seltsamer Schlag in die Kniekehlen, und schon saßen sie. Ich war allerdings über allzu plumpe Reaktions- und Verhaltensweisen erhaben. Brüsk drehte ich mich weg, schwamm auf die nächstliegende Telefonzelle zu. Ich ging rein, wußte aber nicht, wen ich anrufen sollte. Jemanden in meiner Heimatstadt? Jemanden hier, den Verleger womöglich? Ich hatte auf nichts Lust. Dann wählte ich ein paar Nummern, aber niemand war zu Hause, alle waren auf den Straßen. Scheiße.

Es war sehr stickig und aufgeheizt in der Zelle, wie in allen Zellen der Welt zu allen Jahreszeiten. Dennoch glaubte ich, jetzt den achthundert Gästen, die mich sicher im Auge hatten, zeigen zu müssen, daß ich jemanden hatte, den ich anrufen konnte. Ich wählte die Nummer der Auskunft.

›Bitte warten Sie ... ... Bitte warten Sie ... ... Bitte warten Sie ... ... Bitte warten Sie ... ... Bitte warten Sie ... ... Bitte warten Sie ... Bitte warten Sie ... ... Bitte warten Sie.‹

Ich kraxelte aus der rostigen Zellenschwungtür, sprang ab, und padautz!, landete vor dem Körperwunder. Fast unmenschlich mächtig plötzlich die Idee, mich von dem Wesen bedienen zu lassen. Nur mit Mühe konnte ich aus dem Kreis der Verführung herausdringen, und es gelang mir vielleicht auch nur, weil die nächste Kneipe bereits mit Leibern, Körpern, wunderbarem Blödrock und Bierdunst lockte. Ich ging da natürlich nicht hinein, sondern war wieder gefestigt.

Ich ging die Straße zurück, blieb vor dem Lokal stehen, in dem Evelyn später sein konnte. Ich hielt mich noch in einiger Entfernung; ich wollte nicht hineingehen und niemanden kennen, aber auch nicht unerwartet von einem Halbbekannten entdeckt und beargwöhnt werden. Überhaupt war dieses Lokal ein Jugendlokal, und ich war nicht jung, weder jung noch Jugend. Ich war alt, immer, zu allen Zeiten. Während andere mit Mädchen rummachten, Drogen nahmen, auf den Strich gingen, Bowie-Konzerte besuchten, schrieb ich Verse für Tante Uschis Geburtstag – aber das gehört nicht hierher, genausowenig wie die Gutzettelchen und Fleißpunkte, die ich bei meiner Lehrerin Frau Moser holte, während andere am Bahnhof Zoo anschaffen gingen und sich am Monatsende von genau derselben Frau Moser einen blasen ließen, um flüssig zu sein für den letzten Schuß und all das. Nein, das soll uns gar nicht mehr interessieren, die Welt ist schlecht, ich war immer gut, und jung war ich nie. Warum also jetzt in so ein Jugendlokal gehen?

Aber ich wurde nervös. Mit Zuwarten hatte noch nie einer eine Schlacht gewonnen. Gehörte es nicht zur Reife eines Menschen, ruhig durch ein fremdes Lokal schreiten zu können, durch einen Saloon beispielsweise, und ohne alle Flatterhaftigkeiten einen Whisky zu trinken? Claro. Und sollte ich nun den hinteren oder lieber den vorderen Eingang nehmen? Natürlich den vorderen. Ich ging schweren Schrittes mit meinem ›DDR‹-Anzug an den jungen Garden vorbei. Sie grüßten nicht, aber sie wußten ja auch nicht, wer da kam. Ich hielt die Augen klein und fast geschlossen, ruhige Schlitze, die alles mitbekamen, ohne daß ich verdächtig rumzuglotzen hatte. Ich streckte mich noch einmal, um mit einem inneren Aufbäumen die Neurose abzustreifen, blickte zum Himmel, also nach oben statt nach innen. Dann duckte ich mich und trat durch die Tür in die eigentliche Hölle. Niemand nahm von mir Notiz, stellte ich erleichtert fest. Obwohl ich langsam ging, kam ich im Nu am hinteren Ende des Lokals an und trat mittels des Hinterausgangs wieder auf die Straße. Da man mir jetzt nachschaute, beschleunigte ich meine Schritte und strebte weg, wieder die verfluchte Kneipenstraße entlang. Evelyn hatte ich nicht gesehen.

Mit einem Wort: Das alles hatte nur zwanzig Sekunden gedauert. Nach einigen Metern, bereits außerhalb der Sicht- oder Hörweite, setzte ich mich auf die Motorhaube eines parkenden Autos. Ich blieb da ziemlich lange sitzen. Es gab nichts, was ich hätte tun oder denken können. Manchmal stand ich auf, ging ein paar Autolängen auf und ab und setzte mich wieder auf dieselbe Stelle, auf dieselbe Motorhaube.

Dann wurde ich buchstäblich von schräg hinten angesprochen. Junge Leute haben für das, was mir da geschah, das ekelhafte Wort ›angemacht werden um/nach‹ parat. Ich wurde also ›um 'ne Mark angemacht‹, ja so war es. Der genaue Wortlaut ging so:

›Kannst du mir eine Mark geben ...?‹

›Oh! Aber ja!‹

›Tja ... ich bin hier von Typen sitzengelassen worn, und jetzt hab ich keine FAHRKARTE, um nach Hause zu kommen, ich komm aus Düsseldorf ...‹

›Ach! Interessant ... also ... das geht schon klar.‹

Ich hatte sofort mein Portemonnaie herausgezogen und klimperte nun mit den Zehnpfennigstücken. Eine Mark hatte ich noch, sogar vier Mark, aber ich wollte dem Mädchen, das ein junger Sonnenschein war, SELBSTVERSTÄNDLICH die ganze Bahnkarte bezahlen. Jedenfalls sagte ich das. Dann kam mir eine Idee. Wenn ich mit dem Mädchen wartete, bis Evelyn und die anderen kamen, konnte ich mir Geld leihen und es ihr dann geben. Ich sagte ihr das. Ich sagte, ich selbst hätte auch ein Problem, ich selbst sei auch sozusagen sitzengelassen worden von Typen und fremd in der Stadt, und jetzt müsse ich auf Freunde warten, und wenn sie mitwarten wolle, würde ich ihr liebend gerne die Bahnkarte bezahlen.

Das Mädchen wurde so unsicher, daß ich hätte weinen können. Wieso, dachte es hinter der kleinen Schülerinnen-Stirn, will der Mann mit mir hier herumwarten? Und Geld für das geben, für komisch hier auf der Straße stehen? Was für Schmutzigkeiten will der wirklich mit mir machen?

Ich beeilte mich, alle möglichen der Wahrheit entsprechenden Erklärungen nachzuschieben. So sagte ich, ich hätte jetzt kein Geld, aber später. Aber ein Bier könne sie noch mit mir trinken, soviel Geld hätte ich noch, hehe. Das Mädchen sagte ja, einfach, weil sie DAS wenigstens verstand, Bier trinken, das war ihr weniger unheimlich als alles andere. Wir gingen zu zweit in das Lokal. Ich ruderte mit den Armen wie Cliff Barnes und schwätzte hinter ihr her.

›Du mußt wissen, daß ich Schriftsteller bin und den ganzen Tag vor der Schreibmaschine gesessen habe und deswegen jetzt ziemlich neurotisch bin. Seit drei Tagen schon sitze ich vor der Schreibmaschine und spreche mit niemand. Ich bin wirklich dankbar.‹

›Neu-ro-tisch ...?‹

Sie sah mich an, als müsse sie eine schwierige Diagnose stellen, als müsse sie mir ins Gesicht sehen, obwohl es durch einen Granatsplitter zerfetzt war. Sie hatte die Zähne freigelegt, schien mit der Mundpartie zu lächeln, während ihre Augen angestrengt guckten und die schmale Mädchenstirn in Falten lag. Falten, die so überhaupt nicht zu dem Gesicht paßten. Vor allem wußte sie in keiner Weise, was ich mit dem Wort ›neurotisch‹ meinte.

›Ja, wenn man solange mit keinem spricht, dann kann man nicht ... stundenlang allein in so einem ... Jugendlokal herumstehen ...‹

›Aber du wartest doch auf deine Freunde?‹

›Jaja!‹

›Aber ... wie sollen sie dich hier sehen, wenn sie jetzt kommen?‹

Sie dachte, ich hätte draußen auf die Freunde gewartet, nicht drinnen. Ich erklärte es ihr. Daß sie jetzt wirklich das Bier mit mir trank, mußte am rheinischen Menschenschlag liegen. Da, wo ich herkam, hätte man mich jetzt verhaftet. Das Mädchen sagte, die Typen, die sich da verkrümelt hatten, seien von ihrer Schule gewesen – mehr könne sie über die nicht sagen. Sie wisse nicht einmal, wie die hießen. Dann fragte sie, wie alt ich sei. Ich sagte es ihr frei heraus und redete gleich munter weiter.

›Als Schriftsteller ist es ja so eine Sache, wenn man den Kontakt zu den Menschen …‹ blabla und so weiter. Ich versuchte, immer harmlos an ihr vorbeizugucken, damit ich noch unaufdringlicher wirkte.

›Weißt du eigentlich, wie alt ICH bin?‹

›Na, ungefähr gut die Hälfte!‹ lachte ich unbekümmert und nahm einen Schluck von dem Bier.

›Und was für ein Buch schreibst du?‹

Ich sagte, daß das eine lange Geschichte sei. Dann überlegte ich: Wenn ich ihr jetzt alle zweiundzwanzig Romane erzähle, an denen ich arbeite, fülle ich damit am besten die Zeit! Ich erzähle so lange, bis Evelyn da ist – dann ist Happy End, der Sonnenschein hier kriegt sein Geld, ich kriege Evelyn, und der Tag ist gerettet.

›Als erstes schreibe ich an einem Tierroman! Über ein Pony, das mit einem Ritter befreundet ist. Der Ritter ist leider verletzt und liegt malade und todtraurig in oder vor einem Schuppen, genau gesagt, in oder vor dem Stall von dem Pony. Das Pony hat ihn da praktisch einquartiert, also hat ihm gesagt, daß er da erst mal bleiben kann, beziehungsweise immer bleiben kann. Normalerweise hat der Ritter auf Turnieren geritten, natürlich mit echten Pferden, großen, stolzen Superpferden, so Turnier-Rossen, kannst du dir schon vorstellen. Also, die Sache ist die, daß das Pony heimlich in den Ritter verliebt ist – und daß der das längst ganz genau weiß.‹

Das Gesicht von dem Mädchen war immer noch unverändert angestrengt, so daß ich schnell weiter erzählte.

›Soweit also das Grundgerüst von dem Roman, der Status Quo: Das Pony bringt dem kranken Ritter, der in Wirklichkeit gar nicht mehr krank ist, jeden Tag einen Eimer Hafer.

Diesen Eimer knapst sich das Pony vom eigenen Essen ab, es ist im Grunde DER Eimer Hafer, der für das Pony da ist, und das Pony ißt immer nur ganz wenig davon, damit das meiste für den kranken Ritter übrigbleibt – denn der soll ja wieder kräftig und gesund werden. Jeden Abend also, nach getaner Arbeit, steht das Pony da und hat den Henkel von dem Eimer Hafer im Maul. Der Ritter, der auf den Turnieren Kaviar, Truthahnpastete und Roquefortkäse zu essen gewohnt war, kann den blöden Hafer schon bald nicht mehr sehen. Aber er weiß ja, daß es das verliebte Pony zu Tode kränken würde, wenn er sich das anmerken ließe. Also, was macht er wohl?‹

›Er kippt es weg?‹

›Nein! O nein, er ißt es immer, jeden Tag, und quält sich dabei so, daß er DADURCH irgendwie krank bleibt, jedenfalls nicht richtig gesund wird. Er überlegt ganz richtig: Wenn er gesund wird und wieder mit den Turnierpferden losreitet, stirbt das arme Pony womöglich an gebrochenem Herzen. Also wartet er lieber ab, denn was nützte es ihm, wenn er zwar gesund, das Pony aber tot wäre? Mit diesem schlechten Gewissen könnte er nicht herumlaufen. Dann würde er zwar leben, aber seines Lebens nie mehr froh werden. Er überlegt also krankhaft, wie er das Problem doch noch lösen könnte.‹

›Kann er mit dem Pony nicht darüber reden?‹

Ich mußte laut lachen. Das Mädchen war wirklich naiv.

›REDEN? Mit einem Tier? Wie soll das denn laufen? Das wäre ja das Neueste, das ich hörte!‹

Die Düsseldorferin schüttelte den Kopf, murmelte traurig, mehr zu sich selbst:

›Aber, es muß doch möglich sein, Verständnis zu finden, gegenseitig, ich meine, wenn man sich liebt …‹

›Tja – das genau ist eben Gegenstand meines Romans. Damit ringe ich jetzt. Jetzt und in den nächsten Monaten.

Und ich bin davon überzeugt, daß ich am Ende eine Lösung finden werde.‹

Nun entstand eine Pause. Das Mädchen fragte wieder, ob ich mir sicher sei, daß meine Freunde mich sehen würden, wenn sie ins Lokal kämen. Und was ich eigentlich von denen wollte, von den Freunden. Ich erklärte es wieder (ganz offensichtlich glaubte sie einfach nicht, daß ich kein Geld bei mir hatte – dazu sah mein VEB-Strickwarenkombinat-Ernst-Thälmann-Anzug zu seriös aus, nehme ich an) und schlug vor, einmal rund durchs Lokal zu laufen. Ich ging voran, sie folgte mir, und diesmal, ich sah es ganz deutlich, beachtete man mich. Die Leute starrten mich geradezu entsetzt an.

Zum Glück entdeckte ich jetzt wenigstens einen Halbbekannten: Kippi Kippenberger. Ich sagte es dem Mädchen und bereute es gleich wieder. Kippi machte nämlich einen schlechten Eindruck auf andere Menschen, war ein vegetativ gestörter Mann, älter noch als ich, ein erfolgreicher Maler zwar, aber ohne Manieren. Es nützte rein gar nichts, daß ich ihn einmal für den nettesten Menschen gehalten hatte, der auf diesem Planeten herumläuft; äußerlich war er abstoßend. Auf Damen wirkte er wie Drakulas Diener: Mund und Augen immer aufgerissen, die Nase zu Brei geschlagen, der Körper wuchtig und ungelenk wie der von John Wayne, der Kopf grobschlächtig, die Haare ungepflegt. Dazu schlabberte er andauernd mit seiner Zunge, was nicht obszön wirkte, sondern unappetitlich. Ausgerechnet diesen Mann, der von jedem abgelehnt wurde, den selbst ich zu mögen Jahre benötigt hatte, traf ich.

›Kippi! Kannst du mir zwanzig Mark leihen?‹

›Zwanzig? Nicht lieber dreißig? Zwanzig zum Saufen, zehn für's Taxi.‹

Er friemelte aus seinem ungereinigten Altmänneranzug tausend verknitterte Geldscheine hervor und gab mir drei davon, zusammen mit Schmutzklümpchen und Speckresten. Ich reichte zwei Scheine an das Mädchen aus Düsseldorf weiter. Kippi Kippenberger verstand das so, daß ich das Mädchen für irgend etwas bezahlte. Als es sich bedankte, sich umdrehen und gehen wollte, als es durch Kippi wieder den Angstausdruck im Gesicht bekommen hatte, der endlich-endlich gerade gewichen war, griff mein ›Freund‹ zu. Er packte das Luder, das er ›bezahlt‹ hatte, am Arm und nuschelte, wobei er die Augen aufriß und mit der Zunge schlabberte:

›Bist ja nich teuer, aba wisst schon gehen?‹

Ich arbeitete dagegen an, indem ich mich intensiv bedankte, ihr begütigend zunickte und mich ausdrücklich verabschiedete. Kippi ließ los, und das Mädchen sauste weg, war eine Sekunde später nicht mehr zu sehen.

Ich wollte mich mit Kippi solange beschäftigen, bis Evelyn kam. Er redete von süßen Bräuten, lustigen kleinen Nutten, tollen Bordellen. Das war nun einmal seine Welt. Anders ausgedrückt und ebenso richtig: Das war eben sein Elend, sein selbst verschuldetes. Sein Lebtag lang hatte er nicht begriffen, daß es mit Nutten nicht aufwärts ging. Aber woher sollte er wissen, was mit normalen Frauen möglich war; er hatte wohl nie eine für längere Zeit besessen. Prompt redete er wieder Mist:

›Hier die Nummern, alles Pipifax. Szenenummern, okay, nehm' ich mit, weißt du. Aber hier, Sekretärinnen und so, seh' ich sofort. Äußerlich die große Sache – und dann im Bett alles Armleuchterei. Legen sich flach hin wie'n Brett, das bringen die.‹

Kippi wollte, daß die Bräute wie im Sportunterricht herumturnten. Er stand auf und holte mir etwas zu trinken. Dann redete er weiter über Nummern und freche Mädels, bis ich davon tatsächlich ein flaues Gefühl in der Magengrube bekommen hatte. Er fragte mich nach Bordellen aus. Ich antwortete nicht, was ihn nicht störte. Er meinte, es ginge nicht an, daß wir am nächsten Morgen, einem Sonntagmorgen, ohne Mädel aufwachten. Und ob ich nicht das Bordell XY kennen würde: Das seien nur vier Mädels, aber alle süß, und nur ganz wenige Kunden, und die Mädels würden nur eine Stunde am Tag, nämlich zwischen neun und zehn Uhr, arbeiten. Prinzipiell. Neulich sei er einmal außerhalb der Zeit dagewesen, und es sei so heiß gewesen, so daß er wirklich große Lust gehabt habe, aber nein, da seien die Mädels konsequent. Ja, also, ob ich nicht Lust hätte, mit ihm in den Wartesaal zu fahren. Hatte ich nicht.

Aber wie das so ist – als intelligenter Mensch schlägt man Angebote nicht aus. Nur Deppen und ausgemachte Borderline-Case-Figuren zieren sich, und natürlich Hamburger. Aber wozu war ich in Köln? Um mich zu zieren? Als das Taxi vorfuhr, stieg ich mit ein. Auf der Fahrt schlabberte Kippenberger mit der Zunge, daß mir schlecht wurde.

Kippi schnaufte zum Bühnenseiteneingang einer Tiefgarageneinfahrt. Dort durfte nur hinein, wer zum allerengsten Kreis des Besitzers gehörte. Vorne, vor dem Haupteingang, standen sich, wie man so sagt, die Leute die Beine in den Bauch. Es war Samstagabend, Hunderte waren da. Ich verstand auch nicht, was die Leute da suchten; es hatte mit der neuen Freizeitgesellschaft zu tun, in der wir leben. Disco ist Disco, muß wohl sein. Kippi und ich wurden wohlwollend eingelassen, er mit Respekt, ich ohne. Aber es zeigte sich, daß mein ungeheuerlicher Begleiter DOCH ein guter Mensch ist: Er packte den weiblichen Türsteher und nuschelte, daß ich sein Freund sei und auf der Stelle im Goldenen Buch Aufnahme finden müsse. Als die Leute nicht sogleich gehorchten, wurde er böse. Er wiederholte grunzend seine Forderung, und ich wurde fix im Goldenen Buch eingetragen; mein Name stand direkt neben dem des Bürgermeisters, und ich hatte fortan ungehinderten Zugang zu dieser Discothek.«

Erschöpft brach ich über der armen Schreibmaschine zusammen. Erst wenige Stunden hatte ich geschafft, trotz der vielen Seiten, und der Abend hatte noch kaum begonnen. Ich hatte noch nicht einmal angefangen zu berichten, ich war noch immer im Vorfeld. Allein die Stunden, die ich mit Kippi Kippenberger in der Disco verbracht hatte, mußten ein Vielfaches an Seitenzahl verbrauchen, ganz zu schweigen von dem anschließenden Bordellbesuch und, vor allem, dem glückhaften Wiedertreffen mit Evelyn morgens um halb sieben in einer der radikalsten Spätbars der Stadt. Nein, es war nicht zu schaffen. Bei dem Tempo brauchte ich das ganze Buch nur für diesen einen Abend, und alle anderen zweiundzwanzig Romanfragmente guckten blöde aus der Wäsche.

Andererseits hatte der Verleger zwar gesagt, ich solle die zweiunddreißig Romane schreiben, aber auch, ich solle einen ›Roman mit Biß‹ verfassen. Er hatte AUSDRÜCKLICH konzidiert, meine Stärken lägen in der ernsthaften Avantgarde, aber er hatte auch gesagt, den Kollegen gefiele etwas Einfaches von mir besser.

Ein unlösbarer Konflikt. Am nächsten und übernächsten Tag machte ich eine Reise in die Provinz, um für das Avantgarde-Popmagazin meines Sandkastenfreundes, dem ich gerade soviel zu verdanken hatte, eine Reportage zu schreiben. In die Provinz fuhr niemand gern, so daß man froh war, daß ich den Auftrag übernahm.

Mitsamt Fotografen fuhr ich nach Münster und Osnabrück, um die dortige kulturelle Szenerie für die Zeitschrift zu überprüfen.

Natürlich hatte ich keine große Hoffnung, dort tatsächlich intellektuelle Fährten zu finden, Spuren eines wie auch immer gearteten Geistes. Ich kannte die Provinz noch aus den Tagen der Überlandfahrten mit Erich Mende und dem IOS-Vater und wußte, was da los war, aber ich mochte dem

Freund die Bitte nicht abschlagen. Auch hatte der Verleger mir einmal den guten Rat gegeben – gleich bei unserer ersten Begegnung Anfang der 80er Jahre –, ein Schriftsteller dürfe den Journalismus niemals vergessen, da er so viele Bücher gar nicht verkaufen könne, wie notwendig wären, um davon für immer leben zu können. Selbst Grass müsse wahrscheinlich heimlich, unter Pseudonym, kleine Artikel für ›Petra‹ und ›Hör zu‹ buchstabieren, über Haus und Garten oder Kochtips, irgend etwas Praktisches, mit eingebauten Markennamen (›Nehmen Sie folglich noch zwei Eßlöffel BISKIN ...‹), wofür es noch mal Extrakohle gab. Und gerne tat es der große Mann auch nicht.

Aber – man will ja leben. Ich bestieg einen Bummelzug, gab dem Fotografen die Hand, der mich in Windeseile aushorchte und auf beeindruckend angenehme Weise vorführte, was das ist: Yuppietum. Ich sagte, ich sei so etwas wie ein Schriftsteller, und er erwiderte, das sei großartig, da würde ich sicher einen Fotografen brauchen. Da müsse ein Foto für das Titelbild des nächsten Buches geschossen werden, ein Foto für die Rückseite, mehrere für die Seitenklappen, Dutzende für die Glanzseiten im Innenteil, Hunderte für die nationale und internationale Presse – und er würde sie machen! Da ich noch immer seine schwere Hand die meine umklammern sah, hatte ich somit eingeschlagen. Der Deal war perfekt, der andere Mitarbeiter bezeugte es.

Der andere Mitarbeiter: Er hieß Kirk und hatte einen riesengroßen Kopf, war erstaunlich jung und bis in die Zehenspitzen motiviert. Er wußte noch nicht, daß er geradewegs mitten in die Hölle fuhr. Er hatte Illusionen. In der Provinz, dachte er, müsse es doch auch nette Leute geben. Die mufflige Unfreundlichkeit des Bummelzugschaffners nahm er nicht zur Kenntnis. Aufgeregt sprach er von neuen Romanen des Engländers Tony Parson, von bestimmten amerikanischen Schreibtätern, die das Schreibprinzip des

CUT UP erfunden hätten, und davon, daß die kleine Stadt, in die wir gerade fuhren, Münster, die größte Abonnentendichte für seine Pop-Zeitung in ganz Deutschland hätte. Das Gesicht dieses freundlichen Mannes war zeitlos und gütig, was an den winzigen Augen lag; er hatte den Kopf eines Nilpferdes und die Augen eines Wellensittichs, dazu die gewichtige, ruhige Vorgehensweise eines Pottwals – alles Dinge, die vertrauensbildend wirkten.

CUT UP, ließ ich mir erzählen, bedeutet, daß zwei Schriftsteller, wie z. B. der Pottwal und ich, zwei kleine, batteriegetriebene Instantdrucker-Schreibmaschinen kauften, Stückpreis sechshundert Mark, und damit in den Dschungel fuhren, also in das Erzgebirge zum Beispiel. Dort würden wir dann beide um die Wette schreiben, kontinuierlich Rotkäppchensekt in den Mund gießen und gespannt verfolgen, was die Finger und die Instantdrucker machten. Jeder schrieb, so schnell er nur konnte. Je schneller, desto cut up. Am Ende wurden alle beschriebenen, bedruckten Seiten wie Karten gemischt, wahllos zusammengeklebt und veröffentlicht. Ein zweites Mal erbot sich der Yuppieknipser, den gemeinsamen Dschungelband mit wilden Fotos zu würzen. Der Aufenthalt selbst brachte erwartungsgemäß nichts, worüber zu berichten sich gelohnt hätte. Die Leute waren provinziell, lebten ihr Leben, litten, starben. Dennoch mußte ich, als ich zurückkam, etwas zu Papier bringen! Die deutsche Pop-Avantgarde hatte Hunderte von Spesenmark ausgeworfen – da durfte ich nicht kneifen. Ich setzte mich also hin und dachte nach.

Das war ein Fehler. Wenn ich nachdachte, fielen mir zwölf neue Cut-up-Projekte ein, aber keine kulturellen Impressionen aus dem Bistum Münster. Ich wollte vorsichtig-ausgewogen vorgehen, nachdenklich, um den vielen Einwohnern dort gerecht zu werden. Als daraus nichts wurde, schrieb ich einfach drauflos und hackte in der Rekordzeit von nur dreißig Minuten meinen Report in die quietschende Maschine.

»In der einen Stadt (Münster) lungern Penner und Studenten auf allen Plätzen, Brunnen, Parks und Toiletten; in der anderen (Osnabrück) freuen sich einkaufende Frauen. Die Polizei hat alles saubergefegt. Kein Penner weit und breit. Die Menschen gehen zum Friseur. Studenten sind abgezogen, studieren woanders. Die Mädchen sind hübsch, gehen gerade, lachen viel. Größer könnte der Unterschied nicht sein.

Provinz ist nicht gleich Provinz, wie man sieht, auch riecht. In Münster durchzieht ein säuerlicher Geruch nach ranziger Wohngemeinschaftsbutter, Weihrauch und ungewaschenen Füßen Raum und Zeit. Nachts schläft man schlecht, hustet viel, hat Angst vor Jazzrock und Steely Dan. Die Menschen allerdings, die Leser dieses Magazins, die in dieser Hölle ausharren, die also unter fünfzigtausend Studenten meist älteren Semesters leben, nicht weichen, morgens aufstehen und arbeiten, während die ganze Stadt schnarcht, pooft, dumpft, nichts tut, das Bafög in Meinungsscheiße umsetzt, im kollektiven Müßiggang versinkt, Medienwissenschaften studiert mit Nebenfach Soziologie (Doktorarbeit, geplant, eines 32jährigen: Jugendrebellion als Widerstand): diese unsere Leser sind HELDEN. Ihr täglich Werk läßt sich allerhöchstens mit dem 80jährigen lebenslangen, unermüdlichen Wirken der Mutter Theresa in den Elendsvierteln von Kalkutta vergleichen. Münster ist die größte Prüfung, die einem jungen Menschen auferlegt werden kann, und Gott sieht ganz gewiß aufmerksam zu und weint vor Rührung, wenn wieder so ein junger Hiob den Gräßlichkeiten standhält. Die Stadt mit der mit Abstand größten Studentendichte und gleichzeitig geringsten Arbeiterschaft (es gibt keinerlei Industrie bei 260 000 Einwohnern, statt dessen einen allmächtigen Bischof, dem alle öffentlichen Gebäude gehören) hat Sunny Domestosz hervorgebracht. Verglichen mit Sunny hatte Hiob es leicht. Hiob hatte Hof, Pferd, Frau, Geld und Wichtigkeit, auch wenn es ihm zwischenzeitlich abhanden kam.

Osnabrück ist schon NDR, nicht mehr WDR, hat Industrie, fegt die Bürgersteige, ist evangelisch. Das schönste Gebäude ist keine Muffkirche, sondern der Bahnhof. Die Zeitung bringt auf Seite 1 ein Interview mit Staatssekretär Möllemann: Muß man sich vorstellen, die Redakteure von so einer winzigen Zeitung, wie sie sich redlich und feurig darum kümmern, einen echten, lebendigen und sogar einflußreichen Politiker zu gewinnen, auch wenn es nur der allseits belächelte Möllemann ist. Hier, in O., kann man auch Bürger fragen, wie Boris Becker gerade gespielt hat (›Boris Becker? Sechsvier, sechszwei, sechssieben, sechsvier gegen Mecir.‹) Dieselbe Frage in Münster löst grenzenlosen Argwohn aus.

Aber, wie schon zu erwarten, die Menschen der Osnabrücker Szene sind keine Helden. Sie sind wach, freundlich, quick, hören die richtigen Platten, verbringen ihre Jugend, werden später Stützen des Geisteslebens mit angemessener Entlohnung. Gut, gut. Ein achtzehnjähriger Skater namens Wolfram verblüfft dort mit dem lexikalischen Wissen unseres Chefredakteurs (er spielte auch, in richtiger Reihenfolge, alle 22 Lieblingstitel des Meisters, eine Liste, die er kraft logischer Kombination von 150 seiner Artikel zusammensetzte), andere Osnabrücker stehen ihm kaum nach. Aber Helden? Niemals. Es gab vor langer Zeit eine Fußballweltmeisterschaft in Mexiko, wo in einer Stadt ohne Luft, in Monterrey, bei Temperaturen von 60 Grad, ungeschlachte, aber grundgute Bergarbeiter den Ball ins Tor tragen mußten. Einer von ihnen, der tapferste, hieß Briegel und wird von uns niemals vergessen werden. In Münster gibt es auch so einen, und er heißt Jürgen.

Jürgen hat in den vier Tagen, in denen die Kulturkontrolleure in der Stadt waren, nicht einmal den Mund aufgemacht. Aber er war immer da, wenn Gefahr abgewendet werden mußte, wenn Sanchez Förster überlaufen hatte, wenn ein Weg durch eine Straße gefunden werden mußte, in der aus drei Kneipen gleichzeitig Livemusik von Bruce Springsteen auf einen zuschmerzte, wenn Video- oder Comic-Künstler mit aufgedrehten Segeln auf einen zuliefen. Jürgen war immer da. Selbst als sich die nicht trinkfeste Bevölkerung, Helden eingeschlossen, gänzlich unter den Tisch getrunken hatte und als Gastgeber nicht mehr zur Verfügung stand – wer saß da, auf all den Bierleichen, unerschüttert? Der Typ eben. Zu Hause, in seiner neun Quadratmeter kleinen Unterkunft, die übrigens frei war von Wave-Zeichen und nur aus einem Bett und einem Fotoalbum bestand, zeigte er, milde, gleichgültig, ernst, die Bilder von dem Album; natürlich nur, weil wir ihn darum baten. Und was waren das wohl für Bilder? Ernie, Flasche und Flat Top beim Kotzen? Martin Mainstream, Dieter und Tex beim Cramps-Gig in Lüdinghausen? Mit den Kumpels auf Londontour, abseits der Klassenreise? Pseiko schon wieder knille, noch bevor es angefangen hat? Nein, keineswegs. Es waren kleine Instamatik-Fotos, die während der Zeit seiner Jugendgruppenarbeit im Rahmen der gewerkschaftlichen Knappschaftsjugend gemacht wurden, vor vielen Jahren. Damals hatte er mitgeholfen, daß Kindern auf Wandertagen nichts zustieß oder daß Behinderte zu einem Spanienurlaub kamen.

So sprach Gott: Wenn es auch nur EINEN Gerechten unter diesen Mauern gibt, will ich Münster verschonen. Dank Jürgen kann die Stadt weitermachen. Wenn er mal wegzieht, schlägt der Blitz ein in das faule Nest, in dem es übrigens Millionen von umweltfreundlichen Fahrrädern gibt, da Autos verboten sind. Aber nein – wenn Jürgen wegfällt, bleiben noch die anderen Helden, Veronika zum Beispiel. In ihrer Wohnung kann der Besucher für Augenblicke vergessen, daß er in Münster ist – und das heißt etwas. In keinem anderen Winkel der Stadt ist es so, denn der seit Jahrzehnten ungemistete studentische Wildwuchs dringt durch jede Ritze, erfaßt alles und jedes. Ihre Wohnung ist sozusagen eine Station auf dem Mond, und zwar eine, auf der die zierliche Astronautin schon seit Jahren aushält.

Helden gibt es, die sind gebrochen. Die lassen sich nichts anmerken, woran man erkennt, daß sie Helden sind, sie jammern nicht, sind hilfreich, anregend, liebenswürdig, intelligent und sagen am Ende dann doch, ohne Not, mit toten Augen: Aus mir wird nichts mehr. Und man kann nicht widersprechen, weil es die Wahrheit ist, weil die Kraft nicht gereicht hat für diese Stadt, dieses Zeitalter, diese so ungünstige historische Sekunde, in der sie leben und sich hochrappeln sollen. VOR zehn Jahren wäre es gegangen, IN zehn Jahren ebenso, in jeder ANDEREN Stadt hätte er auch noch eine Chance gehabt, aber MÜNSTER 1986, nein, sorry, Handtuch, das war zuviel. Stellvertretend für alle, die an dem Muff erstickt sind, muß und wird einer in die Welt ziehen und sie alle rächen, einer, der titanische Kräfte zu besitzen scheint und dessen gerade erschienene Platte ›Barkin at the Moon‹ exakt den BOMBEDRAUF-EFFEKT haben wird, den man sich wünscht: Sunny Domestosz.«

Mein Problem hatte ich noch nicht gelöst. Sollte ich, wie der Verleger meinte, einen ›Roman mit Biß‹ schreiben, oder lieber, wie der Verleger ebenso dafürhielt, dreiundzwanzig verschiedene Romane ohne Biß? Oder sollte ich, Herrgott noch mal, eben doch die Geschichte mit dem Lolitagirl und dem Midlifebock hinter mich bringen, um etwas Geld in die Hände zu bekommen? Ich konnte dem Midlifebock ja die Züge des Verlegers geben, dann würde es gleich mit einer hohen Startauflage gedruckt! Ich beschloß, wenigstens einen VERSUCH zu unternehmen, das erotische Werk noch zu vollenden. Sechzig Seiten existierten ja schon. Wenn ich einmal Langeweile hatte, wollte ich mich, ganz nebenbei, daransetzen. Sozusagen als Feierabendvergnügen, wie der Altbundeskanzler Schmidt, wenn er abends Orgel spielte. Aber bis dahin ...

Das Dumme an dem ›Roman mit Biß‹ war, daß ich nicht so schnell schreiben konnte, wie ich erlebte. Um eine einzige Stunde authentisch wiederzugeben, brauchte ich einen ganzen Tag an der Schreibmaschine – ein Unding. Sollte ich mich wieder mehr an das Wesentliche halten? Oder dem Leser unzusammenhängende Zeitbruchstücke zumuten? Eine halbe Stunde vom Montag, zwei Minuten vom Dienstag und den Freitagvormittag? Genauso wollte ich es machen. Wenn der Leser nichts mehr verstand – was kümmerte es mich? War ich meines Lesers Hüter? So setzte ich mich grimmig vor die Maschine, um weitere Augenblicke meines Alltags aufzuschreiben:

»Der Tag kam näher, an dem ich mit Evelyn mein erstes Rendezvous hatte. Ich erinnere mich noch, als sei es gestern gewesen. Meinen Artikel über die Provinz – sie mußte ihn einfach gelesen haben, zumal ich wußte, daß in der Redaktion die Artikel von allen Redakteuren gelesen wurden, bevor sie in den Druck gingen. Da die Leute nur druckten, was ihnen von Herzen lag, schließlich war das das Prinzip dieser Zeitschrift, und den Leser achteten sie wenig bis gar nicht, lasen sie ganz von selbst ihre geliebten Artikel. Ich hatte nun folgendes erlebt: Stadtauswärts mit der Straßenbahn kommend, sehe ich, wie sie, Evelyn, in einen Straßenbahnwagen einsteigt, der stadteinwärts fährt. Ich warte also, bis meine Bahn hält, springe dann verbotenerweise über die Gleisanlagen, hechte zur anderen Bahn, steige gewaltsam ein und setze mich. Evelyn sieht mich nicht, ich muß erst einmal meiner Herr werden.

Fünf Minuten später ging ich zu ihr und sagte Hallo, indem ich laut und freundlich ihren Namen nannte. Sie las ein speckiges englisches Paperback, sah nicht gut aus, müde, elend, angestrengt. Warum fuhr sie mit dieser Bahn, die viel zu langsam war? Ich tat es, weil ich nichts zu tun hatte und Eindrücke sammelte, aber sie? Zu Fuß wäre sie schneller gewesen. Sie wollte wohl das Buch lesen in der Bahn. Ich setzte mich so hin, daß ich Evelyn im 90 Grad Winkel zur Linken hatte und zur Rechten einen Mann, der eine Zeitung las, den hiesigen ›Express‹, der den heißesten Sommer seit achtzig Jahren ausrief. So war die Grundstellung.

Sie sah gar nicht mehr aus wie der derbe Cowboy, als den ich sie vor Wochen kennengelernt hatte, eher wie ein armer Mensch, dem gerade etwas Schicksalsschweres aufgebürdet worden war. Und es dauerte nicht lange, da sah sie mir offen ins Gesicht und sagte: ›Du bist genau der Richtige, dem ich es sagen kann. Es weiß noch keiner, was ich eben getan habe.‹ Ich mußte ihr versprechen, es niemandem zu verraten, was hiermit geschehen soll.«

Ich unterbrach meine Berichterstattung, beamte mich weg von diesem intimen Zeitpunkt und rutschte in Gedanken ein paar Stunden nach vorne. Wir waren nun in einem Lokal und tranken Bier:

»Es war erstaunlich, wieviel selbst an einem normalen Werktag in dem Lokal losging. Die Menschen drängten sich in und vor den Räumen. Ein junger Mann, einundzwanzig, der zehn Jahre lang nur in den eigenen vier Wänden Bücher gelesen hatte, umsorgt von seiner Mutter, und der seit zwei Wochen in die Welt getaucht war, oder besser: von seiner Bücherexistenz in die Welt aufgetaucht war, redete aufgeregt auf gelangweilte Ältere ein. Dieser Junge rappelte ohne Punkt und Komma Selbstverständliches aus drei Jahrtausenden herunter, sprang von André Glucksmann zu Sokrates, von Hegel zu Foucault, von Kant zu Hölderlin, und keiner konnte ihn stoppen, da es alles mehr oder weniger richtig war. Man ging davon aus, daß der ansonsten nicht unsympathische Junge, der alle siezte und sich bei Gelegenheit eckig mit dem Namen Hans-Herrmann Klarczyk vorstellte, die nächsten zehn Jahre nur im LEBEN zubringen würde, dialektisch getrennt von allen Büchern.

Man denkt immer, in dem Alter könne ein Mensch einfach nur dumm sein, mehr oder weniger, so oder so, unten oder oben – irgendwo fehlte immer etwas. Selbst ein Genie könne Mit 21 nur lächerlich sein. Und so war es auch mit Klarczyk. Er hatte eng zusammenstehende Augen, die gütig waren, wenn sie einen trafen, die einen aber fast nie trafen, da er immer an den Menschen knapp vorbeisah und dabei seltsamerweise nicht gütig, sondern fanatisch wirkte. Seine Körpergröße betrug einen Meter siebzig. Die Nase war groß, seiner Kleidung fehlten Zeichen aller Art: eine beige Hose, ein kurzärmeliges rotes Polohemd. Man konnte ihn anhand der Kleidung nicht zuordnen.

Obwohl er die Menschen siezte und den Frauen, wenn er ihnen vorgestellt wurde, die Hand küßte, unterliefen ihm Fehler im richtigen Benehmen. So stellte er sich ungeniert und ungefragt zu wildfremden Leuten, wenn er sie diskutieren sah. Wo disputiert wird, dachte er wohl, darf ein Bürger sich dazustellen, erst recht nach 1789. Im Nu ergriff er dann die Initiative, kam in Fahrt, hetzte die Philosophiegeschichte der letzten Jahrhunderte rauf und runter – bis sich die Leute angewidert zerstreuten. Ich, der Schriftsteller, hatte natürlich Sympathie für ihn, war aber sicher der einzige. Trafen wir uns, streckte ich ihm jovial die Hand entgegen, nannte ihn mit Namen, heuchelte Interesse, hob die Augenbraue, runzelte beschäftigt die Stirn, tat so, als hörte ich zu. Manchmal hob ich den Zeigefinger und murmelte konzentriert ›sehr richtig‹, oder auch ›exakt so ist es, Klarczyk‹. Wenn man ihn nicht gewaltsam unterbrach, konnte nur eines seinen Redefluß stoppen: Wenn er seine Mutter anrufen mußte, daß er noch ein wenig länger wegbliebe und sie ihm schon mal den Pyjama und die Tasse Milch neben das Bett stellen sollte. Das verschaffte einem die Gelegenheit, sich davonzustehlen oder sich anderen anzuschließen – Freunden, Bekannten, Kollegen oder Evelyn.

Einmal befand sich, als ich mit Klarczyk zusammenstand, der Verleger im Lokal, und ich dachte plötzlich: Vielleicht verstehen die sich. Vielleicht ist so ein verrückter Knallkopp genau das Richtige für einen Verleger? Vielleicht war ich einfach nicht verrückt genug für den Laden; vielleicht brauchte der Kulturbetrieb echte Affen, die für ihn tanzen mußten, und keine halbwegs gesetzten Menschen wie mich. Der Verleger war mit seiner viel zu jungen, 26jährigen Lebensgefährtin gekommen, deren Vater er hätte sein können. Ich trat auf beide zu, Klarczyk zur Seite. Dies sei Hans-Herrmann Klarczyk, meldete ich, ein formidabler junger Schreiber, den kennenzulernen ein Gewinn für ihn, den geschätzten Herrn Verleger, wäre. Ich vergaß dabei, daß die Lebensgefährtin des Verlegers mit exzentrischen Zügen behaftet war, die man dringend berücksichtigen mußte. Kurz ausgeführt: Obwohl sich die 80er Jahre bereits ihrem Ende zuneigten, lebte die etwas kindliche Lebensgefährtin in einer längst untergegangenen Welt falschverstandener Frauenemanzipation, präpubertärer Individualanarchie und antiautoritär verbrämter Totalverweigerung. Ihr Lieblingswort war ›Bullen‹, und sie sprach es fast wollüstig aus: ›Bullen, Scheiße, diese Scheiß-Bullen, heute wieder Bullen gelinkt‹ und so weiter. Dieses späte Kind, äußerlich ein reines Lustobjekt, witterte in Klarczyk sofort den Feind.

Der von mir Vorgestellte schlug die Hacken zusammen, wirkte dabei verdattert, schwankte, zappelte, legte eine Hand an die Hosennaht, riß die andere nach vorn, dem Verleger vor die Schnauze, der übrigens, wie auch seine Freundin, auf Gartenstühlen saß. Klarczyks ausgestreckte Hand hing in der Luft.

Plötzlich merkte er, daß er ja zunächst die Dame zu begrüßen hatte! Er fiel fast nach hinten um, ruderte auf die Lebensgefährtin zu, die ihn angeekelt beobachtete. Siedend heiß fiel mir ein: ein Handkuß. Jetzt küßt er ihr die Hand. Ich hätte ihn warnen müssen! Tatsächlich greift er zu dem schönen, wohlgeformten Elfenbeinarm des verwirrten Lustobjektes meines Verlegers, kriegt auch wirklich die Klavierfinger zu fassen, führt sie an seinen Mund – und verbrennt sich natürlich fürchterlich.

›Was soll das, du Arsch?!‹

Ganz klar: Für sie war der falsche Konfirmand einer ›von denen‹, von den Bullen, von der anderen Seite, von den Systemschweinen. Ein Spießer, einer, den man gefälligst linken mußte, ein Mann, der Frauen begrapschte: das letzte eben.

Ich versuchte einzugreifen, die Lage zu stabilisieren, vielleicht sogar zu retten.

›Nein, Entschuldigung, aber es ist ja nichts zu trinken da … Herr Klarczyk ist übrigens immer so, das hat nichts zu sagen, es geht ja auch nur um Geschäftliches. Was darf ich denn einmal zu trinken mitbringen?‹

Das Mädchen verbat sich auch das. In aller Schärfe stellte die Hippiefrau klar, daß sie mit den Geschäften des Verlegers nichts, aber auch wirklich GAR NICHTS zu tun haben wolle. Ich verdrückte mich, um Getränke zu holen.

Selbstredend kam ich nicht zurück. Froh, Klarczyk für ein Weilchen los zu sein, gesellte ich mich zu der Gruppe, in der mein alter Freund, der Chefredakteur, das Wort führte. Bulli nannte ich ihn, aus alten Tagen, die anderen nannten ihn natürlich anders. Ich will das nicht weiter ausführen, es ging um die Entstehung der Weltwirtschaftskrise Ende der 20er Jahre mitten im boomenden Amerika, später ging's noch um die Kampfthese, daß Kohl, im Vergleich zu den

Alternativen Rau, Stoltenberg und Späth, doch der wünschenswertere Kanzler sei. Jedenfalls kam nach kurzer Zeit Freund Klarczyk auf mich zugetaumelt; abgerissen, buckelig, das heulende Elend. Er schwankte so sehr, daß ich ihn fast gestützt hätte.

›Schon zurück? Hat es nicht geklappt?‹

›Kannst du mir ein Wasser bringen?‹

Es war das einzige Mal, daß Klarczyk mich duzte, auch das einzige Mal, wo er schnorrte. Ich brachte ihm den Sprudel, wobei ich mich wunderte, daß in dem Lokal so etwas verkauft wurde.

Klarczyk wirkte gedemütigt; der Verleger schien nicht freundlich zu ihm gewesen zu sein. Ich fragte, ob das Mädchen ihn beschimpft habe. Er antwortete nicht. In den Büchern, die er zehn Jahre zu lange gelesen hatte, stand anscheinend – vielleicht waren es ja die falschen – nicht drin, wozu Hippiefrauen fähig waren. Klarczyk verschwand bald von der Bildfläche, stahl sich grußlos aus dem Lokal, was mich befürchten ließ, ihn nie wieder zu sehen. Jetzt liest er wieder zehn Jahre, dachte ich. Aber ich irrte mich: An dem Abend, den ich mit Evelyn in dem Lokal verbrachte, war er wieder da.

Obwohl ein ganz normaler Werktag, nämlich ein Mittwoch, schwoll die Kneipe rappelvoll an, binnen Minuten. Eine Stimmung wie zu Silvester. Evelyn saß nervös auf einem hohen, stählernen Barhocker, den sie überallhin mitschleppte – sie veränderte ihre Position innerhalb des Lokals ständig. Alle standen, sie saß, wenn auch auf gleicher Höhe. Ich ahnte, wenn ich in den hinteren Teil der Restauration guckte, daß etwas nicht stimmte, daß Claus Brasch anwesend sein mußte. Brasch war ein Bekannter von ganz früher, eine Type, die ich ähnlich lange kannte wie Bulli und glücklicherweise seit Jahren nicht mehr gesehen hatte. Brasch hatte die Eigenschaft – und daran merkte ich auch jetzt, daß er da war –, um sich im Umkreis von dreißig Metern eine Atmosphäre absoluter Tristesse zu verbreiten. Wo er war, starb das Leben ab, hörten die Menschen auf zu sprechen, klang die Musik nur noch laut und blechern, schauten Männer tief ins Glas, wurden Frauen zu Nutten. Wenn Brasch lachte, klang es zwar wie Lachen, aber niemals lustig; die Mienen der Umstehenden fielen vollends zusammen. Er lachte viel und gern, sicher nicht ahnend, wie es klang und wie es aussah. Für die Frauen war er die Pest: Ich hatte mehr als eine kennengelernt, die schon in der ersten Nacht, von Entsetzen gepackt und das Herz umkrampft von kalten Winden ewiger Traurigkeit, das Weite suchten. Rein äußerlich sah er gut aus, ein bißchen fipsig zwar, die Schultern oft hängend, der Blick triefig, die Mundwinkel heruntergezogen, die ganze ›Statur‹ ohne Muskeln, ohne Rückgrat, der ganze Mann im Grunde zu klein, und die Hautfarbe immer grün, grau müßte man sagen, morgens wie abends grau-in-grau, aber trotzdem. Rein normativ, oder auf Fotos, sah er gut aus. Er war natürlich keiner, an den man sich anlehnen konnte, keiner, auf den man sich verlassen oder den eine Frau gar heiraten konnte. Aber, wie das Leben so spielt, die schlimmsten Kreaturen sind oft die größten Künstler – so auch hier. Braschs Mutter war im Alter von 35 Jahren durch Selbstmord aus dem Leben geschieden – Klein Claus war damals erst drei Jahre alt –, und sein Vater erhängte sich in der Intensivstation des Niebüller Kreiskrankenhauses, als die Schwester einmal eine Pause gebraucht hatte. Auch der Vater hatte nämlich dieses Elend um sich verbreitet, das einfach nicht auszuhalten ist. Die Schwestern hatten sich alle halbe Stunde abgelöst, rissen die Fenster auf, schnappten nach Luft. Am schlimmsten war es, wenn der Alte Witze erzählt hatte, wenn er sein blutleeres Lachen erschallen ließ, das ein Männer- und Stammtischlachen war, ein Gruppenlachen, anerzogen, beim Kornim gelernt, die Angst überbrüllend. So ein Lachen war es, das die Schwester schließlich doch aus der Intensivstation getrieben hatte.

Der hintere Raum verdüsterte sich. Vorne zappelte Evelyn noch vergnügt vor den Augen dutzender Fans auf dem Barhocker, hielt Hof, gestikulierte mit beiden Zeigefingern in verschiedene Richtungen – hinten wurde die Musik bereits schlechter. Sie klang plötzlich anders, als hätte man die Nadel ausgetauscht, so verzerrt, mühsam, mit letzter Kraft gespielt, enervierend. Zwischendurch hörte man dieses Lachen. In langen, traurigen Strömen wanderten die Menschen, ihr letztes Hab und Gut im Arm, von dem hinteren Teil des einstmals blühenden Lokals in den vorderen. Rund um Brasch leerte sich die Umgebung. Nur ein paar Frauen, Künstlerinnen wohl, hielten aus. Für sie war er noch immer der große Maler, der Mann, der den Neofuturismus überwunden und für alle Zeiten vernichtet hatte – und nicht der real existierende Trauerkloß. Dabei hatte er schon längst umgesattelt, Wirtschaftswissenschaften und Jura studiert und verdiente sein Geld als unnachgiebiger Richter in Mietangelegenheiten. Man durfte ihn einen »furchtbaren Juristen« nennen.

Freilich sahen sie schon wieder alt aus dabei, zehn Jahre älter als nötig, wurden schlagartig zu alten Schicksen. Neben Brasch zu stehen ging immer gleich furchtbar auf die Knochen. Nach einer Viertelstunde hatten sie Ringe unter den Augen, wirkten karrieregeil, abgeschmackt und daneben. Ich hatte Angst, er könnte gleich in Evelyns Nähe kommen.

Wir gingen alle nach draußen, stellten uns zu den dreihundert Leuten, die wie stets bei dem feuchtheißen Wetter den Bürgersteig vor dem Lokal bevölkerten. Während drinnen buchstäblich alle Lichter ausgingen, blieben wir draußen unversehrt; arglos diskutierten wir ein Buch mit dem Titel ›Ollenhauer – die Geschichte der Sozialdemokratie von Bebel bis Brandt‹, ein exzellentes Standardwerk der Historikerin Brigitte Seebacher.

›Sag mal‹, fragte jemand, ›ist das nicht die Person, die in einem ›Bild-am-Sonntag‹-Kommentar eine Erklärung gegen Beckenbauer abgegeben hat?‹

Unruhe entstand. Gegen Beckenbauer? Gegen den KAISER? Jeder Mensch mit Verstand liebte den Teamchef. Jemand, der sich gegen den Teamchef aussprach, konnte kein gutes Buch geschrieben haben.

Evelyn fragte mich unsicher, ob es mir nicht auch so vorgekommen wäre, daß irgend etwas in dem hinteren Teil des Lokals nicht gestimmt hätte. Ich erklärte es ihr.

›Aber dann hat der arme Mann also nie die Wärme und Liebe einer Frau gespürt?‹

Die Eigenschaft ›Mitleid‹ war bei ihr stark, fast krankhaft stark ausgeprägt, so daß ich schleunigst gegensteuerte.

›Er hat Geld, er ist berühmt, er sieht gut aus – die Frauen laufen ihm nach, keine Bange. Einige haben es wirklich mit ihm versucht, haben ihr Herzblut vergossen über Jahre, für nichts! Er hat sie mit seelischer Grausamkeit gestraft dafür, bis sie zusammenbrachen. Selbst zu den kleinsten Freundlichkeiten ist er unfähig, er sagt nicht danke und nicht guten Tag … er ist nicht freundlich und nicht zärtlich, und wenn er zu Hause eine liebende Frau im Bett hat, geht er erst recht ins Bordell.‹

Hosenmatz Klarczyk näherte sich der Gruppe im Krebsgang, erreichte sie scheinbar unauffällig und hakte sich übergangslos mit einem Monolog über ›Das obszöne Werk‹ in unser Gespräch. Nun hätte er unpassender als mit Bataille nicht debütieren können, und alle wandten sich pikiert ab, auch Evelyn, auch ich. Er legte daraufhin Wilhelm Reich nach, gab ein bißchen arabische Literatur dazu, würzte es mit klassischen Zivilisationsfranzosen. Erst bei den Franzosen hörte ich wieder zu. Ein Kellner, selbst hünenhaft groß, schwenkte erhobenen Armes ein kreisrundes, radförmiges Tablett über dem Kopf, das gestanzte Löcher hatte, in denen die landesüblichen, dünnen, schmalen ›Kölsch‹-Gläser steckten, zwanzig Stück davon, damit jeder eins bekam.

Aus dem abgedunkelten Innenraum dröhnte wieder das grauenerregende Männergruppenangstlachen. Prompt bat mich meine Begleiterin, mir mehr über Brasch zu berichten.

›Tja, also ... einmal hatte der Mann eine Freundin, die ihn wirklich liebte. Ich will gar nicht sagen, warum. Wahrscheinlich mochte sie gerade dieses kaninchenhaft Schutzlose an ihm, auch verstand sie seine Bilder, da sie selbst eine berühmte Münchener Künstlerin war und eine hyperintelligente Person dazu. Geld hatte sie auch, gut sah sie auch noch aus – etwas Besseres, Ehrlicheres hätte er nicht kriegen können, er, der aus verständlichen Gründen immer nur ausgenutzt worden war von Frauen. Trotzdem ... achtete er sie nicht und ging weiter in seine blöden Bordelle. Die Frau war darob so aufgebracht und fühlte sich so entwürdigt, daß sie sich eines Tages rächte und mit einem anderen Mann schlief. Als Brasch das hörte, war bei ihm endgültig die Klappe dicht. Er warf die Frau sofort aus seinem Leben, redete nicht mehr mit ihr, vergaß sie in derselben Sekunde, da er von dem Treuebruch erfuhr. Sie warf sich vor seine Füße: Er ging ungerührt weiter. Sie überhäufte ihn mit Geschenken – er ließ sie abholen und wegwerfen. Sie wurde wahnsinnig und mußte in der Irrenanstalt behandelt werden – er kannte sie nicht mehr. Sie ging mit geschärften Küchenmessern auf ihn zu – er ließ sie anklagen, einsperren, ausweisen, entmündigen und enterben; und malte unbeeindruckt auf dem Dachboden seine Bilder weiter, blieb der, der er immer war, verbreitete Traurigkeit, Gleichgültigkeit und herzenskaltes Elend und richtete verzweifelte Arbeitslose.‹

›Wie hieß denn die Frau?‹

›Das tut nichts zur Sache. Es ist ihm im übrigen öfters so ergangen und wird ihm auch weiter so ergehen.‹

Drinnen lachte es scheppernd. Die neueste Elendsepisode nahm wohl gerade ihren Lauf.

Brasch kam näher. Wir sahen, daß er nicht allein gekommen war, sondern einen Kumpel bei sich hatte, mit dem er um die Wette brüllte. Angebrüllt wurde eine zwischen beiden sich duckende Frau, die schon viel Scheußliches im Leben durchgemacht hatte und sich dummerweise zutraute, auch für diese Situation die Richtige zu sein. Braschs Kumpel lachte noch härter, gröhliger, lauter als Brasch, und man ahnte, daß Brasch eines Tages daran zugrunde gehen würde, daß er trotz aller Anstrengungen seinen ›Freund‹ an männlichem Lautlachen nicht erreichte. Die Frau hatte große grüne Augen und hervortretende Wangenknochen, wirkte aber räudig, als hätte sie Durst oder trüge eine Perücke. Wie gesagt, sie duckte sich, sie hatte den Nacken eingezogen. Der Kumpel von Brasch wirkte auf den ersten Blick breitschultrig und kräftig. Er war groß, hatte nasse schwarze Haare, die mit Pomade nach hinten geklatscht waren, trug einen Günter-Grass-Schnäuzer und blickte grimmig: ein richtiger Mann, das, was Brasch immer sein wollte und nie schaffen konnte. Später, auf den zweiten Blick, verrutschte das ganze Bild – man dachte nun mehr, daß es sich lediglich um einen Alkoholiker handelte. Ich glaubte ihn zu erkennen: Es konnte ›Eckstein‹ sein, ein bekannter Alkoholiker aus meiner Heimatstadt, den ich zwar nie kennengelernt hatte, dessen Geistlosigkeiten aber einmal Legende gewesen waren. Unglaublich, daß dieses Spatzenhirn noch lebte, nach all der Zeit. Einige Brüllfetzen drangen zu Evelyn und mir herüber, es klang immerzu nach ›Fotze, Scheißfotze, Blasen, Reiten, Drücken, Lutschen, Schlucken‹ und so weiter, wie Folter in Chile.

›Und diese beiden Menschen kommen wirklich aus der Stadt, aus der du kommst?‹

Evelyns Mund hatte sich verzogen, als hätte sie eine Riesenspinne entdeckt.

›Nein, diese beiden Menschen kommen aus der Stadt, in der du wohnst. Da sind sie nur rausgeflogen.‹

›Und in DEINER Stadt durften sie bleiben?‹

›Nur vorübergehend. Wenn ich zurückkomme, dafür werde ich sorgen, werden sie nicht mehr da sein.‹

Die Freie und Hansestadt Hamburg war wie keine andere Stadt Kontinentaleuropas dem Geist des Liberalismus verpflichtet, daß sie selbst solche Leute in ihren Mauern duldete und höflich behandelte; Leute, die alles Hamburgische und Britische haßten und in den Schmutz zogen. Eckstein sollte sich einmal, so hieß es, dem Bürgermeister, Seiner Exzellenz Fürst von und zu Dohnanyi, im verschwitzten Netzhemd genähert haben und so gut drauf gewesen sein, daß er ihm seine halbvolle Dose Holstenbier vor die Füße warf. Der Fürst bückte sich indigniert, nahm einen Schluck, dankte höflich und gab ihm die Dose zurück. So war Hamburg. Guterzogen bis zum letzten Atemzug. Ich wandte mich wieder an Evelyn.

›Wußtest du, daß Hamburg nach dem Ersten Weltkrieg den Antrag stellte, unter den Schutz der britischen Krone zu kommen? Sie wollten gewissermaßen ein Teil des Commonwealth werden.‹

Evelyn sagte, nun solle ich ihr aber die GANZE Geschichte über Brasch und seinen Kumpel und die Frauen erzählen. Ich nahm mir ein Bier aus dem dargereichten radförmigen Tablett und begann von vorne:

›Es war vor vielen Jahren, als ich eines Abends in einer dunklen, aber aufregenden Hamburger Kellerdiscothek einen dünnen, kleinen Mann mit hängenden Schultern im Schlepptau einer nicht weiter zu definierenden Frauensperson an der Theke vorbeischlurfen sah …‹

Die Zeit verstrich, ich erzählte die GANZE, die wirkliche und sogar WAHRE Geschichte. Natürlicherweise wurde dabei Evelyns Interesse an den im hinteren Teil des Lokals real existierenden Personen immer größer. Schließlich rückte sie mit der Ansicht heraus, man könne für oder gegen Brasch sagen, was man wolle, aber er habe in jedem Fall die richtige Hose an.

›Wie bitte?‹

Sie wiederholte ihren erbärmlichen Standpunkt. Die richtige Hose. Es stellte sich heraus, daß …«

Ich unterbrach meine Aufzeichnung. Viel Wichtigeres hatte sich ereignet! Ich sollte einen Porno schreiben. Das kam so: Als ich den Verleger anrief, um ihm zu sagen, ich hätte mich entschlossen, einen Roman mit Biß zu schreiben, eine schonungslose Beichte voller Wahrhaftigkeit und Akribie, packend, echt, alltäglich, meinte der Dicke, er führe über Land, besuche vierhundert ausgewählte sauerländische Buchhändlerinnen, und ich solle getrost einfach mitkommen. Das fand ich nett vom Verleger. Gut gelaunt sagte ich zu und machte mich sofort auf den Weg zum Verlagsgebäude, wo mich der Mann mit seinem Mercedes erwartete.

Wir fuhren querfeldein zu dem sauertöpfischen Zirkel, immer über Berge und Landschaft, alte Alleen, geschwungene Kurven und putzmuntere Seen, in denen die Fische ihr Lied sangen. Gutes Wetter, gute Laune, große Enten, kleine Enten, Tiere, die sich paarten, eine Sonne, die im Zenith stand – kurz und knapp: Ich fragte, ob ich nun nicht bald veröffentlichen dürfe.

Der Verleger wies auf die Bedeutung des deutschen Buchhandels hin. Ein Buch, das nicht im Schaufenster liege, verkaufe sich nicht. Schon die Vertreter, die rund um die Uhr durch Deutschland reisten und die Bücher des Verlegers verkauften, seien wichtig; noch wichtiger aber seien die Buchhändler selbst. Sie müßten gewonnen werden. Man müsse mit ihnen ›können‹. Für einen jungen Autor sei es von Vorteil, wenn er die Buchhändler kennenlerne. Es sei unbedingt notwendig, daß ich einen guten Eindruck machte.

Was nun die Veröffentlichung angehe, so habe er lange über mich nachgedacht. Sein Verlag sei ein politisch engagierter Verlag; kritisch, mutig, polemisch. In meinen Schriften vermisse er, der Verleger, die kritische Position gegenüber den herrschenden politischen Zuständen.

Auch ich sei doch ein intelligenter Bursche und mehr als sensibel. Auch ich sei doch im Grunde hoch unzufrieden. Ich müsse mich nur trauen, alles unverblümt rauszulassen, was ich gegen die Gesellschaft hatte.

»Sie sind kein Konfirmand mehr. Sie schreiben immer so brav wie irgendein harmloser Erzähler von Anno Dunnemals. Dabei haben Sie durchaus Talent! Sie könnten schon, wenn Sie sich nur trauten.«

»Was könnte ich?«

»Sie könnten ein KRITISCHES Buch hervorbringen.«

Schluck. Schnauf. Röchel. Ein wütendes Irgendwas gegen Bullenstaat und Bespitzelung, Schweinesystem und ganz gewöhnlichen Terror, den sogenannten. Willkür gegen Asylanten, Gewalt im ehelichen Doppelbett, hilf Himmel, das konnte er einfach nicht von mir verlangen!

»Eigentlich mag ich aber unser Land …«

»Nein, Das tun Sie natürlich nicht. Sie sind ein Zyniker, und am liebsten würden Sie im 4. Jahrhundert leben und nicht heute.«

»Stimmt nicht. Ich will heute leben.«

»Seien Sie nicht kindisch. Sie haben etwas von einem Amokläufer, doch, doch, bei Ihnen könnte ich mir vorstellen, daß Sie irgendwie zum Amokläufer werden, und das ist ja auch gut so, für einen Schriftsteller; Sie müssen den Haß nur rauslassen, ihn sich von der Seele schreiben.«

»Nee! Ich hasse nicht.«

»Ich persönlich besitze ja so etwas wie Bewunderung gegenüber diesem Potential, das in dem Schriftsteller schlummert und raus will. Es ist eine seltsame, unfaßliche Kraft, die ihn von anderen Menschen unterscheidet. Die ihn auch quält und oftmals ein halbes Leben lang behindert und belastet, ehe sie endlich freigesetzt wird.«

Ich sagte, ich wolle darüber nachdenken. Die Idee sei faszinierend, dennoch glaube ich, Bedenken vorbringen zu müssen. Kritische Mitbürger seien immer verdammte Deppen in meinen Augen gewesen. Lieber würde ich ein Buch FÜR die DDR als eines GEGEN die Bundesrepublik schreiben. Beim Stichwort ›FÜR DIE DDR‹ wurde der Verleger fast böse.

»Dann schreiben Sie doch den Porno, wenn Sie für den kritischen Schriftsteller nicht taugen! Machen Sie das Ding mit der kleinen Nutte fertig und basta! Dann sehen wir weiter.«

So kam es, daß die Geschichte des jungen Mädchens, das einen älteren Verleger verführt, nein, einen älteren Redakteur natürlich, in den Brennpunkt meines Schaffens gelangte. Wir fuhren weiter über Berg und Tal, der Benz schnurrte elastisch mit sechzehn Ventilen, und ich hatte Gelegenheit, mir alles durch den Kopf gehen zu lassen. Ich wußte, daß die ersten sechzig Seiten schon geschrieben waren und ich nur auf Seite 61 nahtlos weiterspinnen mußte. Oder sollte ich doch lieber ein gesellschaftskritisches Werk verfassen? Von der verkauften Auflage konnte ich mir dann meinen eigenen Verlag kaufen. Dann fuhr ich durch die DDR und schrieb einen Erotic-Thriller darüber: ›Sinnlicher Sozialismus‹, über rußgeschwärzte Industrieanlagen, wackere Proletenfrauen in billigen, grellfarbenen Kleidern und ebenso billigen Duftwassern. Kräftige, klassenbewußte Rotgardistinnen aus Kernseife und Planerfüllung, die am Waschtag

Tonnen von proletarischer Arbeiterwäsche mit Wäscheklammern und Wäscheleinen in den flatternden Wind des sozialistischen Vaterlands hängten. Und das verlegte ich dann selbst. Und die DDR-Führung wäre davon so angetan, daß sie mich in die Staatsdatscha am Werbellinsee einladen würde, zum Rotkäppchensekt-Trinken.

Ich wäre gern finster grübelnd und bösartig abschweifend im Sessel versunken, aber die superharte Sportpolsterung des modernen Westautos ließ das nicht zu. So dachte ich nur: Ja, so ist das heutzutage, alles darf man vertreten, nur für die Ostzone darf man nicht sein. Mit nichts anderem brachte man die Intellektuellen jeglicher Couleur dermaßen aus der Fassung. RAF, Baader-Meinhof? Bitte sehr, muß man diskutieren, sehr wichtig, diese Frage, vor allem, nicht wahr, der Gewaltaspekt daran. Aber DDR? Sendepause. Fassungslosigkeit. Ende von allem. Hier muß ein Mißverständnis vorliegen.

Wir fuhren zu den vierhundert ausgewählten Buchhändlerinnen, und es war tatsächlich eine lohnende Sache. Ich begegnete nämlich in Wirklichkeit meinen Lesern: verheiratete, ängstliche, aber gutherzige Frauen zwischen zwanzig und vierzig.

Es waren natürlich Buchhändlerinnen, aber ich kam von der Zwangsvorstellung nicht los, meine Leser würden genauso aussehen. Der Verleger hielt eine didaktisch aufgebaute Rede, die vom Herausbringen und Durchkämpfen von echten Büchern handelte. Echte, lebendige Bücher! Der Verleger brachte sie zur Welt, erlebte das gigantische Ringen mit, Schmerz, Eros und Tod, das den die Welt beben machenden Geburtsakt seitens des Künstlers begleitete. Tief atmeten die Buchhändlerinnen durch, die Blusen blähten sich.

Echte Kunst! Wahnsinn und Genie. Die Hölle der Kreation, das Fegefeuer der Zweifel. Der Bannfluch der Kritik. Die vielen Stationen, bis solch ein Buch auslieferbar sei.

Schließlich kam er zu mir. Er habe einen gewissermaßen waschechten Schriftsteller im Gepäck, einen Mann, der schon eine Kriminalkurzgeschichte für den Verlag geschrieben habe und der zu seiner Rechten sitze. Ich erhob mich verlegen.

Der Verleger hielt das Buch hoch, in dem meine Geschichte unter ferner liefen abgedruckt war. Er ließ es herumgehen. Einige der Buchhändlerinnen schienen es zu kennen.

Er präsentierte nun das gesamte Verlagsprogramm, von Bukowski bis Grass, hielt immer das jeweilige Buch in die Höhe und ließ es herumgehen. Er sagte noch, daß man, wenn Interesse bestünde, dem Herrn Schriftsteller zu seiner Seite durchaus Fragen stellen dürfe.

Er sprach über Umschlagsentwürfe. Viele Buchhändlerinnen sträubten sich angeblich gegen ungewöhnliche und neue Umschläge, führte er aus und griff zu einem schwärzlichbräunlichen Buch, das zwischen ihm und mir lag und das ich die ganze Zeit nicht angeguckt hatte. Es war nämlich mit einem Foto versehen, das einen verbrannten Mann aus Legosteinen zeigte. Eine abscheuliche Gestaltung. Viele Buchhändlerinnen, klagte der Verleger jetzt und verlor jede Hemmung, würden dieses Buch nur deshalb nicht ins Schaufenster stellen, weil es bräunlich, schwärzlich sei, weil es einen seltsamen Legostein-Mann zeige, dessen Legosteine angekokelt seien, und eine Schrift habe, die auf Groß- und Kleinschreibung keinen gesteigerten Wert lege. Wahrlich, ein ungewöhnlicher Umschlag. Ich zwang mich, endlich hinzugucken. Übel, übel. Bei einem Buchgeschäft, das diesen Fladen im Schaufenster hätte, würde ich schnell vorbeilaufen. Aber die Buchhändlerinnen fühlten sich getroffen; schuldbewußt blickten sie zu Boden, auch die vielen Rotbäckchen und Lehrmädchen, die doch gar nichts zu verantworten hatten.

Nun meldete sich eine und fragte, ob die Geschichte, die ich geschrieben hätte, eigentlich ganz und gar ausgedacht wäre oder ob ich darin auch biographische Züge verarbeitet hätte. Ich konnte es kaum glauben. Jemand sprach mich als Schriftsteller an! Eine Ehre, die mir niemals zuvor jemand in dieser Ausschließlichkeit bereitet hatte. Um die Chance nicht zu verpatzen, sprach ich sofort los.

»Lassen Sie mich zunächst einmal sagen, daß ich Ihre Frage für nicht uninteressant halte und im einzelnen darauf zu sprechen kommen möchte. Die Frage ist doch die, bei allem, was wir machen, ob wir uns auch fragen, ob wir mit dem, was wir tun, auch richtig liegen und die Dinge, die wir vorantreiben wollen, auch befördern. Ich persönlich halte zum Beispiel viel von der Politik, auch von Lokalpolitik, obwohl ich alle Menschen bewundere, die global denken – viele davon gibt es übrigens nicht. Man kann ja Lokalpatriot sein, ohne den Sinn für die globalen Zusammenhänge zu verlieren. Ich selbst bin Lokalpatriot, muß allerdings sagen, daß das eine Eigenschaft ist, die ich bei anderen Menschen in keiner Weise schätze, ja ich frage mich oft, ob nicht mein eigener Lokalpatriotismus – ich bin in Hamburg geboren – nicht zutiefst spießig und abzulehnen sei. Was ist der Unterschied zu einem Emsländer, der die Ems feiert, einem Oberbayer, der sich darin gefällt, Oberbayern als das Nonplusultra anzupreisen? Meine Damen, wäre es nicht viel höherstehender und ethisch wertvoller, man würde das doch viel abstraktere Vaterland ins Zentrum der eigenen Wertschätzung stellen?«

Da niemand antworten wollte, griff der didaktisch so versierte Verleger wieder ein. Er bedankte sich für die interessante Frage, interpretierte meine Antwort und führte geschickt aus, daß meine Wurzeln, meine ›Roots‹ sozusagen, also meine Heimatstadt, mein Bekenntnis zu bestimmten Werten, politischen – auch lokalpolitischen – Ansichten und

Haltungen, in mein Schreiben miteinflößen, so daß es sich bei meiner Kriminalgeschichte um eine gewissermaßen raffinierte Mischung aus Fiktion und Realität handele.

»Entschuldigung«, sagte die Fragestellerin darauf nach beträchtlichem Schweigen, »aber ich möchte noch gern eines wissen: Welche Teile von der Geschichte waren eigentlich mehr so irgendwie biographischer Natur, und welche waren total ausgedacht?«

»Ich glaube, das kann man nicht gut in einem Satz beantworten, ich meine, da muß man noch ein bißchen weiter ausholen. Stellt sich die Frage überhaupt in dieser Weise, oder ist es notwendig, die Dinge in ihren Zusammenhängen zu sehen. Köln ist ja z. B. eine schöne Stadt, das werden Sie mir, auch wenn Sie nicht aus Köln kommen, nachfühlen können. Vor allem hat diese Stadt ja SEHR durch das neue Museum Ludwig gewonnen. Leider verstehe ich nicht viel von moderner Kunst, aber auch nicht viel von Fußball, und trotzdem macht es mir Spaß, die neuesten Tabellenstände zu vergleichen – was man ja mit der Bestseller-Charts der bestverkaufenden internationalen Maler, die in der Zeitschrift Capital regelmäßig veröffentlicht wird, gleichsetzen kann. Mich interessiert zum Beispiel, ob Baselitz steigt, Beuys durch seinen Tod verliert, Semmer schon die Top hundred geentert hat und so weiter. Mit einem Wort: Die Welt ist oftmals gerade da in Zahlen darstellbar, wo andere am hartnäkkigsten auf Voodoo, Inspiration und Tiefenpsychologie bestehen. Ich hoffe, ich finde da in Ihnen eine Parteigängerin, gnädige Frau.«

Der Verleger dankte und fragte, ob es noch weitere Fragen an mich gäbe.

»Ja, äh, mich hat da schon noch etwas interessiert«, meldete sich eine dürre Blonde mit Minipli-Haaren, hautengen Latexhosen und Ringen unter den Augen zu Wort, »und zwar, ob Sie das, was Sie da mitteilen in der Geschichte, schon vorher gewußt haben, oder erst nachher, als die Geschichte fertig war. Also, ob – ich meine, jede Geschichte hat doch eine Aussage.«

»Aussagen sind meist Aussagen über die Welt und ihre Beschaffenheit. Ein Romancier, ein Schriftsteller, wie Sie wollen: Ein Autor trifft natürlich auf eine Situation, in der er sich äußert, in der ihm also die Dinge nicht gleichgültig sind. Es gibt Menschen, die gehen morgens in die Kirche – Konrad Adenauer war so ein Mensch beispielsweise, noch dazu ein katholischer, der die Frühmesse zu einer Zeit aufsuchte, in der ich manchmal erst mit dem Schlafen beginne. Wissen Sie, ich habe Adenauer sehr verehrt. Er ist in meinen Augen derjenige Politiker, durch den wir am meisten lernen können – und worüber kann und soll man lernen? Über die Politik selbst! Natürlich in bezug auf Deutschland. Nur bei Adenauer habe ich begriffen, was Macht ist, wie man mit ihr umgeht, wieviel Gramm davon unser Land BESITZT, wie es in Einklang gebracht werden kann mit den demokratischen Dingen. Das erste, was ich einmal gemacht habe, als ich zufällig nach Bonn kam, war, die 101 Treppenstufen zum Adenauerhaus in Rhöndorf hochzuklettern, die Weinhänge hoch, den Rhein unter mir. Die Treppen hatte der Alte selbst angelegt und war sie auch als 90jähriger ohne Beschwerden hochgelaufen. Daran kann man sehen, was das für ein Mann war. Später bin ich dann zum Bundeshaus gegangen, zum Langen Eugen, zum Plenarsaal des Deutschen Bundestages. Ich war da überall drin und kann jedem empfehlen, das auch einmal zu tun. Im Langen Eugen bin ich durch alle 17 Stockwerke gestromert, habe mit den Abgeordneten wie beiläufig Kaffee in der Kaffeeküche getrunken und über Tagespolitik geplaudert. Meine Damen, so etwas hebt das Bildungsniveau.«

Der Verleger sah mich betrübt an, so daß ich aufhörte. Die Buchhändlerinnen hatten keine weiteren Fragen an mich, wohl aber an den Verleger, der nun beredt über Fiktion und Phantasie, Belletristik und Wirklichkeit Auskunft gab. Schrieb ein Künstler über sich? Oder dachte er sich das ganze Werk aus? Wußte er vorher, was er da Ungeheuerliches tat? Fragen über Fragen. Der Verleger war in seinem Element, redete sich schier in einen Rausch, die Blusen blähten sich bis zum Platzen – nur ich wurde kleiner und kleiner.

Nach dem Vortrag löste sich die Tischordnung auf, und alle Weiblichkeit strömte kreischend zum Verleger, der aufrecht stehend Hände schüttelte und Fragen beantwortete. »Das war wunderbar, was Sie uns gegeben haben. Das wollte ich Ihnen hiermit einmal wirklich mitteilen.«

So und ähnlich begann jeder Smalltalk. Ich merkte, daß sich der Mann pudelwohl fühlte, daß seine Freundlichkeit und Volksverbundenheit keine Maske war. Schade, daß das Volk mich nicht so liebte – ich stand vollkommen abseits. Als wir schließlich eingeladen wurden, mit den Buchhändlerinnen essen zu gehen, bat ich den Beliebten inständig, den Heimweg anzutreten. Ich hätte ja gern noch einmal zwei Stunden über Fiktion und Dingsbums schwadroniert, aber es gab ja keine weiteren Fragen an mich.

Der Verleger sah mich besorgt und aufmerksam an, als wir wieder auf der Serpentinenstraße gen Köln flitzten. Der Sechzehnventiler schmierte elastisch durch die Kurven. Ich war froh, fühlte mich nicht einmal unverstanden. Der erste Kontakt mit meinen Kunden hätte glücklicher ablaufen können – aber egal.

»Schreiben Sie Ihren Erotik-Thriller.«

Das waren seine Abschiedsworte, als er mich zu Hause absetzte. Immerhin: eine klare Aufforderung, wahrscheinlich eine Ermunterung. Er wollte, daß ich SCHRIEB. Er machte sich Gedanken um mich, der Gute.

Schon am nächsten Morgen legte ich los. Direkt auf Seite 61 oben führte ich weiter den Porno.

»... Er mußte die verflixten Punkfreunde loswerden, wenn er sie endlich, nach Tagen der Selbstbeherrschung und klugen Strategie, wieder ins Bett bekommen wollte. Fast ahnte er, daß sie es selbst gerne wollte. Natürlich gab sie es nicht zu. Natürlich hob sie ihre elenden Punkfreunde in den Himmel. Aber er hatte nur zu gut im Gefühl, daß die jungen Burschen für alles mögliche gut waren, aber nicht, ausgerechnet, für kräftiges Zupacken. Das jedoch war es, wonach Pixies nervöser Körper jetzt verlangte. Ihre Bewegungen waren fahrig, gehetzt, ihre Hände flogen hin und her, sie lachte zu plötzlich und fiel zu vielen zu plötzlich um den Hals. Zu vielen, die damit nichts anfangen konnten.

Das miese Punklokal schloß, letzte Schlägereien erloschen, ausgeschlagene Zähne wurden eingesammelt, und Pixies Freunde stritten rüpelig darüber, in welchen Schuppen nun gegangen werden sollte. Reddemann, durch sein unmögliches Alter auf eine unbestimmte Weise genauso schrill wie die pubertierenden Punks, durfte mitreden, was er dazu mißbrauchte, jeweils der Seite recht zu geben, die gerade überstimmt zu werden drohte. So kam es zu keiner Lösung. Die Punks zerstritten sich und gingen mißmutig auseinander. Pixie blieb neben ihm stehen. Sie, die ihn in neun von zehn Fällen wie Dreck behandelte, wirkte zum erstenmal seit Tagen nicht ablehnend. Aber noch traute Reddemann dem allesversprechenden Frieden nicht; zu oft war Pixie am brutalsten gewesen, wenn er Hoffnung geschöpft hatte.

Er sah sie an, zum Glück mehr beobachtend als verliebt. Hätte er sie verliebt angeguckt, wäre alles sofort aus gewesen. Sie haßte es, wenn Sugardaddy Süßholz raspelte oder verloren-verliebt aus der Wäsche guckte wie ein hilfloses Riesenbaby. Aber er beobachtete ja nur. Sein Blick lag auf den Hüften, die er gleich umgreifen würde, wanderte zu dem festen, dünnen Bauch, der nur halb so groß war wie der runde, kräftige, üppige Hintern, hinauf zu den fast lächerlich kleinen Brüsten. Er freute sich auf ihren Geruch, auf ihre Muskulatur, auf Sehnen, Knochen, Rippen, Schultern, alles. Er durfte jetzt nur keinen Fehler machen. Pixies Sprunghaftigkeit würde ihm noch die eine oder andere Falle stellen. Sie gingen langsam zum Taxistand. Als er vorschlug, doch einfach zu Fuß weiterzugehen, ließ sie sich demonstrativ in ein Taxi fallen.

»Zum ›Pink Champaign‹!«

Während der Fahrt drängte Pixie sich aufgewühlt an Daddys Körper. Der weit aufgeschlitzte Mini rutschte gänzlich weg, ihre milchfarbenen Beine türmten sich über die seinen und machten ihn schier verrückt. Aber dann lief sie mit suchenden, lodernden Augen durch das ›Pink Champaign‹, als wolle sie sich irgendwo festklammern, als vermisse sie ihre Punkfreunde bereits. Daddy folgte ihr wachsam.

Pixie setzte sich an die Bar, Reddemann auch. In schneller Folge tranken sie vier oder fünf hochprozentige Sachen. Ständig wuchsen die Scheine aus Daddys Portemonnaie über den Tresen, bis er heiser flüsterte:

›Junger Mann, lassen Sie mich am Ende alles zusammen bezahlen, da kommt noch viel.‹

Er hatte schon Angst, Pixie würde nach dieser Vorab-Festlegung empört die Bar verlassen, um zu dokumentieren, daß sie in jeder Sekunde ihres Lebens alleine entschied, was zu geschehen hatte – aber sie blieb, sie trank weiter, und sie trank große Mengen.

Wollte sie ihn unter den Tisch trinken? Sie war in der Lage und schaffte das! Ihm war schon schwindlig, er konnte bald nicht mehr. Er ging auf die Toilette, um sich frisch zu machen, aber es nutzte nichts. Pixie plapperte heillos über dieses und jenes, über Liebe, Sex, Eltern, Familie, die Bibel, schnelle Autos, süße Jungen.

›Ich LIEBE die Männer, und ich LIEBE Harald. Aber ich LIEBE auch Peter, verstehst du das? Verstehst du das? Ich LIEBE Sie, das sage ich nicht nur so, das ist WIRKLICH DIE WAHRHEIT! Wenn mich doch bloß jemand verstehen würde!‹

Daddy wußte, daß er nicht widersprechen durfte. Er mußte väterlich schmunzeln und Verständnis heucheln; dabei war eifersüchtig wie Hölle und zudem der Ansicht, daß es sich bei Harald wie auch bei Peter um Nullen handelte: Versager, willensschwache Schwächlinge!

›Ich kenne Harri seit vier Wochen, und wir haben noch NICHT miteinander geschlafen. Weißt du, wenn er mich nur mit dem kleinen Finger BERÜHRT, geht es bei mir – brrrrr! – durch den ganzen Körper.‹

Dieser windige Harri blieb der Hauptgesprächsgegenstand des Abends, was immer auch Reddemann versuchte. Peter dagegen verschwand allmählich aus Pixies vernebeltem Bewußtsein. Als sie zum hundertsten Male offenbarte, wie sehr sie ihn, Harald, liebte, sackte der 42jährige Redakteur in sich zusammen. Damit es nicht auffiel, ging er zur Offensive über. Gegen alle Regeln schlug er ihr vor, sofort ins Hotel zu gehen.

›Äh? … aber … ich weiß nicht, warum du das tust …?‹

Hatte sie ihn gelangweilt? Interessierte er sich nicht mehr für ihre Geschichten. Wollte er sie provozieren? Sie lehnte natürlich ab. Daraufhin rutschte er vom Barhocker und verabschiedete sich. Er habe wirklich viel getrunken, er hielte es für unverantwortlich, länger zu bleiben.

Er hatte wirklich einiges in der Krone. Jedenfalls sagte er, gegen alle Regeln und weil sowieso nichts mehr lief, sie habe eine wunderbare Haut und so gleichmäßig schlanke Arme, und riechen würde er sie auch so gerne.

Er schwankte nach draußen, sie folgte verdattert. Kurz bevor sie die Taxis erreichten, drehte er sich noch einmal um. Sie nahm seine beiden Hände, sah ihm ins schwammige Gesicht, kam dann langsam näher und küßte ihn. Er merkte nur, daß der Kuß nicht richtig gut war, irgend etwas war falsch gelaufen dabei, so daß er mürrisch beziehungsweise pedantisch verlangte, die Sache zu wiederholen:

›So. Und dasselbe nun gleich noch einmal.‹

Pixie sprang auf ihn an, stieß ihre Zunge hart und tief in seinen Schlund, preßte ihr Becken gegen ihn. Er konnte mit der durchgeknallten Zunge nichts anfangen, auch das zukkende, pressende Becken war ihm unheimlich, aber seine schweren Hände fanden ihre Taille. Mit beiden Pranken umfaßte er den kleinen Leib, der sich bog, der kräftig war, der gerne kämpfte. Sie drehten sich beide, ließen voneinander ab, umklammerten sich erneut und trudelten wie ein absurdes Ballett langsam auf die Straße, wobei Pixie ihrem Kontrahenten in den Hals biß, was dieser erst am nächsten Tag merkte, und Reddemann wiederum seinem kleinen Engel fast das Rückgrat brach.

Ein gutes Dutzend Taxifahrer sah zu, die Straße war überdurchschnittlich hell beleuchtet. Die beiden drehten sich und drehten sich, schwindlig und trunken waren sie ohnehin schon. Der Mann lachte und kicherte, was sich ziemlich blöde anhörte, das Schulmädchen schrie, aber mehr vergnügt, er sei verrückt und was mache er da bloß. Schließlich kamen sie an einer Mauer zum Stehen; Reddemann drückte, als er die Mauer verspürte, das Mädchen mit aller Kraft dagegen. Nun stieß er mit seiner Zunge in ihren vergleichsweise kleinen Rachen und gebärdete sich für kurze Zeit wie entfesselt. Er hatte sie so hart im Griff, daß sie sich nicht mehr bewegen konnte.

Er ließ von ihr ab und besah sein Werk, aber er war zu aufgebracht dazu. Auch sie sah wirr an ihm vorbei, guckte ihn wohl an, sah aber ins Nirgendwo, war blind. Nur ihren inzwischen blutroten Mund machte er noch aus, was ihm sofort den Impuls gab, sie wieder an sich zu ziehen. Ein zweites Mal rotierten sie auf die Straße, vor die Lichtkegel der wartenden Taxis, ins Blickfeld der lachenden Taxifahrer. Mitten im Saugen und Würgen meinte Pixie, sie wolle ein Fischbrötchen kaufen. Daraufhin bewegten sie sich beide drehend und beißend auf eine offene Fischbrötchenverkaufsstelle zu, deren Fischbrötchengeruch in Pixies Nase gestiegen sein mußte …«

Ich stoppte. Es gab ja ein Treatment, das ich einzuhalten hatte. Ließ ich die Handlung ungebremst losgaloppieren, kam womöglich die ganze Story durcheinander. Da ich das Treatment vor Jahren verfaßt und nicht mehr im Kopf hatte, wollte ich es lieber durchlesen, bevor ich weiterschrieb. Der Verleger hatte es mir dankenswerterweise gerade zurückgegeben:

Pixie
(Treatment)

»Der Mann, ein 42jähriger Hörfunk-Redakteur im Bereich Schulfunk/Geschichte, schon etwas verschwiemelt, verheiratet mit einer Mittdreißiger-Medientante, ohne Kinder, wird überraschend verlassen. Er startet zunächst die üblichen Flucht- und Trotzaktionen, sucht Halt bei alten Freunden und Kollegen, geht abends in Kneipen, trinkt ein bißchen, gibt eine Party, ruft Frauen an, die er einmal attraktiv gefunden hatte. Er fährt in andere Städte, um Versprengte von früher aufzusuchen. Nichts fruchtet, im Gegenteil. Er will seine Medientante wiederhaben, heult ins Telefon, schnüffelt. Das ist alles schnell erzählt und nicht weiter schlimm; jeder weiß, daß es sich um die landesübliche Beziehungskrise handelt, eine grundgesunde Sache, die die Menschen so sicher und harmlos befällt wie eine Kopfgrippe oder Erkältung bei Wintereinbruch. Noch ahnt niemand, daß daraus plötzlich etwas Ernstes wird:

Der Mann rutscht eines Abends in die falsche Kneipe. Er hat nämlich keine Lust mehr, in die Stammkneipe zurückzugehen, in der er gerade mit einer bebrillten Ersatz-Medientante stundenlang gesessen hatte, einer grünen Witwe aus der Straßentheatergruppe, die ihm ein Freund aufgenötigt hatte. Statt dessen verirrt er sich in eine Jugendkneipe, und es ist ihm sogar recht. Es geht ihm wie Professor Unrat im Blauen Engel – er fühlt sich zunächst angezogen.

Da ist ein 17jähriges Mädchen, das dauernd Gin-Tonics von ihm bekommen möchte, Pixie. Sie läßt sich dann von einem anderen Mann, auch nicht jung, naßküssen, vor den Augen des spendablen Redakteurs, der trotzdem weiter um Gin-Tonics angegangen wird. Immer wieder blecht er, aus Feigheit – schließlich versteht er nur Bahnhof. Dann will sie mit ihm weggehen und tut es auch. Seine Wohnung ist ja leer und verwaist. Zu seiner grenzenlosen Bestürzung kommt es aber zum lautstarken Streit, kaum daß die Tür aufgeschlossen ist. Pixie wirft ihm vor, sie mit seinem ›Scheiß-Geld‹ kaufen zu wollen.

Er will nur wissen, wer der andere Mann war, der seine Gin-Tonics trank. Pixie ruft, er solle verschwinden, wenn er ihr keinen Spaß gönne – fast wirft sie ihn aus seiner eigenen Wohnung. Absurde Vorwürfe prasseln auf den ollen Historiker, Pixie entpuppt sich als psychotische Furie. Sie unterstellt ihm Besitzansprüche, feiste Geilheit, Altmännerchauvinismus, schimpft ihn einen unverschämten, geldgeilen Arsch. Er versucht sie zu beruhigen, ist vollkommen durcheinander. Sie heult, läßt sich trösten, er muß ihr tausend Sachen bringen, muß zur Nachtapotheke fahren, muß ihr irgendeinen Kinderbrei kochen, muß zum Hauptbahnhof gurken, um ihr Donald-Duck-Hefte zu kaufen. Die ganze Nacht kriegt er kaum ein Auge zu. Die Katastrophe ist in sein Leben eingeschlagen, sie heißt Pixie.

Am nächsten Morgen ist sie noch immer böse. Er muß in der Redaktion absagen, muß ihr Frühstück machen und so weiter. Sie glaubt ernsthaft (trotzdem), er wolle sie bevormunden – der nächste Spleen. Sie ist laut, ohne Taktgefühl, sagt immer das Falsche, schnauzt ihn an. Die Kommunikation bleibt chaotisch. Laute Vorwürfe kreuzen sich mit geflüsterten Entschuldigungen, schließlich wirft sie ihm vor, er sei kein Mann, da er sie nicht anfasse, sie nicht in den Arm nehme. Sie läuft nackt durch die Wohnung, badet stundenlang – für ihn ist sie der pure Sex. Ihm schwirrt der Kopf. Seine Balance ist hin, aber er fühlt sich befreit, und er denkt voller Häme an seine Medientanten-Ehefrau, die ihm plötzlich schnuppe ist.

Sie bittet ihn, das Auto benutzen zu dürfen, er kann es nicht abschlagen, sie fährt es zu Klump. Sie kommt ohne

Auto zurück, er macht ein entsetztes Gesicht, schon bricht der nächste Streit los: Du mieses Schwein, heult sie, und sie unterstellt ihm, die Situation auszunutzen. Er wolle ihr ein noch schlechteres Gewissen machen, als sie ohnehin schon habe! Er stammelt, stottert, flüstert, entschuldigt sich, hält dagegen. Aber jedes Gegenargument führt zu neuen, noch schlimmeren Vorwürfen. Da merkt sie, daß seine Hände zittern und er wirklich mit den Nerven Schwierigkeiten hat – daraufhin schläft sie mit ihm. Es folgen ein paar nettere Episoden, die Kommunikation normalisiert sich, er entwickelt väterliche Gefühle, sie geht (freilich im Nachthemd, vor den Augen der Nachbarn) einkaufen.

Die Nachbarn, gute alte Freunde des Ehepaares, alarmieren augenblicklich die Medientante, die sich gerade in einem Selbsterfahrungskurs selbstverwirklicht. Sie will sich um den Fall kümmern, nimmt die gutnachbarliche Denunziation dankend entgegen, steuert das gefährdete Eheheim an.

Pixie mosert an der spießigen Inneneinrichtung herum. Sie beschließen, neue Möbel zu kaufen. Die alten sollen im hohen Bogen rausfliegen. Und ein neues Auto soll auch her: ein kleines gelbes Sportcabriolet! Daddy (so nennt sie ihn) läßt sich zunächst anstecken. Sie rufen ein Taxi, Pixie macht sich zurecht (sehr nuttig, sehr billig, sehr aufregend), und ab geht's zum Autokauf.

Die Sonne scheint, alle gaffen. Pixie ist reizend, Daddy ist dankbar für jedes nette Wort. Pixie erzählt nicht unoriginell von ihren Punkfreunden sowie zusammenhanglos und assoziativ von Begebenheiten und Ansichten aller Art, naiv und kindlich. Er findet, daß sie nicht dumm ist, aber er weiß einfach nichts Passendes zu entgegnen. Schmunzelnd hört er zu. Sagt er doch einmal etwas, ruft er sofort ihren Unwillen hervor.

Der Spaziergang wird zu einer konsumptiven Orgie, für

Daddy zu einer finanziellen Katastrophe. Pixie weiß nicht, was sie will, das macht es so teuer. Sie kauft etwas, wirft es wieder weg und kauft fünfhundert Meter weiter dasselbe in Grün. Das ist nicht böse gemeint, zerrt aber an den Nerven aller. Sie fällt in Parfümerien ein, Benetton-Läden, Damenschuhgeschäften, kauft bei Prange für tausend Mark, kauft Schals, Süßigkeiten, ein Wildledersofa, fast noch ein drittes Auto (nachdem das gelbe Sportcabriolet tatsächlich gekauft wurde), dann wieder Kartoffelpuffer mit Apfelmus für eine Mark und einen Negerkuß für zwanzig Pfennige.

Zu Hause wartet schon die Medientante. Es kommt zu einer bemerkenswerten Szene in deren Verlauf die Ex-Frau geteert, gefedert, zurechtgestutzt und abgehalftert werden wird. Mit ihrer 70er-Jahre-Emanzipation samt Häkelkurs und Friedensliste hat die mit Dünkel geschlagene Systemtante keine Chance gegen die aggressive Bestie, die da im Leben ihres öffentlich-rechtlichen Ehemannes wütet. Kreischend zieht die Frau ab – um auf der Stelle den gesamten Bekanntenkreis zu informieren …

Kaum ist die alte Gattin in den Staub geschlagen, rücken neue Punkfreunde nach. Drei Kumpels aus dem Süden des Landes sind angeblich in der Stadt und wollen übernachten. Daddy überlegt, wie er das verhindern kann. Als es ihm nicht gelingt, überredet er Pixie zu einer kleinen Reise. So kann er mit ihr alleine sein – während die Punks sein Haus verwüsten.

Sie fliegen nach Südfrankreich. Dort wird Pixie scheinbar todsterbenskrank, bekommt Ausschlag und Unterleibsschmerzen, noch im Flugzeug. Sie hat schlechte Laune. Angeblich bringt dieses ›Scheiß-Land‹ sie zur Verzweiflung. Lustlos-depressiv kutschieren sie über nasse Straßen. Im Hotelzimmer hat er noch schlechtere Karten. Fürchterliche Psychose-Anfälle (›Du willst mich nur ficken!‹). Sie kommandiert ihn herum. Immer, wenn er entnervt das

Handtuch wirft und fliehen will, schlägt die Stimmung um.

Wieder zu Hause, sind die Jugendlichen keineswegs verschwunden. Daddy will jetzt Schluß machen, aber Pixie heult und sagt, er würde sie nicht lieben und so weiter. Die Punks bringen niedliche Freundinnen mit, die zwar den Kühlschrank leeressen, aber viel lachen und eine angenehme Stimmung verbreiten. Pixie setzt durch, daß die Rüpel den guten Daddy ›In Ordnung‹ finden. So geht er mit gemischten Gefühlen endlich wieder ins Büro.

Pixie ruft im Büro an und verlangt mit ihrer kindlichen Stimme an tausend falschen Stellen nach ›Daddy‹, beschreibt ihn, verballhornt seinen Nachnamen, flirtet und pöbelt mit den verschiedensten Kollegen. Als er sie dann spricht und das moniert, dreht sie durch. Er habe kein Rückgrat, die Meinung dieser Leichen bedeute ihm etwas, er sei ein Kriecher wie die anderen, ein Scheiß-Angestellter in dem verfickten System, und er wolle mal so nebenbei einen wegstecken bei ’nem kleinen Mädchen und das Geld für den Puff sparen und so weiter und so fort. Er hat Mühe, seine Arbeit fortzusetzen.

Abends ist sie weg. Er gerät in Panik, sucht sie in den Jugendlokalen. Er fragt sich von Lokal zu Lokal, bettelt die jugendlichen Rüpel an, wird gedemütigt, manchmal aber auch freundlich-interessiert aufgenommen. Er lernt Pixies Freundin Bea kennen. Er erfährt, daß Pixie zu ihrem Freund ist, der aber kann ihr nicht helfen, weil er wieder bei den Eltern wohnt.

Daddy und Bea fahren zu den Eltern. Es kommt zu einer superpeinlichen Szene. Daddy gibt sich als Lehrer aus, muß dann aber zugeben, daß er der Freund der 17jährigen ist. Die Eltern wollen ihn wegschicken, aber er dreht fast durch. Bea holt Pixie aus dem Kinderzimmer. Pixies Freund kommt schlaftrunken hinterher, geht an dem ›Lehrer‹ vorbei und holt sich ein Bier aus dem Kühlschrank. Die Eltern überlegen, ob sie die Freundin ihres Sohnes nicht lieber der Polizei anvertrauen sollen.

Daddy fährt mit Pixie durch die nächtliche Stadt. Sie heult, er verspricht ihr, was ihm nur einfällt: einen Führerschein, einen blauen Motorroller, einen Job beim Fernsehen, eine eigene Wohnung, eine gemeinsame Reise nach Amerika. Pixie meint, sie habe keine Lust mehr auf die Punk-Szene. Sie möchte vernünftig werden, Daddy heiraten, ›andere Leute‹ kennenlernen und gesund leben. Er muß ihr versprechen, sie seinen Kollegen vorzustellen, sie auf etablierten Partys einzuführen.

Da Pixie in dem ehelichen Bungalow Depressionen bekommt, nehmen sie sich eine Wohnung in der Innenstadt. Daddy kommt kaum noch zum Arbeiten. Seine Frau verklagt ihn. Sein Chef nimmt ihn zur Seite und redet ›ein ernstes Wort‹ mit ihm. Nachts hat Pixie Angstträume, und Daddy muß sie trösten. Alle zwei Tage muß etwas Neues her, etwas, das Geld kostet, damit Pixie nicht in Langeweile erstickt. Auf Partys wird er natürlich nicht mehr eingeladen. Da er es aber versprochen hat, geht er mit Pixie trotzdem hin.

Pixie ist wie immer laut und ehrlich. Sie schleudert den alten Knackern und Veddeln auf der Party Dinge ins Gesicht, die diese nicht verstehen. Auch die Ex-Frau ist anwesend und kriegt ihr Fett weg. Pixie betrinkt sich, wirft sich an einen Maler, den sie aus der Zeitung kennt. Daddy wird düpiert, sieht mit an, wie Pixie in ihrem Hauch von Negligé-Fummel in den Armen des bärtigen Malers zerschmilzt. Der Maler zieht mit ihr ab, als Künstler darf er das. Von ihm erwartet man nichts anderes. Aber Daddy – er bricht zusammen. Pixie kommt aufgelöst zurück und führt ihn ab.

Um ihn aufzubauen, bringt sie Daddy zu ihren Freunden. Sie ziehen von Punkclub zu Punkclub. Alle bemühen sich um ihn, damit er endlich zu flennen aufhört, bzw. damit er fröhlich wird. Die Punks zeigen sich als rührende kleine Menschen mit großer Seele.

Am nächsten Tag findet er an seiner Bürotür ein mit Lippenstift gemaltes Herz und die Aufschrift ›Ich liebe Dich‹. So nett das von Pixie gemeint ist – es macht ihn vor den Leuten in der Abteilung lächerlich. Trotzdem ruft er sie an, um sich zu bedanken. Sie hat einen hysterischen Anfall, weil sie glaubt, schwanger zu sein. Sie bombardiert ihn mit absurden Vorwürfen. Sein Chef bittet ihn zu einer ernsten Aussprache: ›So geht es nicht weiter‹. Eine Sendung ist durch sein Verschulden geplatzt.

Daddy sucht Rat bei seiner Frau. Er möchte alles wieder in Ordnung bringen – seine Ehe, seinen Job, seine Finanzen, seine Gesundheit. Aber seine Frau überrascht ihn mit der Nachricht, daß sie den Partner fürs Leben gefunden habe – einen 37jährigen Realschullehrer für Erwachsenenbildung, Sozialpädagoge und auch kulturell interessiert. Die Frau spricht noch auffälliger den 70er-Jahre-Selbstverwirklichungs-Partnerschafts-Diskurs als früher. Daddy ist entsetzt und angeekelt. Er kann kaum zuhören und stiehlt sich klammheimlich davon.

Pixie sagt, das Kind sei von ihm. Daddy glaubt es nur allzu gern. Er hatte sich immer Kinder gewünscht, aber seine Frau hatte es früher abgelehnt, sich als ›Gebärmaschine‹ beruflich benachteiligen zu lassen. Er versucht, Pixie dazu zu überreden, das Kind auszutragen. Sie will nicht, weil sie sowieso keine Lust mehr hat. Sie will lieber abtreiben und eine Lehre machen, und Daddy will sie auch nicht mehr sehen. Er überredet sie, erst mal mit ihm in Amerika Urlaub zu machen – dann könne man immer noch weitersehen.

Er kündigt, erschwindelt sich bei der schon sehr mißtrauisch gewordenen Bank einen letzten Kredit, kauft Flugtickets. Alles geschieht in nervenaufreibender Hast – jeden

Moment könnte Pixie abhauen, für immer. Daddy hat starke Herzschmerzen, fast schon Herzrhythmusstörungen. Schweiß bricht ihm aus. Ein alter Bekannter spricht ihn auf der Straße an und hält ihn auf. Daddy verliert die Fassung.

Wie man es auch nennt – er ist süchtig nach Pixies Körper. Er macht sich da nichts vor. Und er möchte das Kind haben. Alle Frauen wollen ihr Kind austragen, wenn man sie nur in den ersten Wochen an der Abtreibung hindert, denkt er.

Seine Frau besucht Pixie, um ihr das Kind auszureden. Von den Amerikaplänen weiß sie nichts. Pixie hat vor, die Reise abzusagen und sich heimlich davonzustehlen. Sie schreibt den Abschiedsbrief, als die Frau kommt. Unfreiwilligerweise verhindert sie Pixies Flucht. Im Laufe der ›Auseinandersetzung‹ kommt Daddy mit den Tickets, dem Geld und den Herzrhythmusbeschwerden.

Pixie läuft aus der Wohnung, Daddy hinterher. Pixie weiß nicht mehr, was sie will. Sie läßt sich zum Flugplatz fahren und fliegt mit Daddy nach Los Angeles.

Daddy ist glücklich und müde. Pixie weiß nicht, daß er One-way-Tickets gekauft hat. Sie freut sich in ihrer kindlichen Art, Amerika kennenzulernen.

Ein paar Tage geht es gut, alles in allem. Mal macht sie ihm das Leben durch psychotische Vorwürfe zur Hölle, mal versöhnen sie sich, mal muß er jugendliche Konkurrenten abhängen, immer muß er sie von hinten bis vorne bedienen, verwöhnen, ihr alles kaufen und alles mitmachen. Sie übernachten in Hotels, oft nehmen sie mehrere pro Nacht, weil Pixie schon nach dreißig Minuten das Hotel ›scheiße‹ findet. Oft kommt es auch zu unschönen Szenen beim Eintragen. Auf Unzucht mit Minderjährigen steht zehn Jahre Knast in Kalifornien.

Schon nach vier Tagen ist das Geld aufgebraucht. Als Pixie nach New York fliegen will, weil dort angeblich irgendein Popmusiker ein Konzert gibt, muß er es sagen. Pixie verläßt schockiert das Hotelzimmer. Daddy sucht sie, aber nur noch halbherzig. Das Geld reicht nicht einmal mehr zum Taxifahren – er weiß, daß es vorbei ist. Er kehrt in ein Lokal ein, ein spießiges amerikanisches Barlokal für Eheleute, mit elektronischer Orgel auf der Bühne und bestellt einen Whisky nach dem anderen.

Schluß: Es wird lakonisch nacherzählt, daß das Mädchen sich unsterblich in einen ungefähr Gleichaltrigen verliebte, daß sie gar nicht schwanger war, daß der Mann, den sie ›Daddy‹ nannte, erst von der kalifornischen Polizei, dann von der deutschen Konsularvertretung und schließlich von deutschen Behörden und deutschen Ärzten in Empfang genommen wurde und daß er später mit einer Japanerin sehr glücklich wurde.«

Als nächstes kam also das schwierige Kapitel ›Reise nach Südfrankreich‹ – mit zahlreichen Hotelbettszenen. Um das zu schreiben, mußte ich mich erst einmal besaufen.

Ich blickte aus dem Fenster. Draußen war es unvorstellbar heiß. Die Leute saßen nackt auf ihren weißen Laken, und der Schweiß rann ihnen über Brust und Nacken und Bauch. Ich konnte es sehen, wenn ich aus dem sechsten Stock nach unten in die offenen Wohnungen guckte.

Wenn ich ein KRITISCHES Buch schrieb, konnte ich mir die doch sehr intimen Hotelbettszenen sparen. Und der Verleger würde sagen, daß er sich nicht in mir getäuscht habe. Ich überlegte. Ich legte mich auf die Pritsche und starrte zur Decke.

Ein kritischer Roman …

Mal nachdenken …

Alles war schlecht … die Arbeiter gab es nicht mehr, nein, Unsinn, sie waren natürlich ausgebeutet, und es gab sie noch, ohne Arbeiter keine Ausbeutung, klar. Also … die

Politiker entpuppten sich als Charaktermasken. Alle nahmen Geld. Auch die Grünen bekamen Spenden. Keiner ging mehr in die Kirche. Die Pfarrer waren bigott. Der Chef der Siemens AG wurde ermordet. Das Bundeskartellamt war ein Papiertiger. Norbert Blüm war schizophren. Der Kanzler war eine Birne. Helmut Schmidt kam nicht wieder. Schlecht, o schlecht! war die Welt.

Tjaaa … ob das reichte?

Hmm. Immer weniger Industriearbeiter stellten immer mehr Waren für immer billigeres Geld her, oder so ähnlich. War das auch schlecht genug oder fast schon eher gut sogar? Grundlage des Romans mußte selbstredend irgendein fieses Verbrechen sein, eine mannshohe Lumperei, das DIE DA OBEN wieder ausgeheckt hatten. Aber was? Ein Bundespräsident, der in der Weihnachtsansprache an Rudolf Heß dachte, nicht aber an den kurdischen Gastarbeiter in Göttingen, der es doch viel schwerer hatte? Oder die Frauen, die von ihren Männern nach gemeinsam lustiger Sauferei geschlagen und vergewaltigt wurden? Wie ich's auch drehte, man nahm mir wahrscheinlich die Gallenbittermiene nicht ab.

Unten auf der Straße schuftete die Müllabfuhr. Noch immer machten diese Männer einen Krach wie ein Geschützbataillon. Bekamen sie Lärmschutzzulage, diese armen Leutchen? Und wie früh sie aufstehen mußten, früher als die Bäckerlehrlinge, die weiblichen! Kinder noch, und schon mußten sie Brot backen! Scheiß-Kapitalismus.

Nein, ich mußte andere Worte finden. Auch die Gesinnungsschriftsteller fanden andere, neuere Worte für die immer gleiche Message. Die gingen auf die Welt und notierten. Sahen einen Schnurrbart und dachten folgerichtig: Elend, Ausländer, Abschiebehaft. Sahen einen Homosexuellen und dachten: Diskriminierung, Verächtlichmachung, Gaskammer, Rosa Winkel, Bürgerwehr. Sahen eine Frau und dachten: Schläge, schlechtere Bezahlung, Vergewaltigung im Ehebett. Und so weiter. Das konnte doch nicht so schwer sein, verdammt noch mal.

Ich hatte zum Beispiel einmal – ich war damals noch ein Kind gewesen – meine Nase in die Redaktion der ›Bild‹-Zeitung gesteckt. Es war Ewigkeiten her, aber ich erinnerte mich durchaus lebhaft an diese Wochen, ich hatte genügend Material, um im Stile eines anständigen Gesinnungsschriftstellers darüber zu berichten, die Leute in den Schmutz zu ziehen, mich zu empören. Ich wäre also als blutjunger Volontär ins Räderwerk der gigantischen Lügen- und Repressionsmaschinerie geraten, hätte mir aber den aufrechten Gang nicht nehmen lassen und wäre sofort wieder geflogen. Eine tolle Story, genau was ich jetzt brauchte, prinzipiell gesehen ...

Dummerweise hatte ich damals erfahren, daß die Redakteure dort arme Hunde waren, schlimmer dran als die Müllmänner jetzt. Geprügelte, vom Leben geprügelte Leute, große Seelen, Alkoholiker, Menschen, denen Gott etwas abverlangt hatte. Ausnahmslos hatten diese langjährigen ›Bild‹-Leute viel durchgemacht, und sie erschienen mir damals als die rührendsten, verletzlichsten Kollegen, solidarischer und mitfühlender als alle arroganten Müllmänner dieser feisten Bundesrepublik. Was sie machten, erschien mir damals allen Ernstes als KUNST. Indem sie Nachrichtenelemente, graphische Elemente, Gefühle und andere Affekte so mischten, daß etwas ANDERES als die Wirklichkeit dabei entstand, eine ZWEITE Wirklichkeit sozusagen oder auch Gegenwirklichkeit, machten sie in meinen Augen Kunst. Andere Zeitungen waren dagegen nur gute Zeitungen, und was war das schon. Sie schilderten das, was es sowieso schon gab, noch einmal ab. Dabei waren sie mehr oder weniger gut, mehr oder weniger pfiffig, originell, link, informativ. Eines waren sie nie: sprachmächtig. Nur wer die

Wirklichkeit mittels Zeichen so völlig neu zusammensetzte wie die ›Bild‹-Leute, konnte sicher sein, SPRACHE handzuhaben. Ja, so war das mit den verfemten Kollegen, die ja tatsächlich logen, was das Zeug hielt. Lügner schimpfte man sie, aber sie konnten nicht anders, als Künstler. Alle Künstler logen. Und wer waren die Opfer – nur die Gesinnungsschriftsteller. Das Volk dagegen liebte und ›verstand‹ seine ›Bild‹-Zeitung,

Keine gute Hypothek also, um loszuhetzen. Ich hatte sie doch erlebt, diese Urchristen, wie man ihnen sogar die besten, tollkühnsten Lügengeschichten als ›üble Verdrehung‹, gar als ›Meinungsmanipulation‹ anlastete, wie sie nur noch mit Mariacron und zittrigen Fingern weiterlügen konnten. Ich liebte sie, die Volksfreunde, die eingeschlossenen, vom Kulturbetrieb geächteten Marats unserer Zeit! Wie konnte ich da mit einem Male loshetzen, nur um ein gutverdienender Gesinnungsschriftsteller zu werden? Ich erinnerte mich sogar daran, wie die Leute von der Straße, sobald sie den ›Bild‹-Volontär erkannten, TATSÄCHLICH riefen: »Wir lieben die ›Bild‹-Zeitung!« Ich solle mich nicht irre machen lassen, das sei die einzige Zeitung, die schriebe, was sie, die kleinen Leute, dächten.

Statt dessen sollte ich jetzt schreiben, die lustigen kleinen Lügengeschichten wären Verrat, Betrug, ›Manipulation‹? Die Leute wären abgefeimte Schreibtischtäter, arbeitend für ein Börsenblatt der Mächtigen? Das fiel mir schwer. Gesinnung war das absolut Härteste, was man haben konnte, härter noch als der Beruf des über Land ziehenden Mormonenpredigers. Lieber noch wollte ich im US-Fernsehen Erweckungs-Shows für reiche, abgespaltene Presbyterianerkirchen halten und Gott anwimmern, er möge den Holy Ghost in die verbockten Herzen fahren lassen. Gesinnung war das letzte, das übelste, das schwerste Handwerk, mit dem das Schicksal einen strafen konnte.

Aber man wurde reich. Der Verleger erlitt keine beruflich menschliche Enttäuschung. Ich konnte ja auch von den Türken schreiben und nicht von der ›Bild‹-Zeitung. Wozu hatte ich ein Jahr lang in einem reinen Türkenviertel gewohnt? Schade, daß ich sonst mit Minderheiten nichts zu tun hatte. Ich war zwar Zeit meines Lebens die Minderheit der Minderheit der Minderheit, aber die anderen Minderheitsmitglieder bestanden darauf, ich müsse ein Repräsentant der Mehrheit sein. Sie begannen auf BMWs und Mercedeslimousinen einzuschlagen, wenn sie mich nur sahen, fest davon überzeugt, zwischen den Autos und mir bestünde irgendein Zusammenhang. Was ich auch tat – nie gelang es mir, gut Freund mit Minderheitlern zu werden.

Aber die Türken. Die hatten mich gemocht, und ich sie. Ein ganzes Jahr pure Erfahrung – Stoff genug für mehrere Gesinnungsbücher! Wie schlecht es ihnen ging, wie sie diskriminiert wurden, wie sie unter Neo-Nazis zu leiden hatten ... das ganze Repertoire rauf und runter, Ausländerhaß, Faschistisierung, Elend, Verzweiflung, Asylverschärfung, am Ende Selbstmord der Titelfigur!

Zwölf Monate unter Türken, als einziger Deutscher. Was für ein unverhofftes Kapital. Die Miete war extrem billig gewesen, die Polizei ließ sich nie sehen, über der Straße lag Getöse, Gerufe, Gefiedel, Glück und Heiterkeit. Ich lebte gern da. Tausende von Kindern spielten auf den Straßen, sprachen Türkisch und Deutsch miteinander, wechselweise, fließend, grüßten fröhlich im Treppenhaus. Nicht eine einzige Frau trug den Shador. Statt dessen standen sie lachend im Türrahmen oder guckten interessiert, wenn auch scheu. Zweimal verliebte ich mich. Das konnte ich natürlich nicht schreiben. Ich mußte ja von Neo-Nazis schreiben, die blöderweise gerade in diesem Jahr nicht einmal aufgetaucht waren und wohl auch sonst nicht. Die Türken ahnten ja leider noch nicht, wie diskriminiert sie waren, weil sie so gern hier lebten, wo sie nicht mehr hungern und darben mußten wie da, wo sie herkamen. Zudem wurden Hunderttausende von ihnen als Facharbeiter geschätzt.

Ich überlegte. Die Kinder dort sprachen zu gut Deutsch, als daß sie von jedem Deutschen nur immer den Stiefel gesehen hätten. Auch daß die Älteren voller Stolz alle Meisterschaftstitel des Hamburger Sport Vereins aufsagten, paßte nicht in mein Buch. Was ich brauchte, waren Fremdenfeindlichkeit, Sklavenheere von sprachlosen, ungelernten Leiharbeitern, die im Schmelzofen der deutschen Hochrüstung verbrannt wurden. Gebückt mußten meine Türken sein, ein unvorstellbares Elend mußte ihnen für immer den Mund verschlossen haben.

Ich konnte ja beschreiben, welche Tücher die Mädchen trugen, und den Rest dazuerfinden. Den realen Duft der Spargelsuppe mischen mit den fiktiven deutschen Henkersknechten, die mit den Knobelbechern durch den Basar laufen und die Nationalhymne grölen, krankhaft sadistisch veranlagte Typen, die das Sudetenland wiederhaben wollen. Hoffentlich reichte auch der Geifer für einen ganzen Roman … Aber der Wiederholungsekel … Der Wiederholungsekel stellte mein größtes Handicap dar: Ich brachte es nicht über mich, etwas in die Maschine zu tippen, was bereits gesagt war. Irgendein künstlerischer Impuls ließ mich die Wiederholung als DAS MIR FEINDLICHE PRINZIP empfinden. Erst stirbt der Wald, dann der Mensch – milliardenmal gesagt, nichts für mich. Verlangte man von mir, diesen Satz noch einmal … auszusprechen: Es ginge nicht. So auch mit dem Türkenbuch: Wenn alle dachten und es auch alle sagten und es auch alle sich immer wieder gegenseitig vorlasen, daß unsere Gastarbeiter im Elend lebten, wenn es ausnahmslos ALLE sagten, konnte ich es nicht tun. Gab es auch nur EINEN, der diesen Konsens verließ, konnte ich gegen DEN anschreiben und selbst die Elendstrommel rühren – vorher nicht.

Der Verleger würde das einsehen. Ich erklärte es ihm einfach! Es konnte nicht die Aufgabe eines Schriftstellers sein, das zu bestätigen, was ohnehin in der Welt war.

Oder? Ich konnte ja alles VERGESSEN, was ich je gehört hatte, und völlig neu das Gefühlte zu Papier bringen. Ich konnte eine Psychoanalyse machen, mich neu erfahren, in die Kindheit zurücktauchen, den Kulturbetrieb außer acht lassen. Ich war zu sehr auf die Äußerungen der Zeit fixiert, auf die ›Torheiten des Zeitgeistes‹. Warum schrieb ich nicht einfach einen Briefroman? Damit waren schon ganz andere zu Ruhm gekommen, allein im 18. Jahrhundert mehrere!

Was den ›kritischen‹ Stoff anbelangte, mußte ich mir etwas anderes einfallen lassen.

Ich guckte wieder auf die gegenüberliegende Straßenseite, auf unsere große Dienstleistungsgesellschaft. Der lange Tisch, an dem ich saß, schnitt mein Blickfeld im unteren Bereich so ab, daß ich nicht sehen konnte, wo die kolossalen Gründerzeithäuser unten abschlossen; ich sah die oberen fünf Stockwerke, aber nicht die Straße. Ich dachte, daß in all den vielen hundert und tausend Wohnungen, die ich sah und nicht sah, heutige, pflegeleichte, problemlose Dienstleistungsmenschen wohnten, jene überwältigend mehrheitlichen 90 bis 92 Prozent, die NICHT zum Lumpenproletariat gehörten, die ihre Frauen NICHT schlugen, und so weiter.

Aber genau die waren es, die süchtig waren nach diesen Elendsgeschichten. Diese Leute mußten bedient werden. Ich tappte wieder zur Pritsche und ließ mich theatralisch drauffallen.

Etwas über die Studenten vielleicht? Menschen, denen man keine Chance gab, obwohl sie faul waren wie Fußmatten? Oder über Tiere. Tiere in Deutschland – vernachlässigter Teil unserer Gesellschaft?

Ich mußte anders ansetzen. Grundsätzlicher. Um zu sehen, ob ich überhaupt zum kritischen Schriftsteller ›taugte‹, wie der Verleger sich ausdrückte, mußte ich mein Politikverständnis klären. War ich links oder rechts, kritisch oder nicht, ein reaktionärer Knochen oder was? Ein SED-Mann womöglich? Nicht auszuschließen nach meinen leichtsinnigen Reden über Dissidenten, Verräter, Rübergemachte und Biermann. Wie auch immer: Das mußte ich mal klären, bevor ich romantechnisch weiterspekulierte.

Früheste politische Einflüsse? Der Vater, der als Abgeordneter der Pünktchen-Partei vor den Bauern sprach. Hatte mich das geprägt? Nein, ich verstand noch nichts von EG-Quoten.

Später trat der Bruder auf den Plan, der Karl-May-Typ, der sich in jungen Schülerjahren vorsichtig für staatsbürgerliche Vereinigungen, die Friedrich-Naumann-Stiftung und ähnliche Auffangnetze ›interessierte‹. Vorherrschend blieb die Lektüre deutscher Romantiker, wobei er den einen oder anderen Kapitän-Hornblower-Band in die Karl-May-Kost würzte. Vielleicht war ja gerade Karl May politisch wichtig für ihn; man darf es sich ja nie zu leicht machen. Männerfreundschaft, Rassengleichheit, ins Positive gewendete Homosexualität und somit Ansätze zu aktiver Minderheitenpolitik? Was war dann aber Hornblower – war der auch schwul? Bestimmt nicht, außerdem metzelte er blutrünstig imperiale Feinde nieder, pro Kapitel eine komplette Schiffsmannschaft.

In diesen staatsbürgerlichen Vereinigungen, in denen die Leute – auch der Bruder – Pfeife rauchten, diskutierte man über das Für und Wider der Pressefreiheit. Um das noch kurz zu sagen. Also der Bruder prägte mich wohl wenig.

Als der Schah Deutschland besuchte und Prügelperser einsetzte und ein Polizist Benno Ohnesorg erschoß, interessierte mich das nicht. Dafür weinte ich, als, etwa zur gleichen Zeit, Konrad Adenauer beerdigt wurde. An den Studentenunruhen war mir nur eines wichtig, Rudi Dutschke.

Ich las seit meinem zehnten Lebensjahr Bücher über die Französische Revolution, und Dutschke war abwechselnd Marat, Robespierre, Danton und Camille. Im Religionsunterricht schmierte ich Dutschkeportraits in den Katechismus: stoppelig das fanatische Gesicht, aufgerissen der die Menge aufpeitschende Mund. Als mich der Pastor fragte, was das solle, antwortete ich, daß auch Rudolf Dutschke ein Mensch sei und eine Seele habe und von Gott geliebt werde. Dann, ein Jahr darauf, 1968, durfte ich nach Berlin reisen, in die Reichshauptstadt. Ich hatte mir das so sehr gewünscht, daß meine Eltern mich ließen. Als ziemlich erstes fuhr ich zur Freien Universität, um nach Dutschke und seinen Leuten zu sehen. Ich dachte wirklich, eine wogende Volksmenge würde mir auf dem Campus begegnen, feurige Redner, rollende Galgen, kurze Prozesse, Volkes Stimme, angeklagte Politiker, geköpfte Könige und ein ständiger Sturmgalopp auf die Bastille. Statt dessen sah ich nur unsäglich verdreckte, mit Graffiti und Papierfetzen besudelte, leerstehende Universitätsgebäude. Kein Mensch weit und breit.

Was schließen wir daraus? Ich war kein Kind der Revolution, nicht der deutschen. Insgeheim hatte es mich immer gefreut, wenn Luther über Münzer triumphierte, wenn Bauernaufstände niedergeschlagen und Recht und Ordnung wieder eingeführt waren. Das hat der Pastor auch schön erzählen können, wie der Doktor Martin Luther das Kloster anzündete, die jungen Nonnen befreite und die hübscheste davon zur Frau nahm – um dann eine solide, gottgewollte Ehe zu führen und fünf Kinder in die Welt zu setzen. So sollte es sein. Den Papisten aufs Haupt schlagen, den Klerus samt Weihwasser, Mumpitz und Bhagwankette aus dem Land jagen – aber dann ordentlich leben: treu, beherzt, anständig und loyal. Aber, wie gesagt, was sagt das über mein politisches Selbstverständnis aus?

1970 schloß ich mich einer linkssozialistischen Basisgruppe an, die in meiner Schule, dem Gymnasium für Jungen, Hegestraße, gegründet worden war. Die Revolte war einfach mit zwei Jahren Verspätung an die Schule gerollt, und wenigstens jetzt wollte ich mitmachen. Die Schüler streikten, Lehrer wurden auf der Toilette eingesperrt, der Direktor an den Füßen aufgehängt und sein Büro angezündet – man kennt das alles aus dem Spanischen Bürgerkrieg. Einige Klassen schlugen das Mobilar in ihrem Klassenraum zu Kleinholz und boykottierten zwölf Monate lang den Unterricht. Die Schüler erschienen jeden Morgen, hockten sich hämisch auf ihre Stühle und warteten auf den Lehrer. Kam er, warfen sie mit scharfen Gegenständen auf ihn. Vor dem Schulgebäude, am Portal, dasselbe Portal übrigens, durch das schon mein Vater gegangen war, zusammen mit Wolfgang Borchert, seinem Busenfreund, mit dem zusammen er auch von der Schule flog (sie hatten sich in kindischer Provokantenlaune die Lippen rotgemalt, was für die Nazis selbst dann unmöglich gewesen wäre, wenn sie Mädchen gewesen wären), standen Flugblattverteiler mit den neuesten vier bis sieben Flugblättern, die in hoher Auflage über Nacht hergestellt worden waren. Etwas abseits stand meistens auch ein Lehrer mit Flugblättern, denn auch die Lehrer druckten Flugblätter, in denen sie die Flugblätter der Schüler kommentierten und die Standpunkte der Schüler bekämpften. Immerhin war die Gesamtschülerschaft damals so unbelastet, daß sie von beiden Parteien die frischgepreßten Zettel allmorgendlich freudig entgegennahm. Was aber wollten die Schüler, wo standen sie politisch, und wie stand ich zu allem?

Zunächst einmal waren zwei Lehrer, die sich für den Sozialismus aussprachen, entlassen worden. Sie unterrichteten einfach weiter und gründeten gleichzeitig diese Basisgruppe, in die ich eintrat. Etwa fünfzig Schüler fanden sich am Gründungstag ein; man las ›Lohnarbeit und Kapital‹ von Karl Marx. Später las man ›Lohn, Preis und Profit‹, ebenfalls von Marx, ebenfalls für fünfundzwanzig Pfennig im Ostberliner Aufbauverlag per Sammelbestellung erworben.

Auf die Idee, sich mit der ›DDR‹ in Beziehung zu setzen, kam niemand. Sozialismus und ›DDR‹ waren in den Augen der Linken Antagonismen, unüberbrückbare Gegensätze. Auch ich dachte so, spätestens seitdem ich bei meiner Berlinreise von eingefleischten Vopos abgefangen, verhört, schikaniert und mit Füßen getreten worden war (wegen Mitführen verbotener Westmickymaushefte). ›DDR‹ – das war doch die Prä-Skin-Stiefel-ins-Gesicht-Bewegung, nichts für gute Menschen. Erst später sah ich genauer hin, lernte zu unterscheiden zwischen soldatischer Pflichterfüllung und proletarischer Bescheidenheit. Beides mußte sein, um den Aggressionen des Weltimperialismus zu trotzen. Der Westen schleuste immerhin aggressive Mickymaushefte in den Sozialismus ein.

Man traf sich täglich in der weitläufigen Wohnung der beiden gefeuerten Lehrer. Abends verschwand ich in der Regel zum Tanzstundenunterricht, denn ich hatte mitbekommen, daß praktisch nur Jungen in die Basisgruppe gingen, ganz im Gegensatz zur Tanzschule, wo es umgekehrt war. Ich besaß die Erlaubnis der Tanzschule, an allen Kursen umsonst teilzunehmen. Niemand sonst in meiner Klasse besuchte in jener Zeit solch ein reaktionär-spießiges Institut oder gab sich gar mit Realschülerinnen und Fliesenlegertöchtern ab.

Ich war vollkommen begeistert. Natürlich nicht von der Basisgruppe. Warum ging ich weiter hin? Es muß eine Art Grundinteresse an Politik gewesen sein, eine Vorliebe für die einfach-schlichten Hefte des Dietz-Verlages, die wir nun immer bekamen, eine Liebe auch allein für das Wort

›Marx‹ oder ›Friedrich Engels‹. Wieviel tausendmal sauberer klangen die Namen Bebel, Luxemburg, Zetkin, Liebknecht im Vergleich zu den ewig blutnasigen Schmierverrätertypen und Schiebern Noske, Scheidemann, Ebert, Ollenhauer, Schuhmacher! Lieber zehn Seiten Engels über die Familie, als eine Seite Schuhmacher über die Freiheit des Westens im Gemeinschaftskundeunterricht. Wir lasen alle Philosophen, beginnend mit Hegel. Ein Wahnsinn, was den jungen Aspiranten da zugemutet wurde – aber der beste Weg von allen. Wer Hegel mit 15 las, mußte es nicht als tumber Tor mit greisen 25 tun.

Wer Hegel mit 15 gelesen hat, weiß mit 25, daß es ein Text unter vielen anderen ist und keinerlei besondere Autorität hat, genausowenig wie Freud, Marx oder Adorno. Letzten Endes ist alles Poesie, gute und schlechte; wobei gute Poesie langfristig zum Verständnis der Welt beiträgt. Ich las das Zeug zum Glück schon damals wie Gedichte, ich wollte die Begriffe nie rückübersetzen, sondern mich an der Wucht der Syntax ergötzen, und lieber nicht wissen, was Expropriation der Expropriateure bedeutete, was es GENAU bedeutete.

Es handelt sich beim Sozialismus um die zweite große, die andere Religion, die einem jungen Menschen mitgegeben werden konnte auf den Lebensweg. Inzwischen hat sich das geändert. Ich hielt es für richtig, daß den kleinen Kindern erst einmal das Märchen vom lieben Gott aufgetischt wurde, und zwar so überzeugend, daß sie damit ein paar schöne Jahre leben konnten. Später gab sich das dann von selbst. Später, mit Einsetzen der Pubertät – und das war genau der Zeitpunkt, dem Menschen die zweite Religion nahezubringen, den Wissenschaftlichen Sozialismus beziehungsweise Dialektischen Materialismus. Wer mit 17 kein Kommunist ist, wird nie ein guter Mensch, hieß es früher. Und das stimmte natürlich auch. Heute dagegen, wo weder erste noch zweite Religion noch greifen, entwickeln die Bürger ein dürres, distanzloses Verhältnis zu den eigenen Meinungen, sie ›glauben‹ den Mist, den sie reden, und kennen keine Demut. Ich will also nur sagen, daß ich die heutige Jugend um das Recht auf Sozialismus betrogen sehe, um das Angebot ›Sozialismus‹, ein Angebot, das alle Generationen vor ihnen seit mindestens hundert Jahren hatten.

Ich selbst machte von dem Angebot diverse Male Gebrauch. In der Basisgruppe lief sich binnen vier Monaten alles tot. Die Lehrer wurden neu eingestellt, verbeamtet, befördert, in das Präsidium der hamburgischen SPD aufgenommen. Auf bastillemäßigen Vollversammlungen in der Aula, mit Lehrkörper und Volksseele, zeigte sich, daß die normalen Lehrer der geschliffenen Rhetorik der beiden Basisgruppenlehrer nichts entgegenzusetzen hatten. Die beiden Polit-Kommissare waren einfach besser, und der Kampf war entschieden. Wer fängt einen verwirrten Jugendlichen auf, wenn er Liebeskummer hat? Bei mir war Liebeskummer immer besonders schlimm. Die Welt krachte zusammen, regelmäßig landete ich mit Blinddarmdurchbruch oder Mandelkolik im Krankenhaus. Unter zwei Wochen Intensivpflege lief es nicht – auf Kosten der DAK. Eines Nachmittags, zur besten Besucherzeit, trat mein Cousin Gordon ans Krankenbett. Ich sollte mich seinem sozialistischen Verein anschließen, dem ›Kommunistischen Bund‹, denn Liebeskummer sei ein Grundübel bourgeoiser Erziehung, ein Ergebnis zinsorientierter Konditionierung. Ich sah mir das Grüppchen an und traute meinen Augen nicht: lauter hübsche Oberschülerinnen mit reichlich Holz vor der Hütte. Ich unterschrieb auf der Stelle.

Endlich gingen geistige und erotisch-menschliche Dinge Hand in Hand. Ich hätte nun wirklich mit Fug und Recht ein Kommunist werden können, denn da war ein Mädchen, das ich mochte, und das mochte mich auch. Wir waren geradezu besoffen von der Idee der gegenseitigen Solidarität und warteten inbrünstig darauf, daß dem anderen ein Leid zustoßen möge, damit die neue Solidarität gleich eindrucksvoll unter Beweis gestellt werden konnte. Die ganze Kadergruppe fuhr, um den kapitalistisch-verlogenen Konsumfesten Weihnachten und Neujahr zu entgehen, im Winter auf eine Almhütte. Im Gepäck: zwanzig Paar Ski und zweihundert Tonnen Marx, Engels, Werke, kurz MEW gerufen. Nie wurde deutlicher, daß es sich um eine Religion handelte: Die abgelegene, nicht elektrifizierte Almhütte, das Holzhacken, die Petroleumlampen, die Morgen-, Mittags- und Abendgebete, die alttestamentarische Ordnung – alles und jedes war durchdrungen vom Geist des Herrn. In den Gesichtern der Teilnehmer standen Ernst und Bescheidenheit. Auf die Minute pünktlich nahmen die Brüder und Schwestern morgens um sieben ihre Plätze am klobigen Frühstücksalmhüttentisch ein. Der Gruppenälteste sprach ein Wort aus der Schrift (aus MEW). Gefaßt und ernst fuhr man den Hang hinunter, fand sich dann zum Lesen weiterer MEW-Passagen wieder ein. Die ganze Zeit aber war ich besessen von den Formen meiner Freundin, so daß ich mich kaum noch auf Old Marx konzentrieren konnte. Ich fieberte dem Abend entgegen, wo ich sie umfassen zu können hoffte. Doch weit gefehlt: Mädchen und Jungen schliefen getrennt und hatten sich auch sonst nichts zu sagen. Mit einem frommen Engelszitat auf den süßen Lippen dämmerten die Oberschülerinnen in die Nacht hinüber. Im Laufe von einer Woche wurde ich richtiggehend SCHMUTZIG. Ich entwickelte eine schmutzige Phantasie und gebärdete mich anzüglich. So kam es, daß nach Ablauf der gutgemeinten Tour der Katzenjammer bei mir groß war. Wieder in Hamburg, litt ich unter Depressionen.

Hat man EIN Mädchen, hat man oft gleich mehrere. Besser gesagt: In diesen Gruppenstrukturen wußte ich nie, wo mir der Kopf stand. Mehr ist mehr. Ines und Barbara, Isabel und Almtraut, Tina und Bettina: Immer waren so viele von ihnen da und saßen vor mir, die Bibel oder die Pudelmütze in der Hand. Da konnte ich mich nicht auf eine einzige konzentrieren, mit der Folge, daß keine echte Bindung an die Gruppe entstand. Als ich während einer öffentlichen Informationsveranstaltung ein wiederum neues Mädchen kennenlernte, das der DKP angehörte, verliebte ich mich ebenso einfach in die Konkurrenz.

Und da war ich dann: in der DKP. Wieder unterschrieb ich blindlings das Mitgliederformular. Ob ich deswegen jemals Verfassungsfeind wurde, hat sich nie klären lassen. Vier Wochen nach Unterschriftsableistung sollte ich vor fünfhundert geladenen Top-Genossen den Eid auf den Real Existierenden Sozialismus, auf die Deutsche Demokratische Republik, auf die Volkskammer und Erich Honecker schwören. Vorher, vor der feierlichen Eidesformel, sollte ich ›bekennen‹. Das war so üblich. Die neuen Mitglieder – außer mir noch zwei Dutzend andere – hielten jeweils eine kleine Rede, in der sie bekannten, wie sie zum Sozialismus gestoßen waren. Ich höre mir das probeweise einmal an, und es ging stereotyp nach ungefähr folgender Formel:

»Ich heiße Hans Dieter … und bin am … geboren. Zweiundzwanzig Jahre lang habe ich blind im kapitalistisch-imperialistischen Wirtschafts- und Gesellschaftssystem gelebt, ohne zu wissen, daß mein Leben auch einen Sinn haben könnte. Dann, am … habe ich zufällig ein Kontaktgespräch auf freiwilliger Grundlage, wobei ich die Freiwilligkeit durch Unterschrift ausdrücklich bestätigt habe, mit dem Mitarbeiter des Präsidiums des Parteivorstandes der Partei, Herrn … geführt und mir anschließend eine Fernsehaufzeichnung der Rede des Staatsratsvorsitzenden und Mitglieds des ZK der SED Erich Honecker zum … Jahrestag der Deutschen Demokratischen Republik angesehen, was mich hellauf begeisterte. Von da an wußte ich, daß auch mein Leben einen Sinn haben könnte …«

Die Leute leierten das kraftlos herunter, lasen vom Papier ab, schienen unter Drogen zu stehen. Ich persönlich hatte einfach nur Angst, vor so vielen Leuten sprechen zu sollen. Um für diesen Ernstfall zu proben, ließ ich mich während einer Universitätsvollversammlung auf die Rednerliste setzen. Das Auditorium Maximum war mit dreitausend Leuten gut besetzt, zu jener Zeit gab es das noch. Als ich dran war, riß der Bewußtseinsfaden. Ich ging in Trance die schweren Stufen zum Rednerpult hoch, sagte tonlos, was zu sagen ich mir aufgeschrieben hatte, hörte mich dabei aber nicht. Ich wußte nicht, was ich sagte, war in Gedanken ganz woanders, im Angstzentrum nämlich. Ich hielt inne, guckte blöde auf die Studentenmassen und merkte, daß sie klatschten. Sechstausend Hände schlugen aufeinander – ein Riesenlärm schmetterte mir entgegen. Mit einem Mal wurde ich klar, zersprang die Käseglocke um mein Haupt. Ich sagte noch vier, fünf kämpferische Sätze, jetzt mit Stahl in der Stimme, und wußte in dieser Sekunde für immer, wie es geht, Redner zu sein. Meinem Auftritt vor den DKPisten stand nichts mehr im Wege.

Aber es kam nicht dazu. Vieles kam dazwischen. Zum einen erstaunte es mich, daß mein Bruder kurz vor mir ebenfalls Mitglied geworden und Karl May abgeschworen, ihm untreu geworden war. Wenn das man mit rechten Dingen zugegangen war! Ich kannte doch meinen Bruder. Der legte seinen ›Der Schut‹ nicht freiwillig aus der Hand. Und dann unser Vater: Der tanzte auf dem Küchentisch vor Freude, als das Mißtrauensvotum gescheitert war, tingelte für Walter Scheel über Land, um Stimmen für die Sozialliberale Koalition zu sammeln. Das imponierte mir, außerdem zündeten die Reden im Deutschen Bundestag in diesem historischen Sommer – die von Brandt, Wehner und Schmidt – alle republikanischen Gefühle in mir: Ich trat in die SPD ein. Der Weg zu Erich Honecker war nun verbaut.

Die DKP-Freundin entpuppte sich allmählich als vorläufiges Desaster meines Lebens. Nie vorher hatte ich mir derart gründlich die Zähne ausgebissen, so unbeirrbar ging sie ihren Weg. Nie hatte ich sie dazu bewegen können, auch nur einen Millimeter Boden preiszugeben, auch nur eine Entscheidung zu korrigieren, etwa die, ihren Hund an einem bestimmten Tag zu einer bestimmten Uhrzeit von mir NICHT ausführen zu lassen. Sie war eisern, bis zur Halskrause vollgepfropft mit Entschlüssen, unflexibel wie die Planwirtschaft, selbstgerecht wie ein Jesuit und verbohrt wie Erich Honecker selbst.

Ich fragte mich, warum ich mich noch an diese harsche, unliebenswürdige Rotbrigadistin hängte. Immerhin begann ich das innere Wesen des ganzen Plansystems zu ahnen. Prüfenderweise fuhr ich noch einmal rüber, in den Osten, bekam wieder die Stiefel ins Gesicht, und das war es dann. Weihnachten hörte ich meinem Bruder zu, meinem armen umgedrehten Bruder, wie er im erweiterten Familienkreis treuherzig ›agitierte‹. Unterm Weihnachtsbaum brachte er es fertig, politische Grundsatzdiskussionen zu führen.

Ich aber freute mich über die SPD. Endlich einmal hatte ich die richtige Wahl getroffen. Jeden Abend sah ich ›meine‹ Leute im Fernsehen! Da ich Schmidt von den drei Lieblingen am liebsten hatte, störte es mich nicht, daß er Kanzler wurde. Die Partei steckte mich in den Distrikt Rotherbaum/Harvestehude, das war der Distrikt, in dem auch der Bürgermeister, sein Senatssprecher Bissinger und andere Partei-Vordenker das Wort ergriffen. Einmal im Monat, manchmal öfter, tagte die Distriktversammlung in einem Heim der Arbeiterwohlfahrt in der Rothenbaumchaussee – immer so um die dreißig Leute, mehr waren das nicht. Nach Abhaken der vier, fünf Tagesordnungspunkte kam der letzte und mich einzig interessierende Tagesordnungspunkt: Diskutieren aktueller politischer Entwicklungen. In aller Offenheit besprachen die Genossen die neuesten Dinge aus Bonn und aus dem Rathaus, Dinge, die man sonst nur im Fernsehen sah. ›Hier bleibst du‹, dachte ich, als ich das erlebte. Die Redner gingen fair miteinander um, behandelten sich voller Hochachtung, Freundschaft lag in der Luft, selbst eine Versöhnung von Mann und Frau, denn die Genossinnen waren ebenso zahlreich und aktiv wie die Männer; kurz und gut, die Frage schien entschieden.

Kein Zweifel: Hier hatte ich die dreißig nettesten und verantwortungsvollsten Menschen der Stadt vor meinen Augen und Ohren. Aber es nützte ja nichts – ich mußte ›erleben‹. Die SPD empfahl sich als Forum für später, für eine Lebensetappe, in der man Einfluß hat und etwas bewegen kann. Junge Leute sollten in der Politik grundsätzlich nicht mitreden – das war meine Meinung.

Die 70er Jahre neigten sich dem Ende zu, in London rebellierten die Punks, in Hamburg die Popper. Das Jahrzehnt der Sozialdemokratie entartete in öffentlichen Gesamtschuleinrichtungen, Millionen Pädagogikstudenten und -innen, J.J.-Cale-Musik, Schlaffheit. Jeder aufrechte Bürger wünschte den Sozialdemokraten den Tod, die das Land skandinavisiert hatten, verholländert, verdämmert. Der Schwung der frühen Jahre war dahin, geblieben war eine Haschischmentalität: »Alles nich so verbissen sehn«. Als ich eines Tages miterlebte, wie zwei Polizisten sich an einem Sit-in beteiligten, für irgendwas, gegen irgendwas, Größenordnung vierte Novellierung der Rentenansprüche im Zweiten Hochschulrahmengesetz, und sich dabei Strohhalme in die über den Uniformkragen wuchernden Haare steckten, trat ich spontan in die CDU ein.

»Meine Herren«, rief ich schneidig, »es muß vorbei sein mit Libertinage und Verführung der Jugend! Folgen Sie mir.« Die CDUler leckten sich die Lippen. Wen hatten sie sich denn da eingefangen? Ein großartiger Typ, ein Irrer vielleicht, womöglich aber aufbaubar. Zu den Klängen des Badenweiler Marsches wurde ich in die Ludwig-Erhard-Halle geführt. Ich sah mich um: alles Schweine, nur Schweine. Die rechte Hand, eben noch zackig am Koppel und zur Faust geballt, rutschte mir kraftlos weg, verschwand unbeteiligt in der Hosentasche. Das waren keine Deutschnationalen, das waren Kleinhändler und karrieregeile Angestellte des öffentlichen Dienstes. Das waren auch keine Unternehmer, das war noch nicht einmal guter Mittelstand.

Ich trat wieder aus. Ein Energieexperte namens Karl Christian von Rohr hatte mir noch weismachen wollen, ohne zwanzig neue Plutoniumbrüter würden bei mir in der Wohnung postwendend alle Lichter ausgehen – da quittierte ich. Dennoch belästigte mich die C-Partei noch jahrelang mit Gerichtsvollziehern, die angeblich ausstehende Mitgliedsbeiträge pfändeten. Ein schöner Haufen.

Durch den Einritt in die CDU war ich in der SPD rausgeflogen, hatte keine politische Heimat mehr. War ich deswegen ein unpolitischer Schriftsteller geworden? War ich deswegen ein herrenloser Streuner, unfähig, die eine oder andere Minderheit zu entdecken, über deren schamlose Diskriminierung sich schreiben ließe?

Ich kreiselte an den Ausgangspunkt meiner Überlegungen zurück. Ich brauchte eine Minderheit, verdammt! Wozu noch lange über Politikverständnis faseln, wenn es doch nur um Türken, Contergangeschädigte, Frauen oder Tiere ging! Sicher war ich einfach hartherzig. So ärgerten mich zum Beispiel die viel zu vielen neuerrichteten Telefonzellen für Behinderte. Warum nur ärgerten sie mich? Sie wurden nie benutzt, waren aber womöglich ein stahlgewordenes Dokument der Anteilnahme und Fürsorge, ein Symbol also, und als solches segensreich. Ein Krüppel sah womöglich von seinem Fenster aus solch eine Behindertentelefonluxuskabine und weinte darüber vor Rührung. Die gute Gesellschaft – sie denkt an mich! Tja, so lagen die Dinge. Nicht der kritische Blick fehlte mir, sondern das Herz.

Wo andere ein Herz hatten, voller Rotwein und Dusel, da hatte ich eine Pumpe. Und wo andere harmlosen Matsch hatten, Zellhaufen, weggesoffenes Protoplasma, hatte ich ein Gehirn. Wie konnte ich mich da zum Anwalt für irgendwen machen?

Die einzige Rettung: Ich mußte Leute WIE MICH vertreten und als neue Minderheit aufblasen! ›Die Hirnis – die vergessenen Intellektuellen‹. Oder: ›Die geistig Tätigen im Fadenkreuz von Unterdrückung und Diskriminierung‹. Das als Untertitel. Der Haupttitel mußte griffiger sein: ›HIRNK(R)AMPF‹. Oder so ähnlich.

Ich wälzte mich auf meiner Pritsche hin und her. Ich kroch unter die Decke, zog sie über den Kopf. Ich ahnte, daß ich kurz vor der Lösung stand.

Klarczyk! Hans-Herrmann Klarczyk, der Typ, der zehn Jahre nur gelesen hatte – und jetzt, ausgerechnet und glückhafterweise jetzt, auf die böse Menschheit losgelassen wurde. Ich mußte mich nur an seine Fersen heften! Klarczyk wurde einfach der Protagonist meines neuen, anklagenden Romans, jene Spielfigur, anhand derer ich die bodenlose Diskriminierung der Intellektuellen in Deutschland in Szene setzte.

Freilich war der schüchterne junge Mann schwer ausfindig zu machen. Ich war darauf angewiesen, ihn in dem Künstlerlokal wiederzusehen, das er nur selten aufsuchte.

Ich sollte mit ihm durch dick und dünn gehen. Ich nahm ihn bei der Hand und zeigte ihm die Menschen, die ganze gemeine, diskriminatorische Gesellschaft: Bahnhofsvorsteher, die seine Koffer unterschlugen, Bordellbesucher, die ihn nicht ernst nahmen, Zeitungsverkäufer, die seine schwache Stimme überhörten, Mädchen, die Blumen von ihm nicht annahmen, gedankenlose Mütter, die ihn duzten …

Ich konnte auch Evelyn überreden, ihn in sich verliebt zu machen, ihn anschließend fallen zu lassen und ihn als ›unmännlich‹ auszulachen; seine Reaktion konnte ich dann genauestens beobachten und gewissenhaft zu Papier bringen. Ich konnte ihn systematisch betrunken machen und dann gegen die stets randalierenden Problempunks vor dem Lokal aufhetzten. Und so weiter. Alles war möglich, eine Handlungsexplosion, ein 200seitiger Aufschrei, ein ›J'accuse‹ des Zwanzigsten Jahrhunderts. Jedenfalls, sobald ich ihn, Klarczyk, gefunden hatte.

In Gedanken schrieb ich schon einen ganz anderen Roman, ›Auf der Suche nach Klarczyk‹, denn der Knabe war tagelang nicht aufzutreiben. Eines Abends ging ich den Ring in Richtung Friesenplatz hinunter, vom Chlodwigplatz kommend. Es war heiß, ich hatte das Jackett über die Schulter geworfen und sah aus wie ein Tourist aus dem Harz, der sich in Athen verlaufen hatte. Die Schaufenster der Automobilgeschäfte zogen mich an, wie ein blöder Falter lief ich kreuz und quer über die Fahrbahn, immer auf das nächste Automobilgeschäft zu. Autos – das war mein Leben. Ich besaß zwar keines und hatte nie etwas anderes gesteuert als einen Volkswagen, Modell ›Käfer‹, Export-Ausführung, aber trotzdem. In der Brusttasche meines kurzärmeligen Touristenhemdes scheuerte ein gebrochener Bierdeckel mit den Telefonnummern von vier verschiedenen Hans-Herrmann Klarczyks. Sobald es etwas kühler geworden wäre, wollte ich da überall anrufen.

Im rechten Winkel bog die Maastricher Straße links ab, führte auf eine weit sichtbare lokale katholische Kirche zu, die am Ende der schnurgeraden, schmalen Gasse stand, sie sozusagen abrupt beendete. Kurz vor der Kirche, Gottes Pforten öffneten sich schon erwartungsfroh, schlüpfte ich rechts in den Eingang der Redaktion. Hier arbeitete Evelyn, die mir bei der Suche nach Klarczyk helfen sollte.

Evelyn hatte ihre Fans nicht nur in der Leserschaft, sondern, was ich bis dahin nicht wußte, auch in der Redaktion. Als wir beschlossen, ein Bier trinken zu gehen, klappten alle Mitarbeiter – es wurden nur männliche eingestellt – schlagartig ihre Schreibmaschinen zu und hechelten uns freudig hinterher. Schnippte Evelyn mit dem Finger, standen sie aufgereiht in Reih und Glied, erwarteten Befehle. Ich sagte, ich müsse die Klarczyk-Sache unter vier Augen besprechen; schon begannen die Leute zu knurren, die Zähne zu fletschen, mir am Hosenbein zu ziehen. Einer tätschelte mir die Wange, wobei er mich ›zynisch‹ ansah. Evelyn meinte ernst, man könne die Mitarbeiter nicht ausschließen, das sei fies und unmenschlich, aber ich nahm einfach Evelyns Hand und rannte mit ihr weg. Das war dann weniger fies als, sagen wir: blödsinnig, wer tut so etwas schon, und so ging es.

Ich erzählte ihr das ganze Projekt; warum ich auf Klarczyk angewiesen war. Ihre Augen leuchteten auf.

»Ich werde vielleicht auch Schriftsteller.«

Sie fand es wunderbar, über Klarczyk einen Roman zu schreiben. Andererseits, gab sie zu bedenken, kannte sie einen Intellektuellen, der noch extremer war als alle anderen, der noch mehr gehaßt wurde, selbst von ihr.

»Selbst von dir? Du haßt einen Intellektuellen?«

»O ja. Er ist der einzige Mensch, den ich hasse.«

Sie erzählte, daß ihr Haß alles erfasse, sich auf den ganzen Menschen erstrecke, körperlich werde.

»Er ist ein Hund, er ist es wirklich! Ein Hund! Seine Schnauze ist immer feucht. Wenn er lachen will, bellt er, so: ch! … ch! … ch! ch!«

Sie ereiferte sich. Ich bekam eine Ahnung davon, welche Intellektfeindlichkeit im Lande grassierte, welche Gemeinheiten im deutschen Volke schlummerten. Ihre sonst so großen, gütigen Heinrich-Böll's-Tochter-Augen wurden immer kleiner, bösartiger, gnadenloser.

»Er ist ein Arschloch, ich habe es immer gewußt. Ich habe ihn gesehen und wußte es, unwiderrufbar: Arschloch. Du. Arschloch. Du immer Arschloch bleiben, was immer du versuchst.«

Bestürzt sah ich auf meine Tasse, in der der schwarze Kaffee gemächlich seine Runden drehte. Die Frau war nicht zu stoppen. Ich fragte, was ihr Feind denn verbrochen hätte, worauf sie in etwa antwortete, er habe »es« nicht. Im Klartext:

»Er hat es nicht, und wenn er noch so gut wird. Er wird jeden Tag besser, er wird noch den Egon-Erwin-Kisch-Preis damit gewinnen, aber er hat es nicht. Weil es nicht drin ist in ihm. Weil er nicht cool ist. Weil er die falschen Hosen trägt.«

Und so weiter. Falsche Hosen – das kannte ich schon. Für meinen Roman war das aber nicht geeignet. Ich schlug vor, doch lieber bei Klarczyk zu bleiben. Das war genau der richtige Held für das Unternehmen, zumal er nie lachte, weder falsche noch richtige Hosen trug, nicht cool war, sondern in Gedanken. »Klarczyk – der hat es.«

Evelyn nickte. Mit dieser Zauberformel brachte ich sie auf meine Seite. Aber wo fanden wir ihn? Nacheinander, immer uns abwechselnd, riefen wir die Klarczyk-Nummern an. Keine war die richtige, denn Hans-Herrmann lebte bei den Eltern, deren Vornamen wir nicht kannten.

Plötzlich hatte Evelyn eine Idee. Sie kannte jemanden, der vielleicht jemanden kannte, der wußte, in welchem Stadtteil Hans-Herrmann wohnte. Gesagt, getan. Zwanzig Minuten später hatte ich die Titelfigur meines Erstlingsromans am Hörer. In meiner Aufregung vergaß ich, ihn zu siezen.

»Klarczyk, Mensch! Ich, das heißt wir, also Evelyn und ich, also eher Evelyn, müssen dich treffen, um etwas zu bereden.« Mir war eingefallen, daß er mich zu wenig kannte, um den späten Anruf verständlich finden zu können. Evelyn, bekannt und berühmt, paßte da schon eher, und ich versteckte mich hinter ihrem Namen. Klarczyk reagierte trotzdem negativ.

»Ich glaube, ich verstehe Sie nicht.«

»Es geht um ganz bestimmte Dinge, sonst würde ich natürlich nicht anrufen.«

»Ich habe den Nachnamen nicht verstanden.«

Ich nannte ihm meinen Namen, buchstabierte die erste Silbe.

»So, ja. Geht es nicht auch morgen? Ich habe hier so etwas zu bewerkstelligen, was man Verwandtschaftsdienst nennen könnte.«

Ich hörte jetzt, daß ältere Menschen im Hintergrund redeten, vielleicht war es auch der Fernseher. Höchstwahrscheinlich aber hütete Klarczyk gerade seine Eltern ein. Ich gab zu bedenken, daß wir ihn schnell abholen würden.

»Wer zahlt? Ich bin im Moment nahezu ohne Barmittel.«

»Die paar Mark ... das ist nichts, worüber wir uns unterhalten müssen.«

Er versprach, in die Künstlerbar zu kommen, in der ich ihn kennengelernt hatte. Im Hintergrund moserten die Eltern. Er wirkte außerordentlich unzufrieden mit dem, was er gerade abgemacht hatte, vergaß auch nicht, darauf hinzuweisen, daß er es für unverzeihbar hielte, wenn Menschen, denen er nicht ausdrücklich seine Freundschaft angetragen hätte, ihn duzten. Deprimiert hängte ich ein. Ich wußte, er würde kommen, aber ob er kooperativ sein würde? Wohl kaum.

Ich sagte zu Evelyn, als wir zu Fuß zum verabredeten Ort vordrangen, sie solle ihn in sich verliebt machen, sonst liefe nichts mit dem Burschen. Sie lachte spitz auf. Ein gelungener Witz, angesichts der Tatsache, daß jeder Mann in sie verliebt war, jeder Mann in jeder Stadt in jedem Land.

»Jetzt übertreibst du!«

Sie sah mich verwirrt an. Ob ich ein Gegenbeispiel wüßte? »Also … eine Sekunde, das dauert etwas …«

Mir fiel wirklich niemand ein. Dann sagte ich irgendeinen Namen.

»Bauer Dröge, in Heide/Nordschleswig. Der kennt dich nämlich noch gar nicht. Was nun aber Freund Klarczyk angeht, so müssen wir durchaus aufpassen. Der Mann ist Intellektueller und legt als solcher strenge Maßstäbe an.«

In der Kneipe konnten wir gar nicht schnell genug gukken; die ausgestreckte Hand Klarczyks zappelte uns vor der Nase, noch ehe wir merkten, daß wir da waren. Wie die Freundlichkeit selbst blinkten seine eng zusammenstehenden Augen in unser überraschtes Gesicht; Evelyn flitzte geistesgegenwärtig zum Bierhahn, um uns mit Getränken zu versorgen. Klarczyk wirkte aufgeräumt und duzte mich umstandslos.

»Du wolltest mich sprechen?«

»Ganz richtig … aber lieber erst, wenn Evelyn dabei ist.« Evelyn kam aber nicht. Irgendein verliebter Fan hielt sie wohl gerade auf. Ich wußte nicht, wie ich meinem Gegenüber das Projekt klarmachen sollte. Die Wahrheit konnte ich ihm jedenfalls nicht erzählen. Ein weiteres Mal fragte er, was ich von ihm wolle, wieder druckste ich herum, so daß er selbst das Wort ergriff.

»Wie ist dein Verhältnis zu Frauen?« fragte er.

Fünf Antworten schossen mir gleichzeitig durch den Kopf, eine davon sprach ich aus. Hans-Herrmann nickte buchhalterisch, ging einen Schritt weiter. Ob ich Evelyn mögen würde. Ich konnte kaum antworten, als er bereits miteinstimmte:

»Ja, ich auch!!«

Vollkommen glücklich, dennoch beherrscht, fügte er lächelnd hinzu, daß sie ein gutes, vielversprechendes Gesicht habe. Auch er: verliebt in E. Ich wollte schon sagen, er sei auch nicht anders als die anderen 2,5 Milliarden Männer und er solle sich nur nicht einbilden, etwas Besonderes zu sein, aber im Grunde war mir das frische Eingeständnis sympathisch. Zeigte es doch: Auch ein Intellektueller ist ein Mensch. Er führte ohne Übergang aus, das sowjetische System sei gänzlich anders strukturiert als das deutsche Nazi-System der dreißiger Jahre, welches eindeutig als ›der Dritte Weg‹ angesehen werden könne. Der Nazi-Staat war, dozierte er, in gar keiner Weise kapitalistisch und ebensowenig totalitär. Als ich nicht sofort Stellung bezog, entschuldigte er sich; er wisse, daß die Nazis dummes Pack gewesen seien, ohne Bildung, der Pöbel. »Schon gut, Klarczyk. Jedem kann einmal die eine oder andere Bemerkung rausrutschen.«

Er dankte geflissentlich und warf seinen gewohnten Dauerdiskurs durch alle Jahrhunderte an. Ich hörte nicht hin, fühlte mich aber wohl. Für mich war solches Geschwätz die schönste Musik. Ich LIEBTE Menschen, die solchermaßen herumrharbarberten, anstatt gängige Meinungsscheiße abzusondern und das auch noch unter dem Decknamen ›Kommunikation‹ laufen zu lassen. Ja, ich dachte gerade in diesem Moment, daß ich ihn doch gern hätte, den kleinen Klarczyk, als etwas passierte, das der Anfang meines Romans sein konnte!

Klarczyk laberte zäh und freudlos über die Unterschiede der Alten Linken und der Neuen Rechten in Frankreich, brachte die italienischen Neostrukturalisten ins Spiel, schwenkte über zu Pop and Beauty in England, ohne dabei die Wiener Schule der Jahrhundertwende zu vergessen, als ein guter Bekannter von mir zwischen uns beide trat, ziemlich gewaltsam übrigens, den Arm um meine Schultern legte, auch das zu forsch, und mich wegzog. Ich sah irritiert zu dem weiterredenden Redner, woraufhin mein guter Bekannter das Gesicht verzog und eine abfällige Handbewegung in Richtung des Intellektuellen machte, nach dem Motto: Laß doch den Klugschwätzer.

Klarczyk steuerte nörgelnd auf Warhols ›From A to B and back again‹ zu, der gute Bekannte zerrte an meiner Schulter. Als ich nichts unternahm, stellte er sich in ziemlicher Entfernung von mir auf und begann, auf mich einzureden. Nun mußte ich eingreifen.

»Entschuldige, aber ich habe mit Klarczyk ein Projekt zu besprechen … ein paar Minuten noch …«

Der gute Bekannte sah mich an, als wäre ich pure Scheiße. Er lachte kurz verächtlich auf, machte ein ›fuck-ya‹-Zeichen und ging kopfschüttelnd weg. Ich sah ihm nach und dachte: Das ist es. Mein Thema – die deutsche Intellektfeindlichkeit. Klarczyks piepsige Stimme honeckerte weiter professoral über die harten Äcker europäischer Geistesgeschichte. Ich ließ ihn machen, hoffte insgeheim auf Evelyn und das erste Bier.

»Die italienischen Faschisten hatten mehr Stil als die deutschen, selbst die spanischen Falangisten waren zur Zeit des Bürgerkrieges sicher nicht uninteressant, legt man bestimmte damalige wie auch zeitphilosophische Strömungen zugrunde, wenn auch zu sagen ist und zu sagen bleibt, daß Faschisten grundsätzlich Massaker verüben, Republikaner oder Anarchisten dagegen eher Lynchen, Übergriffe gestatten, der Volksseele freien Lauf lassen, was zahlenmäßig nur im Schnitt zu einem Zehntel der Opfer führt, zehnmal weniger als bei den Faschisten, die kalt abdrücken, eine Geisteshaltung, die man am ehesten bei George Bataille findet, auch wenn er kein Wegbereiter des Faschismus war wie etwa Ezra Pound oder Gottfried Benn oder auch Nietzsche, den ich sehr verehre, der nie richtig verstanden wird, jedenfalls nicht in Deutschland, der immer …« So ging es munter auf und ab. Nach einiger Zeit unterbrach ich ihn.

»Was ich dich immer schon einmal fragen wollte, denn

ich glaube, du bist aus bestimmten Gründen der richtige Mann, das zu beantworten: Werden Intellektuelle hierzulande unterdrückt? Ich frage dich das, weil ich dich selbst für einen Intellektuellen halte.«

Er schaltete sofort, was ich gar nicht erwartet hatte.

»Am schlimmsten waren die Hippies, die Ökos, ich hasse sie, aber auch die Faschisten. In Deutschland ist man immer gleich Kommunist oder homosexuell oder, auch das, der Jude.«

Ich sagte ihm, daß ich ihn für intelligent halten würde. Ihm sei doch sicher ein Mittel gegen jedwede Diskriminierung eingefallen? Er habe doch ein interessantes Gesicht – da konnte es doch nicht schwer sein, den Gegner zu beeindrucken?

Er begann mit der Zunge zu spielen und sprang vor Freude auf und ab, wobei er wie ein Schellenbär die Arme zusammenschlug. Er war intelligent! Er hatte ein interessantes Gesicht! Das hatte ihm noch keiner gesagt.

»Danke! Danke! Ich kooperiere. Ich mache alles. Und ich liebe Evelyn! Wenn ich nur wüßte, worum es sich handelt. Übrigens findet man bei Aragon interessante Stellen über den Dünkel der Massen gegen die Intelligentsia, und die russische Revolution gilt als die einzige Revolution der Geschichte, in der die Intelligentsia gesiegt hat ... das interessiert mich ja auch so am Sezessionskrieg ... wie findet der Herr eigentlich Gene Vincent? Eddie Cochran? Jerry Lee Lewis? Er soll ja eine Dreizehnjährige geheiratet haben, was ihm selbst bei seinen treuesten Südstaatenfans alles Wohlwollen gekostet hat ... Hast du jemals in deinem Leben einen Menschen gekränkt, was dir anschließend leid getan hat?«

Er sprach mit mir. Ich überlegte kurz und antwortete dann, etwas verwirrt, das sei die Frau mit den After-eight-Täfelchen gewesen.

»Gut. Ebenso verhält es sich, wenn ich bei eurem Projekt mitmache und ihr mich dann schlecht behandelt ... oder euch über mich lustig macht ... das könnte ich nicht ertragen.«

Sein Adamsapfel schnellte nervös hoch und runter. Ich sah, daß er seine kurzen, schütteren Haare gefönt hatte für diesen Abend, also für sich, für die Eltern, die er eigentlich hatte einhüten sollen. Der Mann war womöglich sehr zerbrechlich. Ich bekam Angst.

»Mein lieber Klarczyk ... also, bis jetzt haben wir ja noch gar nicht angefangen. Wir müssen uns in aller Ruhe zusammensetzen und die ganze Sache, so wie sie wirklich ist, ausführlich besprechen. Erst dann sehen wir ...«

»Aber ich WILL kooperieren! Natürlich weiß ich, daß ich mir besser ein anderes Mädchen suchen sollte, etwas Handfestes. Es hat natürlich überhaupt keinen Sinn so. Aber ich würde alles für sie tun.«

»Das wollen hier alle Männer.«

»Ja ja. Marinetti hat übrigens einmal gesagt ...«

Der Sermon ging weiter. Ich überlegte, ob ich ihm sagen sollte, daß ich das ›Projekt‹ lieber doch nicht machen wollte. Aber der junge Studiosus redete feuriger, enthusiasmierter denn je – offenbar stand er an der Schwelle zu einem neuen, besseren Leben. Man hatte ihn erkannt, entdeckt. Es ging aufwärts mit ihm! Die Frau, die er heiraten wollte, war auf ihn aufmerksam geworden!

Er fragte mich, wer mein Lieblingsfaschist sei. Ich sagte, ›Lieblingsfaschisten‹ könne es für ein klammheimliches SPD-Mitglied grundsätzlich nicht geben. Die Frage sei schon im Ansatz obszön.

»Aber wenn du einen nennen MÜSSTEST, wen würdest du dann nennen?«

»Ich würde eher in den Tod gehen, als so eine Frage zu beantworten.«

»Und wenn man dich foltern würde?«
»Dann hätte die Antwort keinen Wert.«
»Natürlich nicht. Aber was hättest du geantwortet?«
»Na, Adolf selbst, ist doch klar.«

Er nickte. Evelyn rückte mit den Bieren an und verursachte schon von weitem bei Klarczyk den Hormonstoß des Jahres. Wie von Furien gejagt, begann er zu schwadronieren.

»Ja, wo war ich stehengeblieben, Marinetti und so weiter. Ich bin ja der Meinung, daß der französische Film der frühen 30er Jahre höher zu bewerten ist als der heutige englische, obwohl ich Jean Gabin gar nicht so übermäßig schätze, nun ja, aber das mag daran liegen, daß meine Affinität zu Sartre größer ist als die zum Haus Windsor. Ja, ich hasse das Königshaus, den Adel, ich mag diese Hochzeiten nicht sehen, mit Andrew und Fergie, Sarah, Di und Pferden und sonstwas, diese nutzlose, arbeitsscheue Bande degenerierter Aristokraten! Arbeitsdienst oder Rübe ab, sag' ich immer, da hat der Führer ausnahmsweise mal die richtige Idee gehabt ...«

Ich nahm Evelyn das für mich bestimmte Kölschgläschen ab, nippte, sah zu, wie Klarczyk sein Glas Mineralwasser an die Lippen setzte. Er war Antialkoholiker. Um die Konversation nicht abreißen zu lassen, sagte ich, der Führer habe die falschen Berater gehabt und von vielem nichts gewußt.

»Ganz genau! Vollkommen richtig. Aber zurück zu Aragon: Alles von ihm ist gut, bis auf die Sozialistischer-Realismus-Phase, wo er alles, was er im spanischen Bürgerkrieg gelernt hatte, wieder vergessen hatte. Ich frage mich immer: Was ist das Bewußtsein. Nur eine Ansammlung von Billionen Gehirnzellen? Oder eine neue Organisationsform, die zu einer Zweiten Qualität wird, so wie ein Ameisenhaufen eine andere Qualität hat als die bloße Summe der Anzahl der Ameisen selbst, also abgesehen vom dionysischen Prinzip, das ja nichts anderes besagt als die, äh, jetzt habe ich den Faden verloren, aber wie auch immer, vielen Dank für das Mineralwasser, ich bin froh, hier bei euch stehen zu dürfen, ich kooperiere selbstverständlich, auf dein Wohl.«

Er prostete Evelyn zu.

»Ich würde von dir gerne einmal etwas lesen, Kleiner.«

Evelyn ahnte nicht, daß der Probant längst in sie verliebt war. Sie übertrieb es. Es gab mir einen Stich, als Klarczyk prompt darauf ansprang.

»Ich werde für dich schreiben! Über das Ende der Dialektik, das Ende der Welt! Links- und Rechtshegelianer müssen wieder zusammengeführt werden, sag' ich immer …«

Er tanzte den Harlem Shuffle. Seine Stimmung wurde so gut, daß er Witze erzählte, Tränen weinte, den Kopf an meine Schulter lehnte. Er sagte, Ludek Pachmann sei zur Berliner Mauer gefahren und habe einen Stein dort mit der Spitzhacke herausgehauen. Dabei lachte und keckerte er in einer Weise, daß die Starredakteuse ihn partout nicht verstand. Dreimal mußte er die so überaus ›komische‹ Anekdote wiederholen, aber er schien sich nicht zu beruhigen.

»Hans-Herrmann! Gerate doch nicht so außer dich!«

Er stand kurz vor einem Schluckauf. Schließlich erklärte er ernst, man müsse ›Candide‹ von Voltaire gelesen haben; das sei sein Lieblingsbuch. Evelyn fragte neutral, ob er auch unter den Lebenden einen Lieblingsautor habe.

»Die schönsten Gefühle verbinden mich mit deinen Artikeln, Evelyn. Wie ein Leuchtfeuer inmitten der Barbarei warst du für mich. Schon vor fünf Jahren, damals noch mehr als irgendwann sonst … ich weiß nicht, wie ich ohne diese Zeitschrift alles ausgehalten hätte.«

Nun war alles klar. Wir konnten den armen Kerl unmöglich als Kaninchen durch den Intellektuellenwald jagen. Der Mann war wirklich ein Intellektueller, und er hatte wirklich dafür leiden müssen – darüber machte man keine Scherze und erst recht keine Literatur. Aber wie sollten wir jetzt wieder runter von dem Zug? Kaum dachte ich darüber nach, hörte ich ihn schon wieder jubeln, er würde ›kooperieren‹. Dann sang er die französische Nationalhymne, wahrscheinlich, um vor Evelyn anzugeben.

»Allons enfants de la patri-i-e, le jour de gloire est arrivé …«

Er kannte den ganzen Text. Sicher hielt er auch seine Stimme für schön, jedenfalls in diesem Moment, als sein übervolles Herz der Dame entgegensang. Evelyns Gesichtszüge bekamen etwas Spastisches dabei; sie lächelte, zog aber die Augenbrauen absurd nach oben und machte einen Buckel, als schlüge ihr jemand auf den Kopf. Die Arme hatte sie angewinkelt und die Hände in der Nähe des Gesichtes, wobei sie mit beiden Zeigefingern gleichzeitig, in Augenhöhe, knapp neben den sauber ausgewaschenen und gut gestalteten Ohren, herumfuchtelte. Wollte sie etwas sagen? Gewiß.

»Ich möchte klarstellen, daß ich im engeren Sinn nichts zu tun habe mit den Vorhaben und Aktivitäten dieses Mannes hier …«

Damit meinte sie mich. Sie wollte aussteigen, klar. Nicht umsonst hatte sie jahrelang Erfahrungen mit verliebten Fans gemacht – sie wußte, daß man so etwas im Ansatz stoppen mußte, wollte man den Schaden begrenzen. Dennoch war es gemein, mich hängenzulassen.

Ich spielte kurzentschlossen den Verblüfften.

»Was? Ich verstehe nicht … was ist denn jetzt los, das ist doch alles deine Idee …?«

Klarczyk wollte wissen, worum es ging. Ich sagte, das könne ich ihm am wenigsten sagen, denn ich habe mich lediglich bereit erklärt, Evelyn zu helfen – wobei, wisse ich selbst noch nicht.

Nun zeigte sich ihre Klasse: Sie forderte Klarczyk auf, einen Artikel über das Ende der Dialektik zu schreiben. Mehr könne sie nicht sagen, das sei selbstverständlicher Teil des Redaktionsgeheimnisses. Damit verschwand sie. Klarczyk wurde ruhiger.

»Es kann nie schaden, sich ein bißchen intellektuell aufzurüsten, auch in bewegten Zeiten. Letzte Nacht nahm ich mir Max Weber vor, Funktionalismus und Institutionalismus, sehr lehrreich, sagen wir: notwendig. Das muß man alles haben.« Max Weber? War das nicht ein bürgerlicher Soziologe? Mir war so, als hätte mein Bruder damit zu tun gehabt, in einem Grundkurs an der Universität. Mehr wußte ich nicht. Als DKP-Aktivist hatte er diesen Mann ›überwinden‹ und vernichten müssen, keine Ahnung, wie. Ich fragte, was Institutionalismus sei.

»Alles ist nur ein Teil des Ganzen und lebt der Aufgabe der ausschließlichen Systemerhaltung; ein Wissenschaftszweig, in dem vor allem die Engländer vertreten sind. Man kann es praktisch nur auf englisch richtig erklären. Die besten Wissenschaftler sind Engländer. Ich mag die Deutschen nicht, ja, ich schäme mich, unter diesen Barbaren zu leben. Es gibt keine Intelligenz in Deutschland, nur Rohheit und Dummheit. Am dümmsten sind die Frauen. Das Primat der Intelligenz gebührt ausschließlich dem maskulinen Geschlecht. Ich halte es grundsätzlich für unmöglich, daß eine Frau einen Beitrag zum geistigen Leben unseres Volkes leistet.«

»Aber Klarczyk!«

»Man belehre mich eines Besseren. Im übrigen bin ich froh, daß nun alles besser werden wird. Ich werde kooperieren. Das Ende der Dialektik – für mich wird es der Anfang eines gänzlich anderen und helleren Lebens sein. Du garantierst mir doch, daß man mich drucken wird? Ich würde es nicht überleben, meine besten Gedanken zu Papier zu bringen und dann am Ende nicht gedruckt zu werden.«

»Blut und Siegel darauf, mein Guter.«

»Sollte es dennoch Schwierigkeiten geben, so werde ich hoffentlich auf deine Fürsprache rechnen können. Es ist ja nicht leicht, die Nerven zu behalten, wenn die Dummheit gegen dich aufsteht. Merke dir: Wenn ein Mensch keinen Einwand formuliert, aber dumm ist, so ist er am gefährlichsten.«

Er hielt einen Fünfzigmarkschein in der Hand, fragte aber gleichzeitig, ob ich ihm zehn Mark für ein Taxi geben könne.

»Du willst schon gehen?«

»Ja, es tut mir leid. Aber man sieht sich ja. Es hat mich außerordentlich gefreut! Denn nun wird alles besser.«

»Ich gebe dir gern zehn Mark, aber du hast doch noch fünfzig Mark in der Hand!«

Er wurde verlegen, begann zu zucken, zu reißen, zu räuspern. »Ich möchte auf gar keinen Fall den Eindruck erwekken, ich würde jemanden ausnutzen. Wie heißt es doch: Wenn du brauchst, so hast du nicht, wenn du hast, so brauchst du nicht. Wie dem auch sei: Letzte Nacht las ich Mirabeau. Der französische Geist ist dem deutschen überlegen, denn die Kultur wurde von den Machthabern des Dritten Reiches ertränkt, und die Zivilisation liegt ohnehin beim Franzosen.«

»Wohl wahr.«

»Ja, Mirabeau. Auch Talleyrand ist lesbar. Dem haben wir doch gar nichts entgegenzusetzen.«

»Gibt es denn keine Deutschen, die du verehrst?«

»Was für eine Frage! Gottfried Benn, Nietzsche, Ernst Jünger, Rilke, Thomas und Heinrich Mann …«

»Gut, das sind alles Literaten, aber wie steht es mit Staatsmännern, geschichtlichen Figuren, großen Erneuerern, Volkshelden?«

»Nun, da wäre Bebel zu nennen. Das Faszinosum des Verrats hat mich stets gefangengehalten.«

Ich sah ihn von der Seite an. Dachte er an den berühmten Satz ›Wer hat uns verraten – Sozialdemokraten‹, den man zu Bebels Zeiten oft formulierte? Klarczyk guckte spitzbübisch, den Blick nach innen gerichtet; er lächelte.

»Die wenigen Menschen, die ich zu Freunden gewann, waren allesamt große Verräter, gotteslästerliche Ausgestoßene und Verdammte, Huren und Verbrecher.«

»Klar, Klarczyk.«

Ich überlegte, wie ich in diese Reihe geraten war, beziehungsweise wie ich mich darunter ausnahm.

Er verabschiedete sich erneut, hob aber schon wieder zu einer weiteren Rede an.

»Persönlich mag ich Diderot am liebsten. Kürzlich war ich bei einer Veranstaltung bekennender, wiedergeborener, katholischer Christen und ließ mir die Beichte abnehmen. Es waren aber fünfzig ekelige Hippies, die sich an den Händen hielten und auch meine Hand anfassen wollten. Da bin ich gegangen. Es ist nichts mehr los mit dem Glauben hierzulande. Richtig glauben können nur die Russen, die Deutschen können nur fressen und impertinent sein.«

»Du magst sie nicht besonders, die Deutschen, was, Klarczyk?«

»Ha! Man soll sie aufhängen, niedermachen, zum Teufel jagen! Ein widerliches Volk. Vor allem die Rheinländer, die verlogen und bigott und unsäglich dumm sind.«

»Aber auch Adenauer war Rheinländer!«

»Ja, er hat Deutschland verraten, um eines bigotten, katholischen separaten Rheinstaates wegen. Er haßte die Preußen, die ihm zu korrekt, klar denkend und anständig waren.«

»Stimmt, in den Krieg kann man mit rheinischen Truppen bestimmt nicht ziehen, nur in den Karneval.«

»Ein trauriges Bild, diese Leute hier! Ich persönlich halte sie für ausgesprochen töricht.«

»Kein leichtes Brot für einen Intellektuellen, hier zu leben, was?«

»Allerdings. Nur ein Beispiel: Kurz nach der 83er Wahl hielt ich mich in einem Buchgeschäft auf und stahl ein mir wichtiges Buch, was keiner bemerkte, was mich aber jahrelang bedrückte. Schließlich hielt ich es nicht mehr aus, ging erneut in das Geschäft, gestand den Diebstahl und zahlte den Preis des Buches. Der Geschäftsführer nahm jedoch diese Geste zum Anlaß, mich zu verdächtigen, ich sei der berüchtigte Kölner Bücherklauer, nach dem seit geraumer Zeit gefahndet wurde.«

Ich überlegte, wie Klarczyk die Millionen hochwissenschaftlicher Fachbücher bezahlte, die er Nacht für Nacht verschlang. Aber ich sagte nichts.

»So ist Deutschland. Es ist unmöglich, sich korrekt zu benehmen und dafür Anerkennung zu ernten. Mir fällt nun aber doch noch ein Staatsmann ein, außer Bebel, den ich verehre: Friedrich der Große. Er sprach ein sehr schlechtes Deutsch, aber trotzdem.«

Ich wollte ein kleines Bierchen holen, einerseits um Klarczyk loszuwerden, andererseits nur so, als Nachschub, merkte aber, daß mir fünfzig Mark fehlten. Es waren die einzigen Mittel, die ich überhaupt besaß, von meinem Verleger geliehen, dazu gedacht, mich noch wochenlang mit Bierchen zu versorgen. Ich starrte Klarczyk an.

Aber was sollte ich tun? Ich konnte ihn doch unmöglich verdächtigen. Wenn ich mich irrte, verletzte ich den schwierigen Menschen auf hundert Jahre! So suchte ich verzweifelt in meinen Taschen. Während ich jede Seiten-, Brust-, Innen-, Außen-, Hemd-, Jackett- und Hosentasche umständlich umstülpte, meckerte Klarczyk gegen die Deutschen. Egomanisch übersah er meine ganz spezielle Situation.

»Manchmal wünsche ich, ein Messer in der Hand zu halten und es in den Rumpf eines Faschisten zu schlagen. Im

Bundestag warfen die Grünen, die schmieriger und häßlicher sind als vor einem Jahr, die die wahren Faschisten sind, Helmut Schmidt vor, die Nachrüstung durchgesetzt zu haben – dabei haben sie genau deswegen ihre Wählerstimmen bekommen, diese Heuchler, dieses grüngewandete Totschlägerpack. Helmut Schmidt ist der letzte lebende Deutsche, den ich achte. Grüne sollte man auf der Stelle sterilisieren, damit sie nicht unwertes Leben produzieren. In Wackersdorf sollte man sie zusammenziehen und mit Gaspatronen beschießen, aber anderes Gas als Tränengas! Diese Schlagetote des Geistes, die Pascal nicht von Voltaire unterscheiden können, sind es nicht wert, daß man sie anders behandelt als die Bäume, die sie in ihrer geistigen Armut anbeten …«

Hatte er die fünfzig Mark genommen? Sicherlich war der Komplex ›Geld‹ genauso bedeutsam und mit Interpretationen aufgeladen wie der Komplex ›Sexualität‹ oder die Frage ›Individuum und Gesellschaft‹. Ein Wespennest, in das man da unvermutet stach. Ich versuchte, ihn zu der Frage zu bewegen, ob ich wohl irgend etwas suchen würde. Immer intensiver krempelte ich Taschen und Innenfutter um. Dazu stöhnte, schnaufte, wimmerte und fluchte ich. »Scheiße … das darf doch nicht wahr sein …« Mein Gegenüber ließ sich nicht vom Weg abbringen. »Frauen sind Gefäße, die man benutzt und wegwirft. Sie sagen immer, sie seien unterdrückt worden, nun denn! Unterdrückt, sagen sie. Seit Jahrtausenden. Und deswegen seien sie geistig zurückgeblieben. Dazu sage ich, vom rein intellektuellen Standpunkt aus, zweierlei: Auch das jüdische Volk wurde Tausende von Jahren unterdrückt! Sind die Juden deswegen jeweils dumme Gefäße geworden? Im Gegenteil! Jedes Gramm Unterdrükkung hat ihren Geist geschärft und weiter geschärft!«

Ich murmelte, daß er recht habe und daß sich sogar die in der Neuzeit arg unterdrückten Neger wieder hochrappelten.

»Eben. Zweitens handelt es sich bei den Frauen um Geschöpfe, die unterdrückt werden WOLLEN. Sie können sich überhaupt nichts Schöneres vorstellen. Schon Nietzsche wußte ...«

»Ja, ja, Nietzsche. Nun mach aber mal halblang. Du hast doch noch gar keine Frauen kennengelernt, um so etwas sagen zu können. Das ist doch alles voreilig.«

Er schwieg. Die Frauen wollten die Peitsche. Dreitausend Jahre Geistesgeschichte wogen mehr als individuelle Erfahrungen. Er verachtete mich ein bißchen.

Ich merkte, wie er beträchtlichen Unwillen, der sich gerade gegen mich bildete, heroisch niederkämpfte.

»Man muß guten Willens sein, sagt Schopenhauer mit allem Recht und allem Tiefsinn. Ich werde auf gewisse Dinge nicht reagieren, denn die Freundschaft unter Geistigen ist über Vulgäres erhaben. Ich werde diesen Aufsatz zu einer Flamme machen, die weitergetragen wird. Der Mann steht zur Frau wie Gott zum Menschen, steht in Paul Valerys ›Monsieur Teste‹. Das dürfte wohl Gültigkeit beanspruchen dürfen, nicht wahr?! Zuletzt las ich eine interessante Passage bei Kant, übrigens ein Mann, den ich nur deswegen nicht vollständig bewundere, weil die Welt, wenn sie nur aus kantischen Menschen bestünde, langweilig wäre.«

»Hübsch ausgedrückt.«

»Ja. Ich selbst – und da befinde ich mich nicht nur in Nachbarschaft mit Kant – habe eine Frau bisher noch nicht beschlafen; ich bin seit zehn Jahren geschlechtsreif. Ich habe die Gelegenheit oft gehabt, und man mag das für Angeberei halten, das ist mir gleichgültig.«

»Nein, nein, so was gibt es.«

»Nun – meine Vorbilder sind fastende Persönlichkeiten aus dem orientalischen Raum. Ich werde demnächst selbst mit dem Fasten beginnen.«

»Tu's nicht!«

»Man muß den Geist reinigen. Wer zu den Huren geht, von dem bleibt nicht viel übrig ... wo stand das, ach ja, bei Huysmans, in ›Gegen den Strich‹, ein hervorragendes Buch, Pflichtlektüre für den geschulten Geist, der ästhetisch zu empfinden vermag.« Klarczyk guckte wieder starr geradeaus ins Nirgendwo, auf einen imaginären Punkt in Kniehöhe der vor uns Stehenden, und lächelte satyrhaft. Sein Lächeln war böse, verbohrt, voller heimlicher Pläne, aber auch, je nach Blickwinkel, verschämt, schüchtern, gutmütig und kindsköpfig – das liebe Grinsen eines Pubertanten. Er bekam nie eine Erwiderung auf sein lächelndes Gesicht, denn *seine* Freunde verstanden die anderen in nicht *einem von* hundert Fällen. Deshalb grinste er immer heimlich, guckte verstohlen zur Seite oder hielt sich sogar die Hand vor den Mund. Ich sagte, er solle gewärtig sein, daß es genau solche Methoden wie das Fasten seien, die einen Menschen geistig unbrauchbar und reif für die Irrenanstalt machten.

»Das einzige, das mich interessiert, ist Klarheit. Absolute, von allen Schlacken gereinigte Klarheit. Thomas von Aquin etwa, der heilige Franziskus, die Häretiker, die Haschemiten des hinteren Orients ... das Mittel der körperlichen Läuterung hat eine Geschichte, die länger ist als die deinige oder die deiner Vorfahren. Irrenhaus! Ich bin irre! Mehr fällt den Leuten nicht ein, wenn sie mich sehen. Vorhin hat mir jemand gesagt, ich solle ihn nicht so ansehen. Ich solle ihn nicht ansehen. Ich würde so komisch gucken. Da hätte ich fast mein Glas gepackt und ihm ins Gesicht geschmettert. Ich ertrage es nicht, wenn man mich für verrückt hält. Weil die, die es tun, so unsagbar geistlos sind. Locke und Hobbes, die das Naturrecht vor das Gottesrecht stellten, schufen die verfassungsphilosophischen Grundlagen des modernen Staates im sechzehnten und siebzehnten Jahrhundert!«

Seine Miene hellte sich auf – ein Bekannter strich vorbei.

Klarczyk warf den Kopf hin und her, trat von einem Bein aufs andere, schwankte, lachte, rollte die Augen, riß den rechten Arm in die Luft, winkte. Dann rief er einen Gruß hinüber: »Einen schönen Gruß an Heribert!«

Der Bekannte drehte sich erschrocken zu uns und rätselte, wer von uns beiden das gerufen hatte. Anscheinend kannte er keinen von uns gut genug, um solch einen Gruß für möglich zu halten. Er nickte freundlich und ging schnell weg.

Mein seltsamer Zeitgenosse, der von Takt keine Ahnung hatte, marschierte zur Abwechslung alle Felder des Indiskreten ab. »Bald werde ich ein weibliches Wesen kennenlernen, und dann wird alles besser werden in meinem Leben, das steht sowieso fest. Meine Gefühle zu Evelyn sind dergestalt, daß ich mir über sie nicht im klaren bin, sie notfalls aber heiraten würde. Wie steht der Herr zur Sexualität? Tut er es oft mit den Frauen? Welchen Typ bevorzugt er ...?«

Ein Brillenmädchen mit eichenholzfarbenen, glänzenden Haaren lief vorbei und fiel ihm auf.

»... hat er mit ihr etwas gehabt? Der Konstitutionalismus verschont auch die Frauen nicht! Im Laufe der Jahrtausende ist der Gottesbegriff, ausgehend von animistischen, kabbalistischen und naturalen Vorstellungen, immer persönlicher geworden, bis er vor zweihundert Jahren zu einer – meiner Meinung nach dürftigen – Morallehre kantischer Prägung transzendierte. Frauen haben kein Verhältnis zum Glauben, sie sind selbst das Fleisch, das sich dem Zugang zu Gott entgegenstellt. Aber seit dem Verschwinden des Glaubens und der Religionen an sich fällt auch die spezielle Funktion des Fleisches weg; die Frauen sind betrogen um die metaphysisch-magische Komponente ihres Fleisches, um das Spirituelle ihrer Lenden. Der Religionswissenschaftler unterscheidet ja magische, metaphysische, mythische und atavistische Imagination, nicht wahr. Oder nehmen wir Gottfried Benn, dessen Lebensweg eines Intellektualisten die Bindung an eine Frau ausschloß. Sein zerspaltenes Ich …«

»Aber Benn war doch dreimal verheiratet.«

»… das besagt nichts. Wir können auch, wenn dir das lieber ist, den heroischen Nihilismus Ernst Jüngers nehmen.«

»Warum nicht ›Männerphantasien‹ von Theweleit?«

Er zuckte zusammen.

»Bitte??«

Es hatte ihm richtig weh getan, und ich dachte zum erstenmal, er habe wohl wirklich eine zarte Seele. Er rang sich unter Schnaufen zu Nietzsche zurück.

»Kulturkritik … das Dionysische und Apollinische … er ist ja immer falsch verstanden worden. Aber auch die Ethik des Protestantismus braucht sich hinter einer okzidentalen Rationalität nicht zu verstecken, schließlich geht es um nicht weniger als eine mechanische und organische Solidarität. In Kriegen begehen die Menschen seltener Selbstmord als in Friedenszeiten.«

Ein junger Mann mit gelben Streichholzhaaren, früher hätte man ihn für einen autonomen Punk gehalten, stellte sich zu uns. Er witterte wohl eine ›Diskussion‹, und das scheint junge Leute zu allen Zeiten anzuziehen; anders war es nicht zu erklären, daß er wie selbstverständlich, halb lachend, fragte: »Darf man ein bißchen zuhören?«

Das geht nur schief, dachte ich und stellte mich taub. Aber Klarczyk sagte neutral, er möge nähertreten.

»Ich bin übrigens«, fuhr er fort, »monetär zur Zeit in einer schlechten Verfassung. Ich könnte eine gewisse Unterstützung finanzieller Art sehr gut gebrauchen …«

Ich reagierte nicht.

»Aber nichts liegt mir ferner, als Menschen, die ich besonders wertschätze, um Geld zu bitten. Die Religionsgeschichte ist wie gesagt ein Teil der Wissenschaftsgeschichte und gewissermaßen nur eine Episode, ein zänkisches Zwischenspiel der Menschheit, eine fast überflüssige Schrulle. Was Demosthenes vor zweieinhalb Jahrtausenden entwikkelte, zählt mehr als die dämliche Scholastik des Mittelalters. Richtig verstanden hat das von den Deutschen als erster Hegel.«

»Du hast Hegel gelesen?«

Ich traute ihm vieles zu, aber DAS nicht. Klarczyk ging darüber hinweg, während der arme autonome Zuhörer den Kopf schüttelte.

»In meinem Aufsatz vom Ende der Dialektik werde ich ausführen, warum die moderne Soziologie von einem anderen Ausgangspunkt als dem des Sakralen und Profanen ausgehen muß. Alle anderen Welten als die bestehende sind von Gott bereits verworfen worden. Ich selbst schätze ja Dürkheim sehr. In ›Der Sonnenstaat‹ sagt Campanella, man könne sich nur selbst erkennen, wenn man ...«

So ging es auf und ab. Der Zuhörer machte mir Zeichen, ich solle den Mann stoppen. Als ich es nicht tat, beugte er sich vor und flüsterte mir ins Ohr, ich würde ein Gesicht machen, als sei ich in Gedanken ganz woanders. Ich sagte, das stimme wohl, sei aber nicht meine Absicht. Meine Absicht sei es, diesem exquisiten deutschen Intellektuellen zuzuhören. Der Punk drehte sich auf dem Absatz um und war im selben Augenblick im Gewühl verschwunden – ich sah ihn nicht mehr, werde aber das Verlöschen in seinem Gesicht bei den Worten ›Intellektueller‹ nicht vergessen.

»Auch Bacon hat schöne Sachen geschrieben, ein Verfassungstheoretiker der ersten Garde. Colberts Merkantilismus führte zur umfassenden Nationalökonomie Turgots und zum Begriff der Monade bei Leibniz: Was wäre wohl bitte schön aus Marx geworden, wenn er nicht auf der Nationalökonomie hätte aufbauen können?«

»Wahrscheinlich ein Streuner, der seine Frau schlägt.«

Er runzelte die Stirn, sprach von Frauen, die geschlagen

werden WOLLEN, äußerte die Vermutung, Marx habe zuviel Hume gelesen, zitierte Brodin, schwenkte auf Descartes, streifte den Skeptizismus, verhedderte sich bei Baudelaire. Die Reise ans Ende der Nacht war angeblich sein Lieblingsbuch. Es gebe Frauen, die wollten nur töten. Die ideale Beziehung zwischen einem intellektuellen Mann und einer Frau sei die ›liaison dangereuse‹, wo beide Teile sich wie Bluttiere auf Dritte werfen würden, auf Opfer. Dann sprach er wieder davon, daß er bald eine Freundin haben würde und daß dann alles besser werden würde und daß er kooperieren wolle. Evelyn wollte er heiraten, aber die Frauen hätten ihn so gedemütigt, daß er, wenn er ihr Fleisch sehe, Phantasien der Aggression in sich verspürte.

»Vielleicht solltest du dich eine Zeitlang nur um Mädchen kümmern und die Bücher vergessen. In deinem Alter können sie sehr nett sein, diese lustigen Wesen.«

»Sie sind dumm. Un-vor-stell-bar dumm.«

»Klug bist du doch selbst schon. Wozu das noch suchen?«

»Sie lachen über mich. Sie sind grausam, ordinär, hemmungslos, sadistisch, brutal. Brutal wie Henker.«

Ich wußte nicht, wie ich ihm helfen sollte. Sein Bücherschrank hatte ihm das Gehirn verstrahlt. 3500 Becquerel pro Gehirnzelle mit einer Halbwertzeit von mindestens sechzig Jahren schränkten seine Aktionen bis ins nächste Jahrtausend erheblich ein. Er tat mir leid. Er war ein netter Kerl.

»Schade, daß du so leiden mußt.«

Evelyn kam natürlich nicht mehr zurück, die hatte sich von einer Prätorianergarde von Fans schützen lassen und wollte vom armen Klarczyk nichts wissen, der mich treuherzig fragte:

»Glaubst du, daß Evelyn von mir beeindruckt ist?«

Ich überlegte, ob ich mir die fünfzig Mark wiedergeben lassen sollte. Aber es war nicht zu machen.

Klarczyk verabschiedete sich zum x-ten Male und ging dann wirklich. Ich glaube, er tat es, weil ich zum erstenmal spöttisch die Mundwinkel verzog, als er die Abschiedsformeln intonierte. Es würde alles besser werden, die Wende sei da, sein verpfuschtes Leben drehe sich dem Lichte zu, und so weiter. Sein Oberkörper zuckte. Die strichförmigen Lippen aufeinandergepreßt, die schwächlichen Arme ängstlich am Körper, ruckelte er weg, der letzte Intellektuelle unserer nachgeborenen Jugend.

Armer Klarczyk, dachte ich. Wenn ich über ihn schrieb, dann mußte es ein Roman mit Happy-End werden, mit vielen Mädchen, überraschenden Glücksfällen, mit einer linearen Glückszunahme. Ich konnte ihn ja die schlimmsten Prüfungen bestehen lassen! Erst mußte er mit seinen fürchterlichen Aggressionsphantasien fertig werden ... mit Hilfe einer verstörten, gänzlich unerfahrenen Masochistin aus der Nachbarschaft, die selbst so unglücklich ist wie er, dazu noch häßlich, hinkend, schielend und unsicher. Die mußte er dann durch ein Mißgeschick kennenlernen – der Lift bleibt stehen, der Strom fällt aus, sie rumpeln im Keller beim Fahrradabstellen aufeinander, und sie verletzt sich dabei – und anschließend total verachten. Ich konnte ihn sie quälen lassen, immer wieder, seelisch, monatelang, nach allen Regeln der bösesten Phantasie, und dann ließ ich es umschlagen. Verbundenheit kam auf, stilles Mitfühlen. Ein Dritter behandelte sie schlecht, schon durchwühlen ihn solidarische Gefühle. Er selbst wurde immer normaler und bekam immer bessere Mädchen. Seine Klugheit zeichnete ihn vor allen anderen aus. Er bekam einen Spitzenjob beim angesehendsten Verlag Kontinentaleuropas, verdiente viel Geld, gründete eine Werbeagentur, setzte sieben Kinder in die Welt, schrieb heimlich avantgardistische Theaterstücke, die zum Überraschungserfolg in Wien und Bochum wurden, hielt sich mehrere Geliebte, hatte Kontakte mit dem

Schriftstellerverband der DDR, wurde nach Leningrad eingeladen, betätigte sich schließlich parteipolitisch und wurde zur Leitfigur einer neuen, friedensbewegten Jugend. Er, nur er, verstand es, auch komplizierte intellektuelle Zusammenhänge mundgerecht auf kurze Formeln zu bringen, etwa sein berühmtes ›Dennoch‹ in seiner Rede zur Jahrtausendwende. Ja, das war er, mein: ›Klarczyk‹.

Aber dann fühlte ich wieder, daß es nichts werden würde. Niemand wollte etwas über unterdrückte Intellektuelle lesen, alle wandten sich entsetzt ab wie der Mann mit den gelben Streichholzhaaren. Vor allem mein Verleger. Der würde mich nur schief ansehen, wenn ich ihm davon berichtete. Von allen Argumenten für oder wider stach aber Klarczyk selbst: Er war zu verletzlich für einen Roman über ihn, so glücklich er auch endete. Man durfte nicht über lebende Menschen schreiben, noch dazu welche, die man gern hatte.

Das Verhältnis zu meinem Verleger schien ein bißchen besser geworden zu sein, jedenfalls durfte ich ihn in seinem Penthouse besuchen, über den Dächern der Südstadt war das. Ich brauchte diesmal einfach Geld, was jeder verstehen wird, ich würde nicht davon reden, aber für mich wurde es so brenzlig, daß nahezu alles davon abhing.

Dort, über den Wolken, weit oben, über allen Streitigkeiten, mußte es doch zu schaffen sein. Der Himmel war blauer als blau, Vögel flogen stumm im Geleitzug an uns vorbei, in Augenhöhe, nur die Hitze drückte. Ich wußte inzwischen, daß ich keinen Intellektuellenroman schreiben wollte. Gewiß, Gesappel beruhigte mich, aber wie sollte ich das dem Leser erklären? Dreihundert Seiten ›HIRNK(R)AMPF‹, von mir aus gern, von Napoleon bis Mallarmé, Theodor Fontane bis Herbert Kremp, das sagte ich auch dem Verleger, und zwischen den Zeilen immer die ungeheuren Diskriminierungen durch die ignorante Gesellschaft, tja. Aber ich konnte es nicht, weil Klarczyk mir leid tat. Projekt gestorben also. Der Verleger mahlte kritisch mit den Zähnen. Ich wußte nicht, ob er das Projekt ohnehin für eine Schnapsidee gehalten hatte und jetzt über meinen Geisteszustand grübelte oder ob er an dem neuen Trend schmeckte: Antiintellektualismus in der BRD. Schließlich sagte er, ich sollte ihm diesen Klarczyk einmal vorbeischicken. Ich gab zu bedenken, daß ich aus bestimmten persönlichen Gründen das Buch ohnehin nicht schreiben wollte. Ich wüßte auch nicht, ob das Thema wirklich dreihundert Seiten tragen würde, vielleicht solle man lieber eine Anthologie herausbringen, mit einem Vorwort von Richard v. Weizsäcker, und dafür würde ich dann gern etwas arbeiten. Was Klarczyk anbetreffe, so sei er sehr belesen.

»Sein Lieblingsautor ist, glaube ich, Ortega Y Gasset. Sie kennen doch ›Aufstand der Massen‹? Zumindest das sollten Sie vorher noch gelesen haben, sonst redet Ihnen dieser Knabe ein Loch in den Bauch.«

Dem Verleger schmeckte der Parmaschinken nicht mehr.

»So einer braucht jemand, der ihm mal gründlich die Meinung sagt! Dem muß man sagen: Stopp, Junge. Jetzt redest du überhaupt nichts mehr. Weil das alles Scheiße ist, was du redest. In deinem Alter redet man nicht, sondern hört zu. Basta.«

»Und dann?«

»Nichts ist dann! In jeder Siedlung gibt es so einen Spinner, aufs ganze Land regelmäßig verteilt. Wenn du nachts durch die Straßen gehst, kannst du's nahezu sehen: Alles schläft, nur irgendwo brennt noch ein Lichtlein, und das ist dann der ortsansässige Spinner, der Bücher liest und Unfug redet.«

Das gab mir zu denken. Im Grunde konnte ich Intellektuelle auch nicht leiden. Diese Brüder hatten doch alle keine Ahnung vom Leben. Und wenn man noch bedachte, daß sie allesamt meinten, klüger zu sein als andere Sterbliche …

»Noch ein Schlückchen?«

»Ja, danke.«

Ich mußte das mit dem Geld nun sagen. In knappen Worten umriß ich den Stand der Dinge: nicht mehr aufschiebbare Schulden im Lokal, bei Freunden, in der Reinigung, beim Bäcker. Ich besaß keine Rasierklingen mehr. Mangels Nahrung schwitzte ich zu oft und zu sehr – bei der Hitze doppelt unangenehm. Wenn ich, mit einem Wort gesagt, kein Geld bekäme, müßte ich die Stadt verlassen.

»Dann verlassen Sie die Stadt.«

Ich starrte ihn an. Er sah selbstzufrieden, ungerührt, bokkig aus. Die Mundwinkel heruntergezogen, blinzelte er in die Sonne, mehr liegend als sitzend. Er wirkte eigentlich stets jünger als er war, was an der wilden, krausen Ponyfrisur lag, ein Toupet, nebenbei bemerkt, aber ein sehr teures, wirklich perfektes. Weite Hosen, Hawaiihemd, lockere Haltung, er lag, wie gesagt, mehr, als er saß. Ich meinte, ich müsse doch erst mein Buch fertigschreiben, ehe ich die Stadt verlassen könne.

»Welches Buch?«

»Darüber wollte ich mit Ihnen reden. Ich habe an dem Porno, äh, an dem Buch mit den Stellen mit dem minderjährigen Mädchen, an dem Thriller über Sinnlichkeit und gesellschaftskritischer Verstrickung also, Sie wissen doch, ›Pixie‹, durchaus weitergearbeitet und bin da ganz zuversichtlich. Das ... wird noch was. Ich glaube, daß es Ihnen gefallen wird.«

»Dann fahren Sie nach Hamburg, und schreiben Sie das Ding ordentlich zu Ende.«

Seine gutaussehende Freundin, die seine Tochter hätte sein können, huschte schlaftrunken über die Sonnenterrasse, schüttelte sich die Haare und verschwand grußlos. Der Verleger rief ihr nach, sie solle noch etwas Kaffee bringen, aber sie dachte nicht daran. So drehte er den Kopf wieder zur Sonne, wobei seine Arme unverrückt auf den langen Holzlehnen des Spezialsessels lagen.

»Kennen Sie eigentlich Alberto Moravia ...«

Er begann wieder über Literatur zu erzählen, wogegen ich nichts hatte, zumal mich die Sommerluft ganz müde machte. Ich merkte, daß dieser Mann für sein Leben gern erzählte und daß ich auch genau deswegen hier sitzen durfte. Geld bekam ich keines.

Nur: Ich hatte nicht geblufft. Ich mußte wirklich Reißaus

nehmen, wenn ich kein Geld erhielt. Fassungslos schüttelte ich dem Mann, der immer so gut gegen mich gewesen war, beim Abschied die Hand.

»Alles Gute in Hamburg!«

Ich ging, drehte mich noch einmal um und sah, daß er mir voller Freundlichkeit und Wärme hinterherguckte. Es war kein Trick. Ich sollte tatsächlich weggehen. Es hatte alles seine Richtigkeit.

Ich brauchte drei volle Tage, um mich von der Stadt fortzureißen, wobei ich hauptsächlich mit Bäckern, Waschfrauen, Gastronomen und Zeitungsmädchen zu kämpfen hatte. Dann war ich wieder in der nordeuropäischen Hafenstadt, auch dort ohne Geld, was der arme Verleger ja nicht ahnen hatte können. Ich hatte Lust auf eine Hafenrundfahrt, mir fehlten die Groschen dazu. Auch ein Taxi konnte ich nicht bezahlen, den Weg zur mittelalterlichen Absteige legte ich, meine Siebensachen schleppend, zu Fuß zurück. So sehr ich mich freute, ein weiteres Mal dic Deutsche Bundesbahn, also deren Angestellte, also das IC-Team unter Zugleiter Krenz, überredet zu haben, zu einer Stundung nämlich, also dazu, mich als normalen Reisenden zu akzeptieren, der seine Brieftasche vergessen hatte – so sehr betrübte mich die neue Lage, in der ich steckte. Im Laufe meiner Abwesenheit hatte sich die Innentemperatur meiner Studierstube empfindlich erhöht; sie lag nun nahe dem Entzündungspunkt für morsches Holz.

Konnte Gott von mir verlangen, daß ich wieder von vorn anfing, in dieser Lage, ohne Geld, und den ›Porno‹ verfaßte? O ja, das konnte er. Ich spürte förmlich, wie er mich am Nacken packte, mich auf den wackeligen Stuhl vor die treue Schreibmaschine setzte und zu schreiben befahl. Schweißüberströmt trieb ich tatsächlich einen Satz auf das wellige, knochentrockne Papier.

Aber dann erinnerte ich mich – und auch das konnte ja

eine Eingebung des Weltenlenkers gewesen sein – an den alten Herrn Hummel.

Der alte Herr Hummel war ein Mann, den ich vor vielen Jahren einmal gekannt hatte, weil wir im selben Haus gewohnt hatten. Wir waren Nachbarn gewesen. Viele Jahre hindurch. So etwas, dachte ich, sollte doch verbinden. Was konnte der alte Herr dagegen haben, wenn ich ihm, nach so langer Zeit, in der ich ihn in keiner Weise belästigt hatte, einen Besuch abstattete? War es nicht geradezu meine Pflicht, das zu tun, endlich? Immerhin hatte ich ihn einmal gern gehabt, und auch er war damals immer freundlich zu mir gewesen. Wer sonst konnte mir jetzt einen Rat geben?

Am nächsten Tag ging ich hin.

Man wollte ja in Frieden mit seinen Nachbarn leben. Niemand wußte das besser als der alte Herr Hummel. Schon im Alter von achtzehn Jahren, bei Erreichung der Volljährigkeit, hatte sich dieser Mann, der nie eigentlich ein – gemeiner – Mann war, sondern immer ein Herr, eine Bewegungsarmut angewöhnt, die auf seine Altersgenossen lächerlich wirkte; man sprach davon, er habe sich zur Ruhe gesetzt. Mit achtzehn. Der Junge sah auch immer älter aus, als er war – steinalt, uralt sah er aus, unbeschreiblich seltsam alt! Vielleicht lag es daran, daß sein Vater ihn in einem Alter gezeugt hatte, in dem man sonst ans Sterben denkt: Die Sechzig hatte der Vater vom alten Herrn Hummel schon weit überschritten damals. Er lebte aber noch und beging gerade den neunzigsten Geburtstag, als ich bei Sohnemann mal wieder vorbeischaute.

Den alten Herrn Hummel zu finden war nicht schwer. Er wohnte da, wo er sich mit achtzehn zur Ruhe gesetzt hatte, in einer großen, alten, verkommenen Wohnung im Studentenviertel für 490 Mark Kaltmiete. Alte Bäume verpflanzt man nicht. Für mich war es wichtig, wieder einen ruhigen, integren Menschen zu sprechen. Hummel mit seiner Glatze, den fehlenden Zähnen, dem gebeugten Gang, der abgewetzten Altherrenweste ... ich erinnerte mich gut. Sicher hatte er sich keinen Deut geändert. Er mußte inzwischen so langsam auf die Dreißig zugehen. Niemals in meinem ganzen Leben hatte ich ein unfreundliches Wort aus diesem konturenlosen Mund gehört ... und wir waren lange Jahre Nachbarn gewesen. Auf der Treppe sah ich ihn nie, nur seine Frau, die damals noch lebte, ich meine, die damals noch bei ihm lebte. Ihn sah ich nur im Türrahmen. Wenn ich geklingelt hatte, um mir etwas Zucker auszuleihen.

Das waren schöne Zeiten gewesen, mit dem alten Herrn Hummel und mir, als wir noch Nachbarn waren. Ich erinnerte mich plötzlich, als ich das dunkle Treppenhaus betrat, als wäre es alles erst gestern gewesen. Ich selbst führte damals ja das Leben eines ernsten, jungen, schreibenden Mannes, der, genauso wie der alte Herr Hummel, vor allen Dingen RUHE brauchte. Allerdings schrieb ich auch, während der alte Herr Hummel keinen rechten Grund für seine Zurückgezogenheit hatte. Oder doch? Niemand hatte ihn je gefragt, ob er eine Profession habe. Ob er in den eigenen vier Wänden irgend etwas herstellte. Ob er den lieben langen Tag, Stund um Stund, Jahr für Jahr, etwas MACHTE. Man spekulierte durchaus darüber. Einige meinten, der alte Herr Hummel sei Millionär; sein noch älterer Vater habe ihm Millionen hinterlassen, schon jetzt, zumindest die Zinsen davon. Seit neun Jahren lebte Hummel demnach auf den Tag hin, an dem er erbte. Andere sagten, so reich könne die Familie nicht sein; da gab es zwar eine Zahnarztpraxis, aber die war seit 1925 nicht mehr renoviert worden. Der neunzigjährige Zahnarzt verfügte, sagten einige, nur noch über wenige, ebenfalls bereits nicht mehr junge Patienten, die er persönlich zu Hause aufsuchte, da diese nicht mehr fortbewegungsfähig waren. Die Praxis in der Stadt – seine Patienten wohnten alle auf dem Lande und zahlten oft mit Naturalien – hatte somit wenig Betrieb. Nur die Neukundschaft wurde da behandelt. Beim Anblick des angeblich mit einem Benzin-Strom-Notaggregat betriebenen Handbohrers, stammend aus den Jahren unmittelbar nach Ende des Zweiten Weltkriegs, als die Stromversorgung unzuverlässig war, wurde den Neupatienten, meist jünger als der Arzt, mulmig. Insgesamt mochte es so schlimm nicht gewesen sein; die Wirklichkeit ist ja stets humaner als die Vorstellung. Sicher lief der Zahnarztbetrieb halbwegs normal ab. Aber ob es dazu reichte, Millionen anzuhäufen?

Es blieb auf jeden Fall eine knappe Rechnung. Wer konnte wissen, wann der Vater starb? Der wirkte rüstig wie Luis Trenker. Der wurde immer rüstiger. Zuletzt hätte er beinahe eine gräßliche Familientragödie heraufbeschworen, die gerade noch einmal abgewendet werden konnte: Er hatte sich in eine sechzig Jahre jüngere Frau verliebt, war mit ihr nach Mallorca geflogen und hatte begonnen, das Geld durchzubringen. Die Patienten rotierten in ihren Rollstühlen. Die Ehefrau, auch die gab es noch, saß wie paralysiert vor dem Familienrat. Tonlos und stumm saß der alte Herr Hummel, also der Sohn, der Mutter und dem Bruder zu Gericht. Was tun? Ein Vierteljahr geschah gar nichts. Familie und Patienten hielten den Atem an. Neunzig Jahre Arbeit und Sparen rannen durch die Sanduhr. Sicher war die Hälfte schon weg. Schließlich schickte die Familie den alten Herrn Hummel, meinen Nachbarn, dem Vater hinterher.

Mir schwante schon Böses. Nun entdeckte auch der Sohn das Leben, dachte ich. Es kam zum Kampf zwischen Vater und Filius, um das junge Flittchen natürlich, und bei diesem Kampf sah mein Bekannter schlecht aus, dachte ich. Gegen den rüstigen Luis Trenker hatte er doch keine Chance.

Aber – es kam anders, und das mit Grund. Hummel beendete das Drama, brachte den Vater zurück und zur Vernunft.

Denn so war er, der alte Herr Nachbar. Weise, besonnen, vernünftig. Durch ihn wurde die Welt wieder ganz. Zerrissenheit und Elend, Übermut und Unverstand, Entfremdung und kleinherzige Verzweiflung bestanden nicht vor seinen weisen, alten, kreisrunden, wasserblauen, gütigen Rentneraugen. Auch der Vater hatte seine Grille sofort eingesehen. Ein Teil des Vermögens konnte gerettet werden.

Ob es reichte für den bewegungsarmen Nachkommen? Womöglich ging es aber gar nicht darum. Womöglich verdiente er die ganze Zeit heimlich Geld? Das Gerücht ging, er besitze ein Fotoatelier in der Stadt und/oder eine Dunkelkammer in der ohnehin dunklen Hummelwohnung. Er sei Fotoassistent bei einem Fotografen. Aber dann hätte man ihn doch einmal im Treppenhaus beim Gang zur Arbeit erwischt? Theorie verworfen. Fest stand nur, daß er eine betagte, klapprig-schwere Spiegelreflexkamera besaß, mit der er, aus seinem Fenster im zweiten Stock heraus, auf die Straße knipste. Das tat er regelmäßig. Offensichtlich hielt er es für richtig, die Zeit zu dokumentieren; womöglich nicht nur mit Fotos – man wußte es nicht.

Theorie Nummer drei war, daß ihn seine Frau unterstützte. Sie hatte ihn wohl verlassen, jedoch: Niemals würde ein Mensch diesem armen alten Herrn Hummel WIRKLICH böse sein können. Das Herz mußte der Frau dabei gebrochen sein, so sehr, daß sie ihn von da an für alle Zeiten unterstützte. Tatsächlich gehörte die Frau einer der ersten Familien der Stadt an. Jedes Jahr fuhr sie ein neues Auto, jedesmal ein schickeres und eleganteres. Ihr Vater stand ständig in der Zeitung und so weiter – über IHRE Vermögensverhältnisse bestand kein Zweifel. Da sie auch noch eine Schönheit war, konnte ihr Engagement ohnehin nur aus Mitleid gespeist werden. Warum dann nicht auch Geld geben, von dem sie sowieso zuviel hatte? Ganz einfach: Weil

Hummel das nicht angenommen hätte. Eher wäre ein Kamel durch ein Nadelöhr gegangen.

Nun lebte dieser rührende alte Mann nachweislich in peinlicher Geldknappheit. Man sah, daß er nicht einmal die paar Mark hatte, um mehr als ein Zimmer zu heizen, um mehr als ein Paar Schuhe zu besitzen. Er mußte, und das macht die Lage klar, sogar ein Zimmer untervermieten – an einen lauten, unsensiblen Studenten. Anders hätte er die 490 Mark nicht zusammengebracht. Wie mußte er gelitten haben ...

Ich hatte bereits unten geklingelt, um ihm Zeit zu geben, aus dem Ohrensessel zu kommen. Sicher wollte er sich ein bißchen berappeln, bevor er in die Pantoffeln fuhr und sich auf den Weg zur Tür machte. Er war immer gut zu mir gewesen. Wenn ich einmal Zucker von ihm brauchte oder eine Kneifzange, oder wenn das Telefon ausgefallen war... meistens traf ich seine Frau im Treppenhaus, die im Winter jeden Morgen zwei Briketts aus dem Keller holte. Was aus ihr wohl geworden war? Und aus dem unsympathischen Studenten? »Hallo ...« Der alte Herr Hummel hatte sofort geöffnet. Ich hechtete die vertrauten und häßlichen Betonstufen hoch. Hummel war sofort hocherfreut, ja überschwenglich angetan. Plötzlich fiel mir ein, daß er im Grunde gar nicht soviel Ursache hatte, mich zu mögen. Seine Frau nämlich war damals, ich sagte es schon, eine erregende Erscheinung gewesen, und ich war jung in jener Zeit, knapp zwanzig, wie sie, und wir, nein, nur ich, na ja ... ich hatte sie beeindrucken wollen. Ich hatte keinen Erfolg gehabt, aber allein die Versuche waren ... scheußlich gewesen, und was noch schlimmer war, sie waren zahlreich und nicht nachlassend gewesen, über Jahre. Es wäre ja nichts dagegen zu sagen, wenn ich es einmal versucht und dann, ganz Gentleman, für ewig gelassen hätte. Aber nein: Ich mußte die Erregende sommers wie winters im Treppenhaus und im Kohlenkeller belästigen. Nicht, daß ich sie angefaßt hätte, nein, niedriger: Ich verwickelte das schwarzhaarige Mädchen mit den großen roten Lippen in Diskussionen um – Hummel. Sie sei doch zu jung für ihn, das Leben könne doch nicht schon zu Ende sein. Auch ich sei noch jung, ja, wir beide seien es, der alte Herr Hummel aber sei es nicht. Ob sie nicht sähe, daß er zu alt für sie sei? Ob sie nicht seine Glatze abstoßend fände? Und so weiter. Furchtbar.

Hummel schüttelte mir heftig die Hand. Sie war übertemperiert, zu weich und zu warm, gutartig aber und aufgeregt. Keine gesunde Hand, eine alte Hand. Er schüttelte und schüttelte, wie ein Kreml-Fürst früherer Tage. »Ich freue mich … das ist ja sehr, sehr nett …« Wenigstens sein Gesicht war nicht mehr so greisenhaft wie vor fünf Jahren, als ich ihn zuletzt gesehen hatte. Keine Tränensäcke mehr, keine grüne Farbe. Die letzten Haare, die ihm in einem Kranz um die Glatze gewachsen waren, hatte er abgeschnitten, also auf eine korrekte Länge geschnitten – früher hingen ihm die letzten Zotteln unschön in den Kragen. Ja, er wirkte sauberer und gesünder als damals. Von der knochenlosen, wabbeligen Opahand abgesehen, war er, es fällt einem kein passenderes Wort ein, besser auf dem Damm als zu der Zeit, als seine Frau ihn noch pflegte. Es fehlte nicht viel, und er hätte wieder auf den Seniorenball gehen können. Er bat mich einzutreten.

Ich war verblüfft. Die Wohnung war renoviert worden. Hell leuchteten die einst dunkelgrünen, dunkelbraunen Tapetenwände. Helles Parkett auch die Fußböden, die früher mit vergammelten Perserteppichen überdeckt gewesen waren. Neue Möbel hatte er sich nicht leisten können; die alten erkannte ich wieder. Über einigen lagen weiße und hellblaue Tücher. Das Bett schien frisch bezogen. Statt muffeliger Rentnerluft atmete ich kühle, zugige, italienische Luft, sauerstoffreich, unverbraucht. Wir gingen in das große Zimmer und setzten uns.

»Kann ich dir vielleicht einen Kaffee anbieten?«

»Ja, das wäre nett.«

»Genau, so machen wir es«, freute sich der Gastgeber, »das paßt mir sowieso, es ist nämlich gerade Kaffeezeit.«

Jetzt, um genau halb fünf Uhr, trank der alte Herr Hummel immer seinen Kaffee. Seine Mutter pflegte stets, wenn sie davon erfuhr, denselben Satz dazu zu sagen: Junge, wenn ich um diese Zeit noch Kaffee trinken würde, könnte ich nachts nicht einschlafen. Hummel erzählte mir das. Ich lachte.

Nun hatte ich Angst, er müßte sich schon wieder erheben und zur Küche gehen, des Kaffees wegen. Ich wollte ihm helfen.

Aber er schaffte es alleine. Erstaunlich frühzeitig kam er aus der Sitzlage wieder heraus, stützte sich nur kurz ab und fand schnell die richtige Richtung zur Flurtür. Wenig später hörte ich ihn in der Küche werkeln.

»So ...«

Mit einem kleinen Holztablett kam er zurückgezittert. Darauf standen ein Kessel mit lauwarm erhitztem Wasser, ein Glasschälchen Zucker, zwei gesprungene Tassen und eine Plastikdose mit Instantkaffee-Pulver.

»Na, der Student wohnt ja wohl nicht mehr bei dir?«

Hummel fiel beinahe der Blechlöffel mit dem Instantpulver aus der tattrigen Hand.

»Brinckmann ... ich habe gefleht, daß er nie, nie, nie wiederkommt ... daß er weit, weit weg fährt und ...«

Er schüttelte das alte Haupt. Es sei ihm ein Rätsel, wie das alles habe kommen können. Manchmal bilde er sich vor seinem geistigen Auge ein, dieser Brinckmann sei noch immer da, und er höre ihn förmlich in dem vermieteten Zimmer auf und ab stampfen und schnaufen und in die Schreibmaschine hämmern. Zu Tode erstarrt sei er dann, der alte Herr Hummel. Auf Zehenspitzen nähere er sich dem grauenerregenden Zimmer dann und luge um die Ecke. Ja, und er sei nicht da, WIRKLICH NICHT DA, eine Entdeckung, die ihn immer wieder glücklich mache.

Wenn man ihn erzählen sah, lebhaft und augenrollend, mochte man ihn jünger schätzen als sonst. Sprach da nicht ein noch frischer Endfünfziger, ein Mann, der womöglich noch mit beiden Beinen im Berufsleben stand, ja, vielleicht sogar ein Endvierziger, der den Lebensabend noch lange nicht erreicht hatte? Natürlich hätte man sein tatsächliches Alter immer noch nicht erraten – er war 28 Jahre und neun Monate alt –, aber für einen Rentner hielt ich ihn zumindest in diesem einen Moment nicht. Luis Trenker sah dagegen alt aus plötzlich. Ich konnte mir mit einem Male vorstellen, daß er mit seiner Frau noch lange gut zurechtgekommen wäre. Warum war sie ausgerechnet jetzt verschwunden? Ich fragte natürlich nicht direkt. Scheinbar gedankenverloren fragte ich ihn, wann er Cornelia eigentlich kennengelernt habe.

»Cornelia? Das weißt du nicht? Das mußt du doch wissen. Im Wilhelm-Gymnasium.«

Ich hatte das vergessen. Man konnte so etwas auf Dauer nicht behalten, geschweige denn glauben. Die beiden waren in dieselbe Klasse gegangen!

»Ja, begonnen hatte es, als wir, Stephan Ohrt und ich, wieder einmal durchgefallen waren …«

»In welcher Klasse war das?«

»Moment mal … das war … in der berühmten 9b, ja, natürlich. Das war ein großer, neumodisch-moderner Raum, du weißt ja, dieser Bungalow-Stil, große Fenster, Klinker. An der Fensterseite und an der Wandseite waren Zweier-Bänke. Und in der Mitte – damals hatte man noch große Klassen, mit 35 und mehr Schülern! –, in der Mitte gab es Vierer-Doppelbänke. In der letzten Viererreihe, direkt neben der Tür, um immer schnell entschwinden zu können, saßen wir: Cornelia, ich, Stephan Ohrt und Nici.«

»Toll.«

»Wir vier hielten uns für die Größten.«

Ich fragte ihn, wie Cornelia, seine spätere Frau, damals denn war.

Der alte Herr Hummel sah aus dem Fenster, in die Weite. Es war eine Frage, die ihn in seine früheste Jugend katapultierte, die er aber ohne wirkliche Mühe beantwortete.

»Sie war: unsicher.«

»Und war sie damals auch so anziehend?«

Der alte Freund schluckte. Er schlug ein anderes Thema an, oder besser gesagt, er ergriff die Initiative. Er war nämlich nicht der Mann, der sich für Intimitäten eignete.

»Hast du übrigens gewußt, daß sie es geschafft hat?«

Er sah mich bedeutungsvoll an. Ich wußte nicht, was er meinte.

»Was hat sie geschafft?«

»Na, sie ist die einzige von uns allen, bei der man sagen kann, daß sie ... es geschafft... hat.«

»Ach so.«

»Ja.«

»Was ... äh, tut sie denn so?«

»Sie ... tut die Dinge, die sie immer schon zu tun im Sinn gehabt hatte ... und es beginnt jetzt, daß es langsam konkrete Formen annimmt. Also, daß sie davon ihren Lebensunterhalt bestreitet. Es ist, wie gesagt, gerade am Entstehen. Man muß noch sehr vorsichtig sein. Der Anfang ist jedenfalls gemacht.«

Was mochte der alte Herr Hummel meinen, daß seine frühere Frau tue? Berufstätig sein? Gedichte verkaufen? Autofahren? Frei sprechen?

»Und was sagt der Frauenarzt dazu?«

»Was?!«

»Ach – es hat also nichts mit Kinderkriegen zu tun?«

»O nein! Sie malt Bilder!«

»Ah ja. Na – das ist aber ein reizendes Metier, sehr interessant, meine ich.«

»Ja, wirklich.«

Nun kamen wir allmählich ins Plaudern. Der Gute erzählte mir die tragische und ergreifend schöne Geschichte von einem gemeinsamen Bekannten, der vor vielen Jahren in die Stadt London aufgebrochen war, um sein Glück als Musiker zu versuchen. Und von dem man nun erste Nachrichten gehört hatte.

»Nun, und wie geht es ihm?«

»Moment, alles der Reihe nach. Zuerst muß ich dir die ganze Geschichte erzählen. Es begann alles damit, daß der gute Junge ein sogenannter Londoner Verkehrszähler wurde, ein ›traffic counter‹ ...«

Obwohl es kühl war bei Hummel, eine Temperatur wie aus anderen Zeiten und Epochen, begann ich wieder aus Entkräftung zu schwitzen. Ein nasser Film legte sich auf meine Haut, was mir peinlich war. Ich hatte meine besten Sachen angezogen, um zu erreichen, daß mein Zehntagebart, der mangels Rasierklingen wuchs, nicht als Verwahrlosung erkannt wurde, und nun das. Der alte Herr merkte prompt, daß etwas nicht stimmte, wurde selbst unruhig und fragte schließlich, ob mir nicht gut sei.

»Doch, ja, laß nur ... ich weiß auch nicht ... so besonders gut geht es mir wohl nicht, wirklich nicht. Aber laß dich davon um Gottes willen nicht stören.«

Jeder andere wäre nun in mich gedrungen, hätte entsetzt gefragt, was los sei, hätte DAS GUTE GESPRÄCH begonnen, die Daumenschrauben angesetzt, die Hausapotheke geöffnet – nicht so der alte Herr Hummel.

»Ja, wenn das so ist ... also er wurde Verkehrszähler im Traffic Office der Stadtverwaltung. Viel Geld gab es dafür nicht, und zumindest in der wärmeren Jahreszeit ...«

Ich unterbrach ihn. Ich dachte, wenn ich schon gekommen war, ihn um einen Rat zu fragen, dann sollte ich es jetzt tun. »Entschuldige, Hummel, ich muß noch mal kurz unterbrechen. Bevor wir ins große Erzählen kommen – auch ich habe da einiges auf Lager –, möchte ich, äh, wollte ich mit dir noch etwas besprechen, etwas, sozusagen Persönliches.«

Er rollte mit den Augen, und sein Greisengesicht bekam babyhafte Züge, so daß ich fast gelacht hätte. Der Mann hatte viel gesehen im Leben, kein Zweifel. Aber jetzt stellte er sich ein wenig kindisch an. Da er partout nichts sagte, ergriff ich mit fester Stimme das Wort.

»Also, mein lieber Hummel. Wie du weißt, bin ich Schriftsteller.«

»Ja, das stimmt!«

»Ja, und als solcher, gewissermaßen, habe ich eine, nicht wahr, Schaffenskrise. Es ist nicht weiter schlimm, das Normalste von der Welt, wenn ich so was nicht ab und zu hätte, wäre ich ja ein schöner Schriftsteller, also keiner.«

»Das kann man wohl sagen.«

»Ja, ja ... also was ich dich fragen wollte, ist, ob dir nicht vielleicht einfällt, da du ja einiges gesehen hast im Leben, also was ich, also ob ich ...«

»Ja, natürlich. Ich habe einiges durchgemacht. Das stimmt.«

»Ja, ob du mir nicht einen Rat geben kannst, was ich jetzt machen soll.«

»Ich weiß nicht, das ist ... ich weiß natürlich nicht mehr, als du weißt. Und Ratschläge kann ich schon gar nicht verteilen. Also ...«

»Nein, das ist klar. Ich wollte nur wissen, wegen dieser verdammten Schaffenskrise, und weil du mich schon so lange kennst und Sachen früher gelesen hast, die ich geschrieben habe ...«

»Das stimmt. Die Schreiben habe ich immer gelesen!«

»Ja, darum geht es jetzt. Weißt du denn nicht, was ich jetzt einmal schreiben sollte?«

Er zog den Mund in seinem schier grenzenlos flexiblen Knautschgesicht weit nach unten, riß dazu die Augen auf und versuchte somit, nachdenklich zu erscheinen. Bei soviel Mimik konnte ich mir kaum vorstellen, daß er wirklich nachdachte. Aber er tat es sicher.

»Vielleicht solltest du einmal in eine andere Stadt gehen?«

»Das habe ich gerade getan. Das liegt hinter mir.«

»Dann solltest du auf das Land gehen.«

»Aha.«

»Ja. Das wird dir guttun.«

»Hm. Für mich ein seltsamer Gedanke. Ich liebe die Stadt.«

»Nein, du siehst so aus, als wenn du dringend auf das Land müßtest. In Gottes freier Natur werden dir die Kräfte wieder zufließen, die dir jetzt fehlen.«

Ich dankte dem alten Herrn Hummel für den Rat. Nun solle er aber rasch, beendete ich die persönliche Abschweifung, nicht unfroh, es hinter mir zu haben, seine Geschichte von dem Verkehrszähler weitererzählen. Hummel legte willig los.

Der junge Mann, von dem die Rede war, verdiente in London als Verkehrszähler vier Pfund am Tag. Abends kam er mit zerfrorenen Händen ›nach Hause‹, also in die Garage, in der er mit einem anderen Leidenskumpan übernachtete. Dieser Kumpan war mitgekommen aus der Heimat, zählte ebenfalls den Verkehr, war ebenso Musiker, bekam die gleichen vier Pfund am Tag. Bei Minus siebzehn Grad standen sie auf der Kreuzung, rührten sich, zählten den Verkehr. In den zerfrorenen Händen hielten sie ein handgranatengroßes Gerät, die Zählmaschine.

Nun gut. Soweit alles gut. Aber nun! Die beiden waren ja Musiker. Sie wollten berühmt werden. Also schluckten sie, nach dem Zählen, nach harter Arbeit, Aufputschtabletten von der Marke ›Percoffidrinol‹. Warum? Um zu komponieren! Waren doch Musiker, die Kerls! Fünf Jahre lang ging das so. Taten sie das. Kleine komponierte Schätze entstanden. Hier eine Perle, dort ein halbgeglückter Streich, da eine geniale Fügung. Da sie nun Popmusiker waren, bespielten sie Demonstrationstonbänder, genannt ›Demos‹. Die schickten sie an die Plattenfirmen. Später auch an Manager, Makler, Agenturen, Verlage, Medien, Stars, noch später an Hinz, Kunz, Meier, Müller, Brown und Smith.

War das vergebens? Nicht ganz. Einmal antwortete Müller in Hamburg – sofort flogen die beiden nach Hamburg und spielten vor. Mit einem klitzekleinen Angebot im Gepäck reisten sie zurück, nach London, wo sie, bei der Ankunft, im Briefkasten die telegrafierte und endgültige Absage von Müller/Hamburg fanden. Dann meldete sich die Agentur Brown aus Coventry. Und so weiter. Wie gesagt: fünf Jahre. Inzwischen waren die Bekannten aus Hummels Schultagen so alt wie der alte Herr Hummel geworden – 28 ¾ Jahre – und sahen dabei noch wesentlich älter aus als dieser, da sie fünf Jahre lang nachts die Aufputschtabletten genommen und nicht geschlafen hatten.

»Ich überlege mir jetzt ernsthaft«, schloß Hummel seine Geschichte, »ob ich den beiden nicht beschwörend zurufen soll, die Sache aufzugeben. Oder wenigstens zu unterbrechen.«

Eine interessante Frage, fand ich. Gedanken dieser Art hatte auch ich mir schon gemacht. Gab es eine denkbare Situation, in der ein Mensch AUFGEBEN durfte? Ich ergriff das Wort.

»Siehst du, da muß ich an meinen Vater denken. Dieser Mann hatte über Jahre …«

»Noch Zucker? Es ist der letzte –«

»… danke, nimm nur. Er hatte nur ein Ziel: Er wollte IN

den Bundestag. Das war die verrückte Konstante, der rote Faden unserer Familie. Wir Kinder mußten als Achtjährige Flugblätter verteilen. Der Vater schraubte Lautsprecher auf das Schrottauto: ›Wählt ...‹, an den Bäumen klebte das Plakat mit seinem Kopf – es war ein seltsamer Trubel, aber auch, trotz allem, nicht so absurd, wie man jetzt im nachhinein denkt. Tatsächlich finden es die Leute auf der Straße, die guten, vielen Bürger, viel weniger lächerlich, als es unsereins tut. Die finden es lächerlich, wenn einer zwei Mark für die Apfelsinen nimmt, während der Konkurrent nur eine Mark fünfzig fordert. Aber so ein bizarrer Wahlkampf – nichts dagegen. Unsere Familie stieg auf zur Honoratiorenklasse, was nichts besagen soll. Wir Kinder merkten es; man war nett zu uns, wir waren wer. Der Feinkosthändler schenkte uns Schokolade und so weiter. Wir waren Politikerkinder, das war dasselbe, als wenn unsere Mutter beim Ohnsorg-Theater eine der beliebten Dialektrollen gespielt hätte.«

»Das mit den Lautsprechern kann ich mir richtig vorstellen.«

»Tja. Dreimal trat der Vater an. Zu Hause gab es jeden Mittag Bericht aus Bonn. Politik und kein Ende. War natürlich toll. Also, ich fand es aufregend. Bis der Kandidat hinwarf. Mein Vater war wieder nicht gewählt worden. Zwölf Jahre hatte er umsonst Wahlkampf gemacht. Finanziell war die Familie ausgeblutet. Und obwohl sich keiner mehr heutzutage die Katastrophe vorstellen kann, in die uns der Dauerwahlkampf gestürzt hatte, schwand das Glück erst viel später, das Glück, das auf dieser Familie im sinkenden Boot gelegen hatte, nämlich dann, als es uns wieder ›gut‹ ging und der Vater nicht mehr von Politik faselte. Er wurde sehr langweilig dadurch und starb infolgedessen auch irgendwann völlig unbemerkt.«

Der alte Herr Hummel meinte, er sei nicht für das Aufgeben, nur müßten sich seine beiden Bekannten überlegen, ob es nicht sinnvoll sei, die Dinge einmal aus der Distanz zu sehen. Also einmal innehalten und unterbrechen. Ein Jahr aussetzen und den lieben Gott einen guten Mann sein lassen. »Nein«, widersprach ich, »das wäre Selbstbetrug. Wer aufgibt, stirbt bald. Noch dazu unbemerkt. Mein Vater würde noch leben, wenn er weitergemacht hätte. Seine Kinder und Kindeskinder würden ihn lieben. Er wäre die Attraktion der Familie, ob gewählt oder ungewählt. Aber ein Versicherungsangestellter? Welches Enkelkind will sich von einem Versicherungsangestellten unterhalten lassen? Die Antwort lautet doch schlicht: KEIN Enkelkind will sich von einem Versicherungsangestellten unterhalten lassen. Also zieht der Versicherungsangestellte die einzig mögliche Konsequenz mit Sinn: er stirbt.«

Herr Hummel nippte an der gesprungenen Tasse. Man sah ihm an, daß er den letzten Zucker in vollen Zügen genoß. Da das Thema bei Vater und Sohn verweilte, berichtete er, wie er sich mit dem seinen, den er, wie alle Kinder, in seiner Pubertätszeit bekämpft hatte, jetzt erfreulich gut verstand. Der Neunzigjährige hatte in letzter Zeit Erinnerungsschübe. So erzählte er dem Jungen detailversessen den Alltag aus Kaiser Wilhelms Zeiten. Das sei erstaunlich informativ. Oft sei es für ihn, Hummel junior, das erste Mal, daß er sich bestimmte Zeitabschnitte überhaupt vorstellen könne.

So ging es nun in den nächsten Minuten und Stunden abwechselnd hin und her. Einmal sprach ich, dann sprach der alte Herr Hummel. Die Begebenheiten nahmen von selbst die Form der gemächlichen, zeitlosen, kreisrunden Geschichte an, je länger ich blieb. Zwischen den Geschichten sahen wir ohne Eile aus dem Fenster. Auch zeigte es sich, wie günstig das System des lauwarmen Instantkaffees auf den Erzählfluß wirkte: Der randvolle Wasserkessel leerte sich erst in Stunden, und man gewahrte nie, daß er sich überhaupt leerte. Alle halbe Stunde goß man das nächste bißchen Wasser auf das olle Billigpulver: So verging die Zeit unbemerkt. Die Zeit, der Tag, das ganze Hummel-Leben. Ich verstand gut, daß es Menschen gab wie diese Cornelia, die bei dem kaffeenippenden Gegenüber hier jene Ruhe gefunden hatte, die sie ihr Leben lang woanders nicht bekam. Auch von mir fiel das zwanzigste Jahrhundert ab.

»Ich weiß noch, als wäre es gestern gewesen, als ich zum ersten Mal ein Lokal mit Alkoholausschank betrat …«

»Niemals werde ich den Tag vergessen – es war der neunte Januar 1982 –, als meine Frau mich verließ …«

»In den großen Tageszeitungen, ich sehe es geradezu bildlich vor mir, stand an jenem milden Frühsommermorgen …«

»Solange ich denken kann, ist mir niemals ein Mädchen mit einem, wie soll ich sagen, geradezu bestürzend offenen Gesicht begegnet wie jenes lachsblonde Kind aus Aarhus, das ich bei meiner vergeblichen Ausbildung zum Schornsteinfeger gleich am ersten Abend auf der kastanienübersäten Landstraße traf …«

Und so weiter. Die Stunden kamen und gingen, gingen und kamen. Warum sollte ich gehen, da ich doch noch soviel hatte, das nie erzählt worden, sondern nur als ultrakurzerhitzter Gag verbraten worden war, wenn überhaupt? Warum bloß hatte ich diesen Nachbarn jahrelang geringgeschätzt? Es fiel mir wieder ein: Er hatte ja nie etwas riskiert. Er war immer in seiner Wohnung geblieben.

Wenn das nun jeder machte!

So kam dann doch die Stunde des Abschieds. Ich stand auf und gab vor, noch etwas zu tun zu haben. Sofort ängstigte sich der alte Mann, mich unnötig aufgehalten zu haben. Der Jugend eine Gasse. Da sollte man als Alter nicht stören. Ick weet ja, wat ihr Bengels so allet för hebt, nech?

Wir waren ja alle einmal jung, wenn auch, nun ja – bis auf einen eben, bis auf ihn selbst, den alten Herrn Hummel. Er war immer schon so wie heute. Aber je länger ich nun seine schwammige Hand schüttelte, desto geringer wurde meine Angst, nur gestört zu haben. Diesmal war ich es, der schüttelte und schüttelte.

»Du mußt mich unbedingt wieder einmal besuchen!«

Soweit wagte er sich vor. Ich sah ihm plötzlich ungewollt in die Augen und sagte fest:

»Ja.«

Dann wandte ich mich um und lief die Treppe hinunter. Der alte Herr Hummel rief noch etwas hinterher:

»Ein netter Besuch!«

Es hatte ihm gefallen. Wie viele Jahre hatte er wohl warten müssen, bis jemand mit ihm sprach? Früher, als wir Nachbarn waren, hatte ich mit ihm ein bestimmtes Thema gehabt. Der hereinbrechende Winter. Wir unterhielten uns immer darüber, daß er nun bestimmt bald käme, der nächste Winter.

Von allen meinen Nachbarn war er der netteste.

Ich stromerte zurück nach Hause, durch glühende Großstadtstraßen. Natürlich dachte ich über Hummels Rat nach, ›auf das Land‹ zu gehen. Ein so weiser alter Mann wußte sicher genau, was er sagte. Ich war ja auch wirklich etwas ausgelaugt – alle hundert Meter blieb ich schnaufend stehen und mußte mich ausruhen.

Wie sollte ich ›auf das Land‹ geraten? Das kostete Geld, ein Zugticket, eine Taxametergebühr, wer weiß. Hätte ich Freunde gehabt, hätte ich mich womöglich mit dem Auto mitnehmen lassen können. Aber der einzige, mit dem ich einmal bekannt war und der ein Auto besaß, war mir seit zweieinhalb Jahren nicht vor die Augen gekommen, Stephan T. Ohrt nämlich. Außerdem gehörte das Auto seinen Eltern, und Ohrt selbst besaß nicht einmal einen Führerschein.

Ich saß auf einem neuerrichteten Poller, ziemlich unglücklich und schief. Dieser Ohrt hatte damals einen seltsamen Verehrer gehabt, einen Mann namens Knoske, der vor seinem Haus herumlungerte und mit der Gegensprechanlage so lange experimentierte, bis sie fast kaputt war. Eine seltsame Geschichte, die ich nicht mehr recht zusammenbekam, auf meinem siedendheißen Poller. Knoske wollte immer irgend etwas von Ohrt, und Ohrt wollte absolut nichts von Knoske. Ohrt war nämlich geborenermaßen arrogant, er war es damals, er würde es immer sein: Die Sache mit dem Auto konnte ich mir abschminken. Mich würde er nicht besser behandeln als diesen Knoske damals, ganz sicher. Allerdings hatte ich sonst niemanden.

Knoske wiederum wollte ich nicht belästigen; seine Adresse war mir unbekannt, er würde sich meiner nicht erinnern, und ein Auto besaß der Drängler auch nicht. Ich ging weiter, gebeugt an Straßenbauarbeitern und Fliesenlegern vorbei, die fröhlich Eisenstangen fallen ließen. Bierarbeiter, denen es in der Sonne Spaß machte, zu schuften, zu singen, zu lachen. Sollte ich einmal nachsehen, ob Stephan noch in dem Gründerzeit-Gebäude wohnte? Es lag fast auf meinem Weg, und ich lenkte die Schlotterbeine in die neue Richtung. Ich stellte mir vor, daß ich bald so schwitzen würde, daß mein Zehntagebart zu einem nassen Schwamm anschwölle, und diese Vorstellung war mir so widerwärtig, daß ich auf der Stelle beschloß, dem Verleger um Geld zu telegrafieren. Mein Zustand war unwürdig! Ohrt würde das Telegramm schon bezahlen. Hauptsache, ich drang bis zu ihm vor. Da hatte ich in den zurückliegenden zweieinhalb Jahren schlechte Erfahrungen gemacht ... der Kerl hielt sich bedeckt, wo immer er konnte. Es war fast leichter, J. Paul Getty in London aufzustöbern, der mich aber erst recht nicht kannte.

Plötzlich dachte ich einen Gedanken, für den ich mich

sofort schämte, der meinem sonstigen Wesen fremd war, nämlich: Die Frauen tragen heute aber schwer an ihren Brüsten. Schnell sah ich auf die Männer, ob mir da eine ausgleichende Derbheit auffallen würde. War nicht der Fall. Den Männern stand höchstens der Herzinfarkt im Gesicht, sie bissen die Zähne zusammen, blinzelten in die Helligkeit, kämpften mit dem Kreislauf. Es war mir unerklärlich, warum ich das gedacht hatte, mit den Frauen; vielleicht war ich gerade in eine untypische Häufung unansehnlicher Putzfrauen geraten, humpelbeinig, mit Stretchpullovern und hervortretenden Plastikkorsetts, ohne daß es mir bewußt aufgefallen war.

Ach, ein Cabriolet müßte man haben! Nur im offenen Cabrio gab es noch ein Fortkommen, ein Von-hier-nach-da, eine Bewegung. Die Menschen zu Fuß steckten in einem trägen Gang, schlichen, fielen wieder zurück, quälten sich langsam ins Nowhereland, eingebildeten Wasserstellen entgegen. Beamte der obersten Senatsbehörde zogen dienstwidrig ihre Jacketts aus, standen als einfaches Blauhemd vor dem Zebrastreifen, verließen ihre glühenden Steinburgen, abstrahlende Quaderblöcke aus neoklassizistischen Zeitläufen, um bei der Feuerwehr Schutz zu suchen. Jedenfalls hörte ich andauernd Feuerwehrsirenen. Und Kreissägen.

Auf dem Land wäre das sicher alles anders. Kein Krach, keine kranken Gesichter – Frieden überall. Gesundheit und Wohlergehen! Die Tiere lebten im Einklang, die Ökologie hatte ihre Ruh'. Alles prima. Bisher hatte noch jeder Dichter, egal in welchem Jahrhundert, von einer Landpartie, einer ›Sommerfrische‹, profitiert. Man fütterte das Mastwild, schoß in geselliger Runde auf Kitz und Ast, ließ Forelle und Rotkäppchen gedeihen. Ochs und Mensch verstanden sich wieder, und Schluß war's mit Holocaust und Apocalypse Now.

Balsam für die Nerven. Dann klappte auch das Schreiben endlich. Ich kroch durch die neue Gänsemarktpassage, an zwanzig gekachelten Art-Déco-Yuppie-Läden vorbei, und stand nun unverhofft vor dem Laden, in dem die kleine Svenja früher gearbeitet hatte. Frage mich keiner, wer oder was diese ›kleine‹ Svenja einmal gewesen war. Jedenfalls raffte ich mich auf, warf den Kopf nach hinten, sah angestrengt nach oben, in die Fenster des ersten Stocks, wo das machtgierige Biest, wie man mir gesagt hatte, eine Planstelle als Bürokraft ausfüllte. Und wirklich sah ich sie.

Sofort ging ich weiter. Ihre Haare waren hochtoupiert gewesen, das Gesicht hatte puppenhaft wächsern gewirkt, traurig auch, soweit ich es erkennen konnte. Ich wollte aber nichts mit ihr zu tun haben. Erst wollte ich mich auf dem Land erholen, am besten in der Heide, auf den Spuren Hermann Löns', mich rasieren – und dann erst weitersehen.

Vielleicht war es der – bis dato – grundsätzliche Fehler meines Lebens, Ökologie verachtet zu haben. Als das Thema Mitte der siebziger aufkam, reagierte ich mit Tobsuchtsanfällen. Mein armer Vater – hatte eine Ewigkeit lang für die Ideale der französischen Revolution gekämpft und mußte nun mitansehen, wie selbsternannte Müllmänner das Sagen bekamen. Müll statt Humanismus, das war für mich, als wollte man Goethe durch Klopapier ersetzen. Aber – womöglich ein Irrtum. Ein kleines, verzeihliches Mißverständnis meinerseits.

Hatte nicht auch mein Autor von ›Mysterien‹, das Buch, das ich gerade las, ebenfalls im hohen Alter zu den Blumen und damit zum Nobelpreis gefunden?

Ich fühlte mich bei diesem Gedanken gleich wieder kräftig. Ohrt sollte mir das Ticket ins Grüne besorgen. Allerdings war er sehr neurotisch, der gute Junge.

Ohrt war derjenige, der sich im höchsten Gebäude der

Stadt aus dem 19. Jahrhundert, einem Gründerzeit-Prachtbau am Eppendorfer Baum, im Dachstuhl verschanzt hatte. Mit der Welt unten auf der Straße verkehrte der etwas schrullige Junge, der in seiner Kindheit halluzinogene Drogen genommen hatte, nur per Gegensprechanlage, so daß es, wie schon beschrieben, vorkommen konnte, daß ein Zeitgenosse wie der fidele Knoske unten in die Sprechmuschel heulte und oben der Herr Ohrt, der Graf und Burgverweser, nur kicherte und kicherte. Auch für mich war es nicht leicht, diesen Menschen zu Gesicht zu bekommen.

Ich rief ihn an, und er kicherte.

Ich sagte ihm, ohne auf sein Kichern einzugehen, wir müßten uns treffen und mit dem Auto seiner Eltern in die Heide fahren. Wir hätten uns schon seit zweieinhalb Jahren nicht mehr gesehen. Seine Antwort troff vor Rührung. »Freund! ... Ach, guter, guter, alter Freund! ...« Er schwamm in Dankesworten, ein Stausee der Gefühle war gebrochen, er kriegte sich gar nicht wieder ein. Es schien das passiert zu sein, was statistisch alle fünfundzwanzig Jahre einmal eintrifft: Ich hatte in genau der Zehntelsekunde angerufen, in der ›Der Mann mit dem kalten Herzen‹ eine realmenschliche Regung durch seinen toten Körper zucken spürte. Ich fuhr also sofort zu ihm, noch bevor er sich eine Ausrede zurechtlegen konnte.

Die Tür wurde unten automatisch geöffnet.

Ich hastete, noch etwas ungläubig, daß ich ihn jetzt wirklich wiedersehen sollte, die vielen Treppen hoch, immer höher und höher. Die letzte Treppe, die zum Dachstuhl führte, war dünner, hatte ein niedrigeres Geländer, und ich erinnerte mich, daß Ohrt einmal einen ungebetenen Gast über diese schmale Reling gebogen hatte, so weit, daß der Körperschwerpunkt des Gastes im gähnenden Schacht lag. Ein Wunder rettete den Mann, vielleicht die Tatsache, daß der Alm-Öhi betrunken war und instinktsicher handelte. Mit unsäglicher Kraft zog er den fetten, zappelnden Menschenkörper wieder an Land.

Nun sah ich hoch, nahm den Blick von den mühsamen Treppenstufen, denn gleich hatte ich es geschafft: Tatsächlich stand da im grünen Türrahmen, wie eine verwitterte Statue, mein alter ›Freund‹. In der einen Hand hatte er einen Stock, in der anderen die Türklinke. Ein Überzieher lag auf seinen Schultern, einen Schal hatte er um den Hals gewunden. Ein mit grüner Lackfarbe übermaltes Relief, das durch das ganze Haus in Augenhöhe geführt wurde, endete an der Tür, die der ›Freund‹ in der seltsamen Stunde des Wiedersehens gerade geöffnet hatte. Oberhalb des Reliefs hatte man trockene Wandfarbe aufgetragen, in einem helleren Grün, fast Weiß, wobei bereits nach einem Meter die niedrige Dekke angebracht war. Durch Glasflächen in Höhe des noch immer gähnenden Schachtes fiel Licht auf die eine Seite des Ohrtschen Gesichtes, das hemmungslos verweint aussah. Die sinnenfrohen und keinesfalls verbitterten, vollen Lippen waren weinerlich nach unten gezogen, die Augen, schwarze beziehungsweise blaue blanke Öffnungen, ausdruckslos, mimiklos, dieselben Augen, die auch seine Kinder hatten – tatsächlich er hatte zwei Kinder-, starrten mich beleidigt an. Er war böse.

Just in dem Moment, als er MICH unten erwartete, hatte jemand ganz anderes, nämlich Dorothee, eine Verehrerin des Malers aus früheren Zeiten, geklingelt. Ohrt hatte geöffnet, und nun war SIE in der Wohnung. Sie war einmal eine von Stephans ›Fernrohr-Eroberungen‹ gewesen: Er besaß ein lichtstarkes Zeiß-Jena-Fernrohr, mit dem er, wohl aus Sozialhygiene, einmal am Tag für ein Stündchen die Mitmenschen auf der Straße beobachtete. Eines Tages, es war der erste Frühlingstag des Jahres gewesen, bekam er ein vierzehnjähriges Mädchen in den Sucher, hüftbetont, bauchfrei, aufgetakelt, mit Löchern in den engen Hosen,

Dorothee eben. Da war er nach unten gerannt, ihr hinterher, geriet fast unter die Straßenbahn dabei und lernte sie kennen. Nun war sie wieder da.

Dem Meister ging das arg gegen den Strich. Verächtlich schnaubend verzog sich der Kerl ins Badezimmer, und ich stand vor der verunsicherten, jetzt zwanzigjährigen Verehrerin, die ihren rechten Zeigefinger zitternd auf ein Geschenk richtete, das sie Ohrt mitgebracht hatte: ein Diätbuch zum Abnehmen.

Sie sah mir nicht in die Augen, wirkte völlig verschüchtert – so kannte ich sie fast gar nicht. Hatte Stephan T. Ohrt sie geohrfeigt? Immerhin, er trank ja viel, wie man wußte; vielleicht hatte sich dabei seine Persönlichkeit verschoben? Ich fragte Dorothee, die übrigens besser aussah als damals und eine Traumfigur hatte, wie sie meinen Anzug finden würde, einen weißen Frühlingsanzug mit blauen Streifen, passend zum blauweißen Streifenhemd und zur weißen Weste. Sie sagte nichts.

Ohrt machte mir Zeichen, auf leisen Sohlen ins Malzimmer zu kommen. Er hatte sich ein Tuch um den Kopf gebunden, wohl um die nassen Haare zu trocknen, und setzte sich schlechtgelaunt neben ein fast fertiges Bild auf den Fußboden. Gleichgültig setzte er mich davon in Kenntnis, daß er das Bild noch zu Ende malen wolle; ich hätte doch nichts dagegen? Nein, hatte ich nicht. Tausend murkelige, geknickte Maltuben und -tübchen waren auf das nur zehn Quadratmeter große Zimmer niedergegangen. Die Wände lebten, wie Bilder, von Millionen Farbspritzern und wirren Strukturen. Die Ohrtschen Bilder selbst, von denen drei oder vier herumstanden, zeichneten sich durch das Gegenteil aus, durch Formstrenge. Diszipliniert malte der Maler mit zwanzigtausend verschiedenen Pinseln und Pinselspinseln starre, wenn auch feine, für jedermann erkennbare Dinge aufs Pergament: Rosen, Vögel, Dornenkränze, Damenschuhe. Wenn er etwas haßte, außer den Menschen, war es ›Wilde Malerei‹. Er sagte mir, ich solle Dorothee wegschicken.

Ich brachte es nicht über mich, und so gingen wir zu dritt aus dem Haus. Da es ungewiß war, ob ich ›Freund‹ Ohrt je wiedersehen würde, machte ich unten vor dem Haus Fotos von uns allen drei. Dorothee stieg auf einen zwölf Jahre alten 50 ccm Motorroller der Marke ›Vespa‹, Erstlackierung orangerot, klapprig, setzte einen Helm auf und knatterte weg. Ohrt enthielt sich jeden Kommentars, meinte nur, er müsse zur Bibliothek, und ich könne ihn begleiten, wenn ich unbedingt wolle.

Wir gingen zum Auto, aber nur fünf halbe Schritte lang; dann schlüpfte Stephan, wie angesaugt, ins Innere eines Würstchengeschäftes und verließ es erst wieder, nachdem er kräftig gefuttert hatte. Er wirkte wie ein Vielfraß; zu Unrecht. Eher hatte er ein mir unverständliches, lüsternes Verhältnis zu farbigen, flüssigen Speisen, mit denen er sich in oraler Gier einließ, als wäre es höchste Wollust. Ein Restwürstchen nahm er mit nach draußen, wo er weiterschmatzte, bis ihm Senf und Ketchup über das Gesicht liefen. Es schien ihm nichts auszumachen, denn nun wurde er auch noch von einem Bekannten erkannt und prompt angesprochen, wobei er lachend weiterschlabberte. Ja, er hielt das batzige Saftwürstchen sogar ohne Not über den Kopf, so daß ihm keine Tropfen der roten Soße verlorengingen; wie Trauben wuchsen ihm die Würstchenteile in den Mund, und er konnte nicht genug kriegen. Der Bekannte fragte höflich, wie es ihm, Stephan T. Ohrt, gehe. Damit waren hier in der Hansestadt stets berufliche und weiterreichende Pläne gemeint. Ohrt lachte.

»Ich esse Würstchen, siehst du doch.«

Wir ließen den Mann stehen, gingen zum Auto und fuhren zur Bibliothek, die inmitten der Hamburger Kunsthochschule lag, die Ohrt als junger Mann einmal – natürlich widerstrebend – besucht hatte. Die Bibliotheksangestellten, zwei ältere Frauen um die Vierzig, begrüßten ihn verblüffend herzlich. Wieder einmal konnte ich Zeuge eines Vorgangs werden, eines Phänomens, das mich schon vor zehn Jahren fasziniert hatte: Die Frauen liebten diesen Mann. Alle Frauen dieser unserer Welt. Natürlich sah er blendend aus, aber seit wann wurden schöne Männer unbedingt geLIEBT – nein, das allein erklärte nichts. Ich verstand es einfach nicht. Keine Frage, daß der Kotzbrocken auch die beiden Bibliotheksschnepfen muffelig behandelte. Sie flöteten ihm frühlingsbewegt entgegen: »Oh, Herr Ohrt! Schon sind Sie da, Herr Ohrt, man muß Sie nur mahnen, ha, ha, dann kommen Sie, wie man sich auf Sie verlassen kann, Herr Ohrt!«

Er bewegte sich gedankenverloren an ihnen vorbei, sagte nur ›ja ja‹ und beachtete sie nicht, aber die alten Hühner kikerikieten weiter.

»Eigentlich müßten Sie sich entschuldigen, Herr Ohrt, aber die einzige Entschuldigung, die wir annehmen könnten jetzt noch, wär' ein Strauß Blumen, hi hi, Herr Ohrt!«

Stephan war schon bei den Büchern.

»Aber das tun Sie ja doch nicht, Herr Ohrt, Sie ändern sich nicht.«

»Nee! Ich ändere mich nicht, dazu bin ich zu alt.«

Er schnüffelte griesgrämig durch die hinteren Regalwandstraßen. Ich las solange in einem angegrabbelten Hollywoodbuch, ›Ich war die Witwe von David O'Selznick‹ oder so ähnlich. Bibliotheken waren das letzte.

Diese Kunsthochschule, genaugenommen eine sozialdemokratische Fachoberschule für Graphik und Gestaltung, hatte ein architektonisch hübsches Gebäude.

»Ist bestimmt von Mies, das Ding, was?«

Stephan war das egal. Er haßte jeden Stein, jeden Sonnenstrahl, der auf das Gemäuer fiel: Seine Jugend hatte er dort verschenkt! Eingelassen hatte er sich mit den Menschen da! Pfui Teufel, es war schändlich. Um mir zu zeigen, was er meinte, führte er mich in den Aufenthaltsraum der Schule.

Hübsche Mädchen saßen da herum. Ich riß sofort meine kleine Kamera hoch und begann zu knipsen. Ohrt sah sie allerdings nicht, saß mit dem Rücken zu ihnen. Statt dessen machte er mich auf warzenbedeckte Trampel und unbedarfte dreiste Schlampen aufmerksam, die ich normalerweise übersehen hätte, um meine Augen zu schonen. Ja, er hatte recht: Hier gab es Menschen, die sahen aus wie Dreck und Soße. Ich konnte ihn gut verstehen. Wie ekelig sie doch waren, ja ja, meine Fresse, unfaßbar; aber trotzdem mußte ich, wie unter Zwang, immer wieder auf die beiden blutjungen brünetten Bürgertöchter starren, die direkt vor mir am nächsten Tisch saßen, mit sauberen, kastanienfarbenen, glänzenden, hochgesteckten, üppigen Haaren, die natürlich schon wieder dabei waren, Feuer zu fangen, sich also von meinem Begleiter beeindrucken zu lassen. Sie kicherten, flüsterten, reckten Kreuz und Brust, spielten mit den Grübchen. Als ich Ohrt das erzählte, legte er plötzlich die Zahnreihen frei und lächelte mit seinen strahlenden Zahnreihen ein breites, unwiderstehliches Haifischlächeln zum Nebentisch hinüber. Die Mädchen gerieten in die größte Verlegenheit.

Ohrt fischte sich einen langen Gedanken aus seinem trüben Inneren.

»Jetzt, wo ich hier sitze, merke ich, daß die Tatsache, daß mein ganzes Leben verpfuscht ist, damit zusammenhängt, ja einzig und untrennbar zusammenhängt mit dieser Schule, mit diesem Aufenthaltsraum, in dem ich Stefanie kennengelernt habe, also damit, DASS ich hier Stefanie kennengelernt habe.«

Ich schwieg betroffen. Sollte sich wirklich seine arme

Frau so schwer auf sein Gemüt gelegt haben? Jene Stefanie, von der die kleine Svenja atemlos behauptete, sie esse nakkend rohe Ochsenleber mit gedungenen Freiern? Ich konnte nicht antworten, denn nun lachte Stephan. Er hatte ein Pärchen entdeckt, das so häßlich aussah, daß er lachen mußte. Er wieherte los.

Wir gingen durch die einzelnen Flure und Stockwerke der verlassenen Hochschule. Ohrt öffnete jede Tür, doch alle Räume, alle Tische, Schränke und Bilder, alle Fußböden und staubflirrenden, sonnenbeschienenen Luftzwischenräume starrten uns an, aufgeschreckt, bis dato unberührt, ohne Menschen. Stephan fluchte.

»Diese Studenten! So ist es immer. Wohlgemerkt: Wir haben keine Semesterferien zur Zeit.«

Faules Pack, ja ja. Da mußte man ihm recht geben.

Auf dem Weg zum Auto erklärte er mir eine Theorie zur neuen Autoschutzfärbung. Wissenschaftler hätten herausgefunden, zweifarbig rot und grün gespritzte Autos würden eher gesehen als andere, seien weniger in Unfälle verwickelt. Dasselbe gelte für gelbblaue Autos. Folge: Demnächst würden die Städte voll sein mit diesen spielzeugfarbenen, grellbunten Autos. Stephan blieb stehen, sah mich mit lodernden Augen an und schrie:

»Willst du das?! Willst du das mitansehen?! Daß unsere Welt so aussieht?!«

Nein, bloß nicht, das wollte ich bestimmt nicht, die Welt nur noch ein bunter Rummelplatz, nein. Ich beruhigte ihn, und wir gingen weiter zum Auto.

Ich wollte wissen, ob er überhaupt noch unter die Leute ginge. Schließlich waren wir zusammen früher, vor zehn Jahren, auf lustigen Partys gewesen. Er grinste und antwortete nicht weiter. Darüber war er wohl hinweg. Dennoch, was sollten wir jetzt tun – wenn nicht unter Leute gehen, jemanden besuchen? Einen alten Weggefährten von früher, den alten Herrn Hummel zum Beispiel, oder – ein sündhaft frecher Gedanke – die kleine Svenja? Ohrt hatte Verständnis; auch er würde gern irgend jemanden überraschen, aber nicht die kleine Svenja – da würde er gleich schlechte Laune für den ganzen Tag bekommen, meinte er aufrichtig stöhnend. Er kannte das Mädchen und verachtete es, wie alle Menschen. Und sonst? Wir überlegten, aber da war niemand mehr.

»Die kleine Svenja«, frohlockte ich, »hat jetzt ein neues Büro in der Innenstadt, das man sich einmal ansehen könnte, in ihrer neuen Werbeagentur, wo alles blitzblank und sauber ist.«

»Nein und nochmals nein.«

»Aber es muß doch etwas geben, was wir jetzt machen können, nachdem wir uns so lange nicht gesehen haben!«

»Ich für mein Teil würde gern wieder nach Hause fahren. Mir liegt nichts an irgendwelchen Menschen. Man hat schließlich zu tun. Ich will eine Farbe anrühren, besser gesagt, Pinsel zurechtlegen, damit ich morgen malen kann.«

»Wenn dir an Menschen nichts liegt, können wir doch ein bißchen auf's Land fahren.«

Ohrt lachte über den absurden Vorschlag, legte die Zahnreihen frei, hielt mich für verrückt. Auch früher hatte er mich immer für verrückt gehalten, obwohl natürlich er der Verrückte war. Dann wurde er wieder ernst und belferte, offenbar in einem Anfall von Panik, mit dem ich nicht gerechnet hatte, er müsse auf der Stelle arbeiten, es gehe um jede Sekunde:

»Seit acht Wochen habe ich keinen Strich getan! Ich weiß nicht, was mit mir los ist, ich bin in heller Aufregung, liege in der Wohnung herum, angstgeschüttelt, das kannst du mir glauben. Es geht um EIN Bild. Die Ausstellung ist schon bald. Ich hatte eben noch die Idee – schon ist sie wieder weg.«

Nun schimpfte er richtig.

»So eine Scheiße! Fahr' ich hier in der Gegend herum und vertrödel meine kostbare Zeit! Dreck, Dreck, Dreck!«

In seinen Augen stand Haß – gegen mich! Ich mußte eingreifen. »Stephan – du hast eben selbst gesagt, du würdest gern jemanden überraschen, Leute von früher. Und eben in deinem Malzimmer hast du doch gearbeitet, oder was? Und wenn du seit acht Wochen eine Krise hast und dir die Decke auf den Kopf fällt, solltest du froh sein, mit mir ein bißchen rauszukommen ... Im Grunde geht es dir wie mir: Dir fehlt frische Luft! Ein paar Tage im Wald, und die Krise ist vorbei.«

Die Krise vorbei? Ohrt schnupperte an dem Gedanken. Ich machte gleich weiter.

»Du würdest mir damit einen wirklich großen Gefallen tun, ich bin nämlich selbst ganz krank von der Stadt und brauche DRINGEND Erholung. Und jetzt, wo wir das Auto haben ...«

»Das gehört meinen Eltern.«

»Das merken die doch gar nicht. Wir sind in zehn Minuten auf der Autobahn, und dann nehmen wir die zweite Ausfahrt und sind da. Mitten in der Heide.«

»Unsinn. Ich muß malen. Jetzt geht es für mich um die Wurst. Jeder Tag ist wichtig, jedenfalls innerlich. Zeit hätte ich ja noch genug, aber ...«

Aha! Zeit hatte er noch – es war alles nur Theaterdonner, wehleidiges, weibisches Gezirpe. Ich nahm den Wagen und drückte einfach aufs Gas. Kaum schwammen wir Richtung Autobahn, gefiel ihm bereits die Idee. Meine Angst, er könne angesichts des schleppenden Verkehrs mißmutig werden, war unbegründet, im Gegenteil: Mehrmals ließ er mich halten und verschwand stundenlang in Geschäften, die er entdeckte. Er hatte wohl keinen Zeitbegriff mehr, sondern nur noch gute Laune. Mir konnte es recht sein.

Der Wagen füllte sich mit Spielzeug, Seltersflaschen, Zeitschriften, Wurstbrötchentüten. Wir hatten alle Fenster heruntergekurbelt, auch auf der Autobahn, so daß es endlich luftig wurde – ein Vorteil, nach der langen Schwüle.

»Na, wie gefällt dir das?«

Grüne, saftig aussehende, wenn auch langweilige Wiesen rauschten vorbei, Kühe, Bretterverschläge, Büsche, ab und zu eine Baumgruppe: die ideale Autobahnkulisse eben. Ich hoffte, Ohrt würde sofort Lust auf die Natur kriegen und bereitete bereits eine Debatte über Ökologie und Artenschutz vor.

»Ah, wo sind sie denn, die guten Lurche?« Er nahm es noch lustig.

»Da – die Rohrdommel und der dreigeschweifte Zwergbussard! Und dort, die schon fast ausgestorbene obergärige Blattlaus! Kinder, wenn das kein Glück ist.«

Wir verließen die Autobahn, kamen auf eine blankgeschleckte Dorfstraße, wie neu sah die aus. Dann bogen wir mehrmals ab und kamen auf andere, ebenso saubergeschleckte, nagelneue Ausfall- oder Dorfstraßen, eine so neu wie die andere, genauso wie die Häuser, deren Neubauanteil bei 99 Prozent lag. Wahrscheinlich irrten wir uns, und es sah nur so neu aus, war in Wirklichkeit nur extrem gepflegt. Jedenfalls hätte man auf den Straßen Pfannkuchen essen können, ohne Teller.

Endlich fanden wir eine etwas schmalere, wenn auch frisch asphaltierte Straße, die direkt in ein Gerstenfeld führte. Dort parkten wir den Wagen, halb im Weizenfeld, halb auf der Straße. Ohrt stieg aus und lief in das Weizen- oder Roggen- oder Gerstenfeld hinein – als Städter konnten wir das nicht unterscheiden –, während ich mich neben das Auto in den Schatten setzte. Gerade wollte ich mich der Natur widmen, als ein Auto kam und sich an unserem vorbeizwängte, was ganz gut ging – es war noch genug Platz.

Der Weizen rauschte im Wind, in der Ferne knatterten diverse Trecker um die Wette. Direkt vor mir sprießte eine blaue Feldblume, meine erste Feldblume sozusagen, der erste Zipfel jenes Nobelpreises, den der späte Knut Hamsun mit seiner Feldblumen-Saga 1920 errungen hatte. Aber nun kam ein zweites Auto und blieb vor unserem stehen und hupte. Ich machte ein Zeichen, es solle vorbeifahren, was es aber nicht tat. Es hupte erneut. Ich guckte mir kurz die Leute an: stiernackige Bilderbuchfaschisten, Förstervater, Krötenmutter, Brillentochter. Da blieb ich einfach sitzen.

Ohrt war weg. Der Ledersepp hupte schon wieder. Nun machte er auf einmal einen bis dahin mucksmäuschenstillen Schäferhund mobil, der anscheinend scheintot auf dem Rücksitz gekauert hatte. Um von der Töle nicht gefressen zu werden, hätte ich den Wagen rückwärts bis Wladiwostok gefahren – aber jetzt setzte der feindliche Lada selbst zurück.

Das tat mir leid. Das war doch nicht nötig. Ich winkte, hupte, startete den Wagen und fuhr ihn weiter ins Weizengerstenfeld hinein; aber der Lada fuhr ungerührt weiter rückwärts. Da setzte ich mich wieder und glotzte auf die Natur.

Ein Schmetterling kam vorbei, kurz darauf eine dröge reitende Familie. Ich lächelte unverbindlich, soweit man eben hochrote, haßerfüllte, verbiesterte Schädel anlächeln kann. Aber die Pferde waren nett. Echte Pferde, versandhausgeprüft! Die Sonne stand hoch, die Wellenbewegungen der reifen Ähren beruhigten mich.

Ein Troß gesundheitsbewußter Radfahrer zuckelte schlechtgelaunt heran, wieder Kreaturen, denen Gott das Lächeln vorenthalten hatte, Menschen zwar, aber ohne menschliches Antlitz, wenn ich mich ausnahmsweise einmal so geschraubt ausdrücken darf, also nur so Köppe, draufgesetzt auf Spargelkörper, stumm aus Prinzip und argwöhnisch. Die trauten dem Frieden nicht, niemals! Die waren hellwach nur im Kriegsfall, im geliebten. Der deutsche Faschismus! Hier brütete er, in seinem unerschöpflichen Reservoir der artengeschützten Landschaftsschutzgebiete, der Tausende von Fascho-Biotopen, Hand in Hand mit feuchtwarmen Greenpeace-Militaristen und dumpfmeisterlichen Untergangspropheten. Ich erinnerte mich wieder, daß ich sie immer gehaßt hatte, die Grünen und Alternativen.

Aber jetzt wollte ich daran nicht mehr denken. Kein Kampf mehr, ich war schließlich nicht hier, um Kämpfe von vorgestern zu führen, sondern: der Schmetterlinge wegen. Ich stand auf, schritt in das vollreife Weizenfeld hinein.

Wohin ich den Fuß setze, knickt alles ab wie Papier. Völlig instabil das Ganze, strohig, geruchlos, künstlich. Erschrocken gehe ich wieder zurück. Immerhin entdecke ich zwischen Getreidefeld und Asphaltbahn einen etwa zwanzig Zentimeter schmalen Streifen ›Leben‹. Eine Ameise lief da spazieren, trug ein Staubkorn hin und her … dann waren da Steine, verdorrte Blätter, ein paar Käfer, Gräser, Farne – nicht schlecht für den Anfang. Ich begann das alles zu studieren.

Ein Motorrad knattert heran. Ich drehe mich um: ein Polizeimotorrad mit einem Polizeibeamten darauf. Und in der Tat: Dem diensttuenden Menschen ist ein Hinweis eingegangen, daß ein Fahrzeug mit dem Kennzeichen X-Ypsilon – er nannte die Nummer des Wagens von Ohrts Eltern – die Fahrbahn widerrechtlich blockiere. Er ließ sich meinen Führerschein zeigen, speicherte die Daten im Funk-Decoder und starrte mich unschlüssig an. Gerade die Hinweise aus der Bevölkerung waren für die Terroristenbekämpfung so wertvoll und erfreulich; allein über hunderttausend Hinweise über verdächtige Fahrzeuge gingen nach dem letzten Attentatsversuch der ›Rote Armee Fraktion‹ ein; und nun wußte der Mann trotzdem nicht weiter.

Ich durfte am Leben bleiben. Dankbar setzte ich mich ans Steuer und fuhr an dem Weizenfeld entlang, bis ich Ohrt sah und aufpickte.

»Wir fahren woanders hin, Stephan, hier ist es langweilig.«

Er hatte nichts einzuwenden. Ihm gefiel alles gut.

Es war ja auch schön. Ein glasklarer Himmel, nirgendwo auch nur der geringste Staubpartikel, von ›Emissionen‹ ganz zu schweigen, nirgendwo ein wie auch immer angekränkelter oder auch nur altersschwacher oder müder Baum. Ich wurde wieder fröhlich und zuversichtlich.

»Daß es das noch gibt, Natur und so!«

Ohrt nickte eifrig. Wir fuhren ein paar Minuten, bis wir zu einem Waldstück kamen. Wir gingen hinein, ließen den Wagen stehen.

»Hoffentlich verlaufen wir uns nicht.«

»Nee, nee. Wir bleiben natürlich in Sichtweite des Autos.«

Wir standen nun im Wald und waren keineswegs allein. In einiger Entfernung standen drei Kinder, die Äste aufhoben und wieder fallen ließen. Wie Hausfrauen, die vor lauter Sinnlosigkeit einen Fussel von einem Zimmer ins nächste tragen, beförderten die Kinder verschiedene Tannenzapfen von hierhin nach dorthin. Sie sahen so aus, als fehlte ihnen einfach alles, was Kindern Spaß macht und sie anregt, also Videospiele, Flipper, Comics, Home-Movie-Pornos, Sniff-Packungen, die Bottel Schnaps aus dem Kühlschrank des Hausfreundes, die Mädchen vom Bahnhof Zoo, die lustigen Strichmädchen vom Steindamm. Statt dessen standen sie tatenlos im Wald. Ein Anblick zum Heulen; was mußten die für Eltern haben.

Aus zwei Richtungen kamen gleichzeitig Deutsche mit Riesenhunden angekeucht. Stephan erschrak nicht weniger als ich. Ohne zu überlegen, griff er sich einen knochigen, schweren Ast, brach die Zweige ab, kürzte ihn in der Länge, bis er einen einsatzfähigen Prügel in der Hand hatte. Ich machte es ihm nach.

»Und jetzt raus hier!«

Mit angehaltenem Atem und möglichst unauffällig taperten wir zum Auto zurück. Je näher wir ihm kamen, desto schneller und hurtiger sprangen wir über das Unterholz.

»Mein Gott, hast du die Männer gesehen?«

»Und die Hunde! Richtig kampfeslüstern.«

»Die Männer aber auch!«

Ohrt machte die abscheulichen Keuch- und Schlabberlaute der Schäferhunde nach. Es zeigte sich, daß in dieser Gegend jeder Bürger solch einen Riesenhund mit sich führte, wohl als natürliche Ergänzung zum Fahrtenmesser, das zusammengeklappt in der kurzen, wuchtigen Boxerhose steckte.

»Vielleicht läuft ja hier ein Mörder frei herum, und die Leute wollen sich schützen?«

»Ja, oder einer, der seine Kfz-Steuer noch nicht entrichtet hat?«

Wir kamen durch ein Dorf. Ab und zu steckte eine unfreundliche Frau den bösen Kopf aus der Tür. Wir guckten in der Regel fassungslos, die Frauen guckten uneingeschränkt feindselig. Stephan, der normalerweise Schlag bei Frauen hatte, war besonders getroffen. Die Reaktionen der Frauen waren so gleichartig wie die Spießerhäuser, in denen sie hausten, wie die drapierten Gardinen, Kunstschmiedesachen in den Fenstern, die ewig gleichen Baumaterialien und architektonischen Zuschnitte. Hier war die Hölle, die Heimat Deutschlands, hier wuchs der Schrecken, den wir in die Welt tragen, hier gab es keine Liebe.

Stephan hatte schon wieder Hunger. Als wir einen Gasthof sahen, bat er mich zu halten.

»Es ist unheimlich hier, aber inspirierend. Ich glaube, wir sollten ein paar Tage bleiben.«

Ich hoffte, er würde mir eine warme Mahlzeit spendieren. Ich fühlte mich schwach, murmelte etwas von dem ›enormen Kohldampf‹, den so eine Landpartie doch mache.

Drinnen hockten zwei Gestalten, wieder in kurzen Hosen und unsäglich dumpf.

»Ach, guten Tag! Ob wir wohl einmal die Karte sehen könnten?«

Keine Antwort. Keine Reaktion.

»Aber ... Sie haben doch Dinge hier zu essen, nicht wahr?« Nichts.

Dann eine erste Antwort.

»... Speckknödel sin' no da, globig ...«

Das sagte der Gauner so dreist unfreundlich, als habe man ihm auf der Polizeiwache ein Geständnis abgepreßt. Ohrt, der ohnehin schlecht hörte, verstand ihn sowieso nicht. Ich wiederum dachte, das wird gleich der zweite Anruf über uns, der beim BKA eingeht. Ich bekam es wirklich mit der Angst zu tun, zumal auch die andere Existenz am Tresen ein Gesicht machte, als sei es in Gedanken schon am Telefonhörer. Ohrt sah eine Pappkiste mit ›Bounty‹-Kokosriegeln.

»Sollen wir vielleicht lieber Bountys essen?«

»O ja. Kauf den Vorrat auf und dann raus hier.«

Wir saßen auf dem Kühler, fraßen Bounty, guckten auf die Natur. Hier hatte also Hermann Löns gelebt.

»Guck mal, da steht noch ein echter Jauche-Wagen!«

Dennoch wirkte das Panorama eher dürftig. Mir selbst machte es nichts aus, aber mein Begleiter legte die Stirn in Falten, entwickelte eine andere, bessere Natur. Ihm fehlten Berge, Seen, künstlich angelegte Teiche, Forellenbäche, Hirsche, Biber, Tiere aller Art, auch Blumen und gewundene Straßen.

»Was ist denn das hier? Ein Haufen brauner Scheiße, zum Sterben zu langweilig.«

»Also willst du doch nicht bleiben?«

Wollte er nicht. Erfaßt von einem Ekelanfall, befahl er den augenblicklichen Rückstoß zur Erde. Ich trat auf das Gaspedal, froh, nicht beim Falschparken erwischt worden zu sein; der Wagen stand nämlich auf keinem ordnungsgemäßen Parkplatz, ein Umstand, der uns zum Verhängnis hätte werden können.

Ich sah nun diese Natur mit Ohrts Augen. Unten die einheitliche öde Fahrbahndecke, oben der blöde Himmel, links und rechts braune Farbe. Nein, so konnte es nichts werden. Der alte Herr Hummel hatte mir da einen Scheißtip verpaßt. Als wir die Türme der Stadt wieder sahen, seufzten wir beide nacheinander glücklich:

»Hamburg!«

»Tor zur Welt!«

Was aber sollten wir nun machen? Auf den Schreck schnell die Gesellschaft zivilisierter Städter suchen? Alte Freunde besuchen!

»Laß uns Leute von früher besuchen, Stephan.«

»O ja, gern ... aber wen?«

»Ja, wen bloß ...?«

Mir fiel einfach niemand ein in dem Moment.

Wir schwiegen, bis Stephan T. Ohrt langsam sagte, wir würden wohl niemand mehr haben, den wir besuchen könnten, und:

»Wir haben uns unheimlich ins Aus begeben, sind isoliert. Vollkommen draußen sind wir. Wenn mir das jemand früher gesagt hätte ...«

Wir beschlossen, Tennis zu spielen. Nacheinander holten wir erst meine, dann Stephans Sportkleidung ab. Stephan besaß einen hellgrauen Jogging-Strampelanzug, ich eine blaue Trainingshose und einen Tennisschläger aus Ersatzplaste, der nur 39 Mark gekostet hatte. Den zweiten Schläger mußten wir noch kaufen.

Zielstrebig parkten wir das Auto in der Hauptgeschäftsstraße und liefen ins nächstbeste Riesenkaufhaus, wo uns der bunte Tand der einzelnen Stände anzog und hierhin und dorthin saugte. Ich wußte, daß mein alter ›Freund‹ nicht in die Nähe der Spielwarenabteilung geraten durfte, sonst war der Tag gelaufen. Für absurden Klimperquatsch hatte er all das Interesse, das ihm sonst so abging. Nicht Mensch noch Tier konnte ihn derart fesseln wie ein toter, aufziehbarer, japanischer Roboterhund, der ferngesteuerte Knochen aufsammelte. Seine Wohnung war vollgestellt mit diesen Sachen – während seine Kinder kaum etwas anderes besaßen als vergilbte Teddys von den Großeltern. Ich lotste ihn mühsam, Schleifen laufend, zur Tennisabteilung. Erschwerend war, daß dieser Ohrt einen stark gestörten Gleichgewichtssinn hatte. Immer schwankte er und war mir wieder in die falsche Richtung abgedriftet.

Ohrt zeigte sich von der Menge der Waren beeindruckt.

»Das Angebot allein an Tennisschuhen hat sich ja seit meinem letzten Besuch verdreifacht! Und mein schicker Strampelanzug sieht alt aus gegen die vielen neuen Modelle.«

Er ließ sich mit einer Verkäuferin auf ein Fachgespräch ein – sein Interesse war echt und wuchs mit jeder neuen Information. Auch die kleinsten Unterschiede wollte er erklärt bekommen, von allen 30 Schuhmarken, 20 Größen, 150 Typen und Preisklassen. Von 14,90 Mark bis 499,50 Mark öffnete sich ein Kosmos der Möglichkeiten und Eigengesetze.

»Und wie kommt es, daß der ›Cangaroo‹ mit halber Space-Tasche, gezackten Pfoten, dreiriemigen Bullaugen und LCD-Schrittgeschwindigkeitsanzeige in Preisklasse IV 279 Mark kostet? Sie sagten doch vorhin, die Dreiriemer mit HALBER Space-Tasche kosteten DEUTLICH unter 300 Mark, also doch wohl eher 259 Mark, wie die entsprechenden von der amerikanischen Schwesterfirma?«

Weitere Angestellte wurden herbeigeordert, der Geschäftsführer geholt. Die Sache begann nach Streit zu schmecken – vielleicht bildete ich es mir auch nur ein. Die Verkäuferin hatte noch geistvoll geantwortet, wie wachgeküßt, gleich angetan von der besonderen Ausstrahlung, die Stephan T. Ohrt auf Frauen immerzu ausübte, aber die Ladenburschen und Hinterzimmerexistenzen und erst recht der Geschäftsführer mochten ihn nicht. Vor allem wußte er, als sie endlich aufkreuzten, schon mehr über ihr Geschäft als sie selber.

»Ein Querulant.«

Sagte jemand neben mir. Ich beschwor Stephan, den Tennisschläger zu kaufen. Als er mein Gesicht sah, ließ er sich sofort darauf ein – sensibel war er ja. Er bezahlte 69 Mark. Wir fuhren zum Court.

Verächtlich lächelnd saß er neben mir. In seinen Augen, daran erinnerte er sich wahrscheinlich gerade, war ich immer ein Feigling gewesen, der sich drückte, wenn die Schweine kamen. Er, Stephan, sah ihnen dreist ins elende Schweinegesicht, bis sie in den Staub sich warfen. Denn so mußte es sein! Oder auch nicht – im Grunde war es ihm auch wieder egal. Seine Ruhe wollte er haben. Er sehnte sich zurück in seine betonsichere Dachwohnung. Er gähnte, bekam Hunger, und ich mußte halten, damit er sich zwei Paar Weißwürstl kaufen konnte.

»Du könntest ein so netter Mensch sein«, sagte ich unvermittelt, »könntest mit deiner Frau zusammenleben, und es wäre wunderbar alles. Ihr paßt so gut zusammen, alle würden euch gern haben! Aber du – sitzt da oben in deiner Wohnung auf dem Dach und wirst immer REALITÄTSFERNER.«

Er sah mißmutig nach vorn. Dann dachte ich, ich sei wohl dumm geworden. Wozu DAS sagen? Genauso scharfsinnig wäre es gewesen, den Negern ihre schwarze Hautfarbe vorzuwerfen. Ich entschuldigte mich.

Es war recht kühl und windig auf dem Courtgelände, einem feinen Tennisclub von Anno 1837. Die offizielle Bezeichnung des Vereins lautete nicht ohne Grund ›Der Club An Der Alster‹ – mit Betonung des bestimmten Artikels. Wer hier nicht Mitglied war, konnte den Krokodilen im Pool zum Fraß vorgeworfen werden. Mitglied konnte man nur werden, wenn die Eltern seit vierzehn Generationen lokale Kapitaleigner waren und einen acht Jahre vor der Geburt angemeldet hatten, abgesehen davon, daß seit 1945 ein Mitgliederaufnahmestopp in Kraft war. Ich konnte mir nicht denken, daß dieser feine Zirkus, dies aristokratische Getue in unserer modernen Massengesellschaft noch funktionierte, und ging einfach hinein. Ohrt dagegen zitterte; er hatte einen heiligen Respekt vor den vermeintlich ›feineren‹ Menschen. In seinem Wolkenkuckucksweltbild wandelte hier die Herrenkaste, die sich abkapselte von dem Geschmeiß.

Anscheinend hatte noch nie jemand vor uns versucht, unerlaubt und arglos das Clubgelände zu betreten – jedenfalls hielten uns die Heloten von Platzwarten automatisch für Mitglieder und behandelten uns gut – etwas anderes konnten sie sich gar nicht vorstellen. Buckelnd und dienernd führten sie uns zu einem freien Platz. Ohrt beachtete sie natürlich nicht – er begann sich bereits wohl zu fühlen.

In der Umkleidekammer kleidete sich gerade ein lokaler Kapitaleigner um und sah uns erschreckt an, ein Mann von Ende fünfzig, der artig grüßte.

Bestens gelaunt, mit langen freudigen Schritten, gingen wir auf den Platz. Aber kaum waren wir da, kamen uns vier ältere Ehefrauen, Hausfrauen, also nichtstuende Frauen reicher Kapitaleigner, in die Quere. Die sahen uns genauso hilflos an wie der Silberhaarige in der Umkleidekammer.

»Dies ist ... unsere Stunde ... Wir spielen seit zwanzig Jahren hier um diese Zeit ... wir verstehen nicht ...?«

Ich gab sofort nach – schließlich war ich ›der Feigling‹. Stephan dagegen ließ sich in eine Diskussion ein, stellte Fragen, guckte mal pikiert, mal wohlwollend. Aber seltsam: Anders als sonst zeigten die vier nutzlosen Damen keine Wirkung. Der erotische Zauber, dem sonst jede Frau, jedes Hundeweibchen, jeder weibliche Grashalm am Wegesrand ›erlag‹, prallte an den beinharten Schachteln ab, als gäbe es ihn nicht. Als hätten sie alle vier vorher ein Gegenmittel geschluckt.

Nun kamen wieder die Platzwarte. Ohrt stauchte sie ordentlich zusammen, machte seiner Empörung Luft. Dem Pack nur die Knute! Etwas anderes versteht es nicht. Sofort bekamen wir die Erlaubnis, die vier Damen auf einen anderen Platz zu verweisen.

»Kommt gar nicht in Frage!« beeilte ich mich hastig zu widersprechen, »selbstverständlich nehmen WIR den anderen Platz.«

»Das tut aba nich nötich, der Herr. SIE hobn sich anjemeldet, un de Damen hobn sich jefällichst anne Regeln zu halten, wa.«

Die Heloten taten alles, um sich bei Stephan, dem neuen Herrn auf Manderley, beliebt zu machen. Der zeigte sich aber wenig erbaut darüber, zog nur eine Augenbraue mürrisch hoch und ließ die beiden Monteure einfach stehen. Nur die Damen waren perplex.

Wir gingen zum anderen Platz, geleitet von den verwirrten Platzwarten. Dort stellten wir uns in Position, wobei ich merkte, daß Ohrt, trotz Boris Becker, die Regeln nicht kannte – nicht im mindesten. Ich mußte ihm alles erklären; er wußte nicht einmal, daß man ein bestimmtes Feld treffen mußte, daß es nicht reichte, den Ball über das Netz zu schaufeln. Auf den Nebenplätzen, auf denen auch gespielt wurde, entstand Unruhe. Was waren das für seltsame Mitglieder, die sich gegenseitig die Regeln über den Platz schrien? Wir achteten nicht darauf, überwältigt von der nun einsetzenden Spielfreude.

Wir spielten uns nämlich nicht erst ein, was erfahrungsgemäß für Anfänger enttäuschend ist, sondern machten auf der Stelle ein Match auf drei Gewinnsätze. Vorsichtig tippten wir die Bälle in hohen Bahnen in das vorgesehene Feld, balancierten sie über den seltsamen Zaun, der die beiden Spielhälften trennte. Rein theoretisch hielten wir uns hundertprozentig an die offiziellen Regeln, und da wir gleichwertig schlecht waren, entwickelte sich bis zum Stand von 2:2 im ersten Satz ein ausgeglichenes, dramatisches Match. Plötzlich hielt Ohrt inne und starrte auf einen Nebenplatz, wo noch immer, trotz der Spannung auf unserem Platz, gespielt wurde. Eine zierliche Frau jagte die Kugel übers Netz – das war es, was Stephan Rätsel aufgab.

»Kann es sein, daß wir die falschen Schläger haben? Die Frau da hat doch gar keine Muskeln, und trotzdem jagt sie die Dinger wie Explosionsgeschosse hin und her. Das muss an den Schlägern liegen!«

Kopfschüttelnd spielte er weiter, breakte mich zum 2:3 im ersten Satz, zog davon auf 2:4, obwohl er schon beim 2:2 keine Luft mehr bekam. Er war ans Netz gewankt, und ich hatte die Flecken in seinem Gesicht gesehen. Ich nahm ihm im siebenten Spiel den Aufschlag ab, glich danach zum 4:4 aus. Am Ende stand es 6:6, und wir mußten nach 48 Minuten bereits im ersten Satz in den Tiebreak. Stephan führte erneut 3:1 und 4:3, ehe ich beim Stande von 6:4 gleich den ersten Satzball verwandelte. Nur ganz knapp war Ohrts Return ins Aus gegangen, so knapp, daß er die Entscheidung hätte anfechten können. Aber er ging sofort auf die andere Seite, um sich dem zweiten Satz zu stellen.

Während wir die Seiten wechselten, kam ich an ihm vorbei und sah, daß er körperlich am Ende war. Mir erging es allerdings nicht anders. Seit Jahren hatte keiner von uns mehr die Knochen bewegt – selbst das Treppensteigen war mir zuletzt schwergefallen.

Es war ein harter Fight, und ich machte mir keine Gedanken über die vielen Zuschauer, die nun auf einmal, zu Beginn des zweiten Satzes, gekommen waren: silberlockige Kapitaleigner, die einen knappen, spannenden Kampf zu schätzen wußten, noch dazu ausgetragen von zwei Künstlern, die noch nie zuvor Tennis gespielt hatten!

Ich nahm Stephan gleich sein erstes Aufschlagspiel ab und zog anschließend mit 2:0 davon. Als er einmal zum Netz ging, hörte ich förmlich, wie seine Knochen knarrten. Dann bückte er sich einmal und jammerte dabei herzzerreißend, ächzte und lachte gleichzeitig über sich selbst. Es war großartig. Nun zeigte er unerwartet sein bestes Tennis: Zweimal hintereinander überwand er mich mit einem herrlichen Passierschlag, gegen den auch dieser deutsche Weltklassespieler nichts ausgerichtet hätte – Vorteil Ohrt! Dreimal führte er, überlobte mich ein ums andere Mal, nahm mir schließlich den Aufschlag ab: nur noch 2:1 im Zweiten Satz. Doch nun, ausgerechnet jetzt, kamen wieder zwei Figuren und störten uns. Wieder Leute, die uns den Platz wegnehmen wollten, männliche Vögel diesmal, Kapitaleigner aus der 14. Generation. Diesmal waren wir einfach zu ausgebrannt, um uns richtig darauf einstellen zu können. Stephan T. Ohrt wollte wieder umständlich debattieren, kriegte aber keinen zusammenhängenden Satz mehr heraus. Die Leute – es war wie im Alptraum! – kamen wieder mit der alten Leier:

»Wir ... waren hier immer schon ... wieso sind SIE hier? Das ist unsere Stunde, Seit 20 Jahren schon ...«

Wir wankten erst mal weg. Da ich führte und sowieso keine Kraft mehr hatte und die Stunde längst überzogen war und mir die Kapitaleigner nicht geheuer waren, bat ich Ohrt, es genug sein zu lassen. Aber der taumelte besinnungslos in Richtung Platzwarthäuschen.

»Tu's nicht, Stephan ... mach keinen Ärger ... Wir können doch auch noch morgen spielen.«

Ohrt beschwerte sich bei den Wärtern, machte sie herunter, mit hochrotem Kopf. Die Typen begannen wieder in ihrer Fehlschaltung im Oberstübchen falsch zu ticken und liefen los in Richtung Platz. Ohrt und ich hinterher. Das konnte nicht mehr gutgehen.

Ich schwitzte vor Angst. Eine lange Debatte begann. Die Wärter schlugen sich für ihren neuen Herrn, aber die alten Herren waren nicht so leicht zu übertölpeln wie ihre nichtsnutzigen Schmarotzerfrauen. Andererseits schien es so zu sein, daß Ohrts frauenbetörender Charme – oder wie immer man es nennen soll – bei den Silberlocken exakt die Wirkung hatte, die bei den Gattinnen ausgeblieben war. Außerdem war Ohrt unbeirrbar. Die Frage, wer er sei, überhörte er – tatsächlich war er ja etwas schwerhörig – und ebenso die Frage, wo er in Gottes Namen herkomme. Wieder wurden wir umquartiert, auf einen dritten Platz. Ich zog meinen ›Freund‹ schließlich aus dem Schußfeld. Aber was passierte nun – Schockschwerenot! –: Auch das dritte Feld war besetzt. Dieselbe Leier:

»Das ist unsere Stunde! Seit vierzig Jahren! Wer sind Sie! Was wollen Sie!«

»Stephan, laß uns gehen, bitte!«

Der aber dachte nicht daran.

»Denen werd' ich Anstand lehren!«

»Nein, Stephan, nicht!«

»Man will uns hier auf den Arm nehmen!«

Hinter uns stand eine fünfundfünfzigjährige hochherrschaftliche Dame und fragte uns, ob sie uns helfen könne. Ich sagte sofort – denn ich war ›der Feigling‹ –, daß alles in Ordnung sei und wir gerade gehen wollten. Ohrt widersprach heftig.

»Moment mal, gnädige Frau. Kann mir einmal jemand erklären, wie es möglich ist, daß Platz 11b, Alte Plane, in der Vorfrühjahr-/Späthallensaison mit dem Hallenplan aus der

SPÄT-Saison kombiniert wird, so daß kein vernünftiger Mensch in Ruhe sein Match zu Ende spielen kann, ohne von irgendwelchen Platzwarten belästigt zu werden, die es offensichtlich versäumt haben, die Regelungen für die Nachhallenzwischensaison rechtzeitig bekanntzugeben?«

Die liebenswürdige Frau sagte, sie würde alles tun, um das in Ordnung zu bringen.

»Welchen Platz haben Sie denn sonst immer?«

»Keinen. Wir sind das erste Mal hier. Ich finde das unmöglich.«

»Sind Sie denn Mitglieder?!«

»Keineswegs!«

Der Frau wuchs binnen Momenten ein Damenbart beziehungsweise dichte Borsten auf den Zähnen. Die Liebenswürdigkeit verschwand.

»Sie! Das geht nicht! Sie können doch nicht einfach ... man kann doch nicht in den ›Club An Der Alster‹ gehen! Da herumlaufen! Das ist ja wohl UN-VER-SCHÄMT! Einfach hier reinkommen wie irgendwer ...«

Sie hörte nicht auf zu sprechen. Das war der Trick. Sie sprach solange, bis Ohrt etwas kleiner geworden war. Ich hatte mich längst hinter Ohrts Rücken verschanzt. Der rief nur noch erbost:

»IRGENDWER?«

Dann trat er den Rückzug an, wurde fast verbindlich.

Als wir wieder im Auto saßen, meinte ich, Stephan hätte ruhig schärfer sein können zu der beleidigenden Tante.

»Ach was, solche Frauen kenne ich. Meine Mutter ist so. Hart wie Granit und gnadenlos unbarmherzig. Noch ein falsches Wort, und sie hätte die Polizei gerufen. Nein, wir können froh sein, daß es so ausgegangen ist.«

Ich gab Gas. So war das also. Ich verstand nun, warum er immer Angst vor seiner Mutter gehabt hatte – schon vor zehn Jahren war mir das aufgefallen. Tatsächlich war die Alte von dem Tennisclub eben ein Rätsel, das auch ein Erwachsener nur schwerlich zu lösen imstande war. Der Übergang von ›liebenswürdig‹ zu ›eiskaltbrutal‹ war zu schnell und, dennoch, zu glatt, stimmig, echt. Der Gesichtsausdruck, die stahlgrauen Augen, die nie zuckten, die schneidende, tragende Stimme, die nicht aus dem Kehlkopf kam, sondern aus dem vollen Lungenraum, die nie schwankte, auch nicht im dunklen Garderobenflur zwei fremden Männern gegenüber: das war SS-Mentalität und somit schwer verständlich. Wie fühlte sich ein SS-Elitemensch von innen an? Noch dazu die eigene Mutter? Da konnte man schon ein kopfschüttelnder Sonderling werden in der Welt, wie mein alter ›Freund‹ Stephan T. Ohrt.

»Sollen wir das Auto wieder zu deiner Mutter bringen, oder kannst du es noch ein bißchen behalten?«

»Laß nur, fahr mich einfach nach Hause.«

Ich sagte, nun hätte er noch genug Zeit, die Pinsel für den morgigen Arbeitstag zu drapieren.

»Ja, ja.«

Es schien ihm nicht mehr wichtig zu sein. Ich parkte den Wagen, geleitete ihn zur Haustür. Er lächelte schief.

»Also tschüß.«

»Tschüß.«

»Was wirst du so machen?«

Da ich es nicht wußte, sagte ich, ich wolle erst mal die Zukunft planen. Damit drehte ich mich um und ging nach Hause.

Am nächsten Tag weckte mich der Hunger. Es hätte mich beunruhigt, aber ich wußte, daß ich noch etwas Kaffee besaß. Mit frischem Kaffee im Magen konnte da gar nichts passieren, man arbeitete und wurde nur immer besser. Ich mußte ja nun mit meinem Roman beginnen. Das duldete keinen Aufschub. Ich mußte »Pixie« schreiben.

Kaum zu fassen, aber dieses eine winzige, pornographische Œuvre, dieses Büchlein, dieser feine, aber doch nicht unbedeutende Meilenstein der erotischen Literatur würde mich binnen Jahresfrist zum Millionär machen. Wie ›Der Liebhaber‹ Marguerite Duras reich gemacht hat. Ich schlürfte behutsam den wunderbaren Kaffee. Es war die ›Krönung‹.

Sex – das war es, was die Leute wissen wollten, ganz klar. Die Menschen lagen am Strand, ließen sich braun- und blöde brennen, kamen auf komische Gedanken, das Blut kocht, und doch passiert nichts, weil es nur gilt, die Stunden abzusitzen am Strand. Comics lasen ja viele nicht. Blieben nur Bücher.

Ich sah auf meine alte ›Adler electric‹, meine elektrische Schreibmaschine, eine der ersten in Deutschland. Sie war so schwer, daß man sie allein nicht transportieren konnte. Mindestens vier Mann mußten sie tragen, mit Schultergurten und professionellen Pranken. Dafür hatte sie so viele Hebel, daß man immer wieder neue Funktionen kennenlernte, ein Leben lang hübsche kleine Überraschungen. Überhaupt spielte man auf dieser Riesendampfwalze wie auf einer Rokoko-Orgel in einer protestantischen Kirche. Dementsprechend laut ging es auch zu. Nachbarn dachten gleich, es sei Krieg: jeder Buchstabe ein Bombeneinschlag.

Einmal war die ›Adler‹ zu Boden gestürzt. Der Tisch, auf dem sie stand, war zusammengebrochen. Eine schlimme Sache. Tagelang sprach sie kein Wort mehr. Es brauchte Wochen, bis sie wieder bereitwillig mitarbeitete, und die letzten Mucken verschwanden erst nach einem halben Jahr. Aber was war ein Schriftsteller ohne die Loyalität seiner Schreibmaschine? Das machte ich ihr damals klar, und sie hat es bis heute begriffen.

Ich hätte früher mehr lesen sollen, wie mein Bruder. Ich war ungebildet, deswegen fiel mir nichts ein. Mein Bruder, ja, DER hätte Schriftsteller werden können! Da wäre Karl

May in Bad Segeberg aus dem Kalkfelsen gestiegen, und Deutschlands Staatsmänner hätten wieder einen Autor gehabt, den sie nachts heimlich mit der Taschenlampe unter der Bettdecke lasen, oder wie war das? Wer sagte, er schäme sich nicht, derlei zu lesen, und es sei aus ihm immerhin noch ein Reichskanzler und Vegetarier geworden? JETZT war es für mich sicher zu spät, noch mit Winnetou Eins bis Drei anzufangen …

Hatte ich wirklich rein gar nichts gelesen? Nicht einmal Micky Maus? Doch, Micky Maus schon. Diese knollige Maus war das, die mit einem ›Kommissar Hunter‹ in Südamerika seltsam humorlos irgendwelche Geschäfte abwikkelte. Ich verstand das nicht und hatte auch nie jemanden gesehen, der darüber lachte; andere Kinder lasen das sowieso nicht, und die Muttis, die das am Kiosk kauften, was machten die damit? Rätsel über Rätsel.

Ach, Zeitungen, natürlich! Zeitungen hatte ich gelesen. Die ›Bild‹-Zeitung und den SPIEGEL. Was anderes kam uns nicht ins Haus, kein Feuilleton, keine gespreizte Überbau-Scheiße. Im Arbeitszimmer meines Herrn Vater stapelten sich die SPIEGEL-Nummern seit Januar 1947 – mehr Papier als Brüderchens 77 Karl-May-Bände. Ich hatte jede Nummer in der Hand gehabt, gelesen, nicht verstanden, wieder gelesen. Die ›Bild‹-Zeitung war vielleicht sogar noch wichtiger, jedenfalls kam ich total auf den Affen, als wir sie im Urlaub in Italien nicht bekamen. Ich lief hippelig im Casa auf und ab, begann erstmals Nägel zu kauen, konnte nicht mehr ruhig sitzen, hatte nachts Alpträume, lachte nicht mehr. Die Folge war, daß die armen Eltern jeden Tag in die vierzig Kilometer entfernte Provinzstadt fahren mußten, um mir vom dortigen Bahnhofskiosk die jeweils vier Tage alte ›Bild‹-Zeitung zu holen. Die verschlang ich dann Zeile für Zeile, bis ich wieder ein normales, vergnügtes Kind war, das mit den anderen vernünftig spielen konnte.

Der Deutschunterricht! Kann mir doch keiner erzählen, daß ich in der Schule keine Bücher gelesen hätte! Noch dazu im hochherrschaftlichen Gymnasium für Jungen in Eppendorf. Vom gefeuerten Wolfgang Borchert abgesehen, bekam man da doch die ganze etablierte, gut abgehangene Weltliteratur vorgesetzt. Schillers Glocke, um nur EIN Beispiel zu nennen. Wallenstein, die Räuber, Iphigenie, Shakespeare, Nathan der Weise. Oder den Amerikaner Salinger, den las man da auch. Bei dem dachte ich immer, es handele sich um Schlüsselromane, bei allem, was der schrieb, und die Enttäuschung war grenzenlos, als ich erfuhr, daß der Mann nicht 16 war und Holden Caulfield, sondern 56 und Professor für Japanologie. Und auch keine Schwester namens ›Phoebe‹ hatte, sondern als Waisenkind in Nordengland aufgezogen und in eine Fliegerstaffel gesteckt wurde, die während einem der letzten Weltkriege von den Achsenmächten vom Himmel geholt wurde: Salinger tot, alles Schwindel.

So war das mit Literatur – alles ausgedacht. Deswegen mochte ich es nicht lesen. Konsequenterweise verursachte mir die am meisten ausgedachte ›Literatur‹, nämlich Phantasy-Zeug, den größten Brechreiz. Beim ›Herr der Ringe‹ nahm ich mir gleich drei Grippen hintereinander. Da kam dann doch der Sozialist in mir zum Vorschein. Das war Sedativum, Gehirnschuß, unmöglich zu lesen von einem Proletarier, also von einem, der das Einmaleins der Welt noch im Kopfe hatte. Das war etwas für schwache, kampfunfähige, zu Qualen verweichlichte Westler, die den Gedanken, daß es Unrecht gab, Unten und Oben, daß es Strukturen und Gesetzmäßigkeiten gab, UM JEDEN PREIS verdrängen mußten.

Obwohl – Jim Knopf auf Lummerland … nicht schlecht. Das wurde mir auch vorgelesen. Selberlesen war eine Tortur, aber wenn eine hübsche Junglehrerin der atemlos lauschenden Schar kleiner Krausköpfe die Sätze in die Ohren schmeichelte, durfte es auch Michael Ende sein. Warum aber lasen es verfettete Chefprogrammierer, für die eine Ernährung mit mehrfach ungesättigten Fettsäuren wichtig war, also Becel-Typen?

Ich konnte es nur ahnen. Ihr Gehirn war wahrscheinlich Matsch. Ich mußte doch hoffentlich nicht für genau die Typen schreiben? Nein, ich schrieb nur für den Verleger; ER sollte zufrieden mit mir sein, nach all den Jahren, in denen er sein Händchen über mich gehalten hatte.

Ein Düsenflugzeug grummelte am Himmel. Jeder war an seinem Platz und tat seine Arbeit; die Stewardessen schenkten sicher gerade lächelnd Kaffee aus. Der Captain lehnte sich zurück, schaltete die Automatik ein, sagte einen Appell an die Fluggäste auf. »Meine Damen und Herren, hier spricht Ihr Captain.« Und ich – plante gerade mein nächstes Buch. So ging es zu in der Welt. Alles war vernünftig.

Es gab eine Zeit, in der die SPIEGEL-Monokultur unterbrochen war. Die Lesemappen-Ära. Da mußte das Hamburger Nachrichtenmagazin mit zwölf verschiedenen Bildermagazinen konkurrieren bei uns im Haus. Zum Beispiel lockte die verteufelt interessante ›Bunte Illustrierte‹ mit Exklusivgeschichten über den Grafen von Monte Christo. Im ›stern‹ las ich, daß es in dem Fußballverein Schalke noch so zugehe wie ehedem. ›Merian‹ entführte mich in fremde Touristikwelten, zum Beispiel in die Bretagne. Haben Sie gewußt, daß man in Bordeaux gar keinen Bordeaux trinken kann, weil er da ganz anders heißt? Nein, ich für meine Person hatte es nicht gewußt, trank aber ohnehin keinen Alkohol, las viel lieber über die fünfhundert Jahre Porzellanmanufaktur in Bad Doberstein. Das war die Zeit, in der ich ähnlich kopfkrank/depressiv wurde wie mein Bruder.

Wissen, das nicht dem Leben diente – in meinen Augen

die größte Sünde. Ich hatte einmal Freunde, die lexikalische Spiele veranstalteten. Sie trugen alle Brillen und hatten verschüchterte Freundinnen.

Von allen Komplexen ist der Bildungskomplex der schlimmste. Ich hatte einmal einen Freund, der wollte mich für die literarische Avantgarde begeistern. Jeden Tag fotokopierte er Aufsätze von Oswald Wiener in der Staatsbibliothek, in denen dieser, unter Mißachtung von Groß- und Kleinschreibung, Theorie in beliebiger Menge absonderte. Über Literatur. Jeden Tag zwei Pfund. Ob dieser Handwerker zehn oder hundert Seiten über etwas saß – es machte keinen Unterschied. Da rief ich meinem Freund zu: Es werde Licht! Man gebe mir Geist! Dein freudloser Theoretiker ist finsterste Dunkelheit. Aber der Gute dachte, ich wollte ihn veralbern – er glaubte mir nicht. Er konnte sich nicht vorstellen, daß ich etwas gegen einen so klugen Mann haben könne. So ist das mit Bildungshubern: Er ist inzwischen über dreißig, hat ein rotes Gesicht, einen Bert-Brecht-Pony, treibt verbissen Sport und hat Mädchen, wenn überhaupt, nur als Problem kennengelernt. Darüber steht nämlich nichts in Steins ›Kultur Fahrplan‹.

Wozu war ein Buch da, wenn man nicht nach der ersten halben Seite Lust bekam, nach draußen zu rennen und es dem Buch gleichzutun? Wenn man nicht beim ersten guten Satz auf eine Idee kam, die man auf der Stelle ausführen wollte? Wenn mich ein Buch anregte, regte es immer mein Leben an. Vielleicht lag es nur an meinem Bruder, dem Buchjunkie, und daß ich das alles in jungen Jahren hatte miterleben müssen; also wie ich ihn, nach dem dritten Karl May in Folge, grüngesichtig, aufgedunsen und ausgelöscht, zum Abendbrottisch hatte bringen müssen. Damit er wenigstens etwas Festes in den verkorksten Magen bekam. Nein, so durfte ich nicht enden. Deshalb kam ich nie weiter als bis Seite eins.

Warum aber wurde ich dann, bei diesen Voraussetzungen, Schriftsteller? Nun, man hatte das von mir erwartet. Mein Vater war Schriftsteller, mein Großvater war es und so weiter. Außerdem war es die einzige Möglichkeit, länger bei einem Buch zu bleiben, indem ich es nicht las, sondern schrieb. So konnte mich kein Satz mehr in Brand setzen, denn der Satz war selbstgeschrieben und somit der Brand selbst.

Warum aber mußte es unbedingt eine Welt mit Buch sein? Tja, Erziehung, Bürgertum, der ganze Schmock. DAS GUTE BUCH. Auf der Spitze des Weihnachtsbaumes leuchtete kein Kristallstern, sondern der goldgerahmte Buchgutschein. Das hochgerüstete Abendland in seiner schlimmsten Ausformung wurde auf uns Kinder losgelassen. Zur Konfirmation mußte die Gesamtausgabe der Werke Shakespeares gefressen werden. Shakespeare! Das langweiligste Programm der Welt!

Ich geriet ins Grübeln. Sollte ich mich nicht besser von diesem Beruf losreißen? Irgendwann mußte ich ja doch wieder Nahrung zu mir nehmen, Geld verdienen, normal werden. Ich konnte mich als Tagelöhner versuchen, als verkappter Student. Tagelöhner konnte man ja nur noch als Student sein, in den Katakomben der sogenannten Studentischen Arbeitsvermittlung. Jeden Morgen lungerten dort dreihundert ausgemergelte Schattengewächse vor den Gefängnisschaltern, bekamen Nummern und nahmen an der Auslosung der ungefähr dreißig Tagesjobs teil. Lehrer waren darunter, Chemiker, Wissenschaftler, Theologen. Einmal erlebte ich, wie ein Dritte-Welt-Neger, ein Austauschstudent aus Ghana, aus Versehen in den Elendskeller geriet und entsetzt floh. Derlei Verwahrlosung kannte er in Ghana nicht.

Schrecklich. Da war ich lieber Schriftsteller und trank eine Tasse ›Krönung‹. Wunderbar.

Vielleicht sollte ich zum Hafen schlendern und mich auf einem Schiff anheuern lassen? Da bekam ich für Monate Geld und Brot, eine Kajüte und sozialen Anschluß. Ich konnte mich durchfüttern lassen, die Hungerödeme beseitigen, Speck auf die Rippen bekommen, zu Kräften kommen: und anschließend weitermachen, gestärkt und gestählt. Mein Dachmuseum lief mir nicht weg, das hatte die Welt vergessen, schon vor hundert Jahren, und meine ›Adler‹ war durch ihr Gewicht diebstahlgesichert. Die konnte nur durch alle Stockwerke und Grundmauern brechen, wie die Maschinen auf der gesunkenen ›Titanic‹.

Ich stellte mir tatsächlich vor, wie die ›Adler‹ durch morsches Holz segelte und auf weichen, mürben, zu Staub zerfallenen Planken landete, unten bei den Fässern im alten Ansgar-Keller. Mit einer Seilwinde würde ich sie wieder hochziehen und weiterschreiben.

Alles Unsinn. Wozu Matrose werden, wenn ich meinen Roman auch sofort schreiben konnte. Goethe hatte seine ›Wahlverwandtschaften‹ in wenigen fiebrigen Wochen hingeknallt. Eines Morgens wußte er: »Jetzt pack' ich's!« Das war alles, was mir noch fehlte zum Weltruhm. Aber ein kleiner Spaziergang zum Hafen tat mir sicher gut. Ich erhob mich.

Kaum stand ich auf meinen Füßen und blickte mich um, merkte ich, wie schlecht die Luft in dieser Dachstuhlregion war. Ein echtes Handikap, hier atmen zu müssen! Das ergab Staublunge, eine aufs Minimum gedrückte Sauerstoffzufuhr, gepaart mit Ideenarmut und Gehirnschlappheit. Nichts wie weg.

Die Hose, viel zu weit geworden, rutschte. Leider hatte ich nur die eine. Ich drückte die quietschende, gänzlich ungeölte Türklinke nach unten, behutsam, damit nicht die Tür mitsamt den Scharnieren aus dem zerbröselnden Rahmen fiel. Im Treppenhaus war es dunkel und etwas kühler.

Die Stufen knackten und krachten dramatisch wie immer. Ein elastischer Sechszylindermotor von Opel schnupperte in die Hausöffnung. Mich duckend, da die Mittelalterhanseaten um Köpfe kleiner waren als ich, kraxelte ich nach unten und sprang, an den alten Mülltonnen und Wassereimern vorbei, in den Tag.

Eine schöne Hamburgerin kam mir entgegen, eine von mindestens 250000, schlank, blond, stolz, erhobenen Hauptes. Ich richtete meinen Körper so weit auf, wie ich konnte, um ihrer Haltung gerecht zu werden, um ihr etwas entgegenzusetzen, was natürlich schiefging. Niemand kann so stolz einherschreiten wie die schöne Hamburgerin. Wenn man sie angafft, sehen sie einem so brutal in die Augen, daß man vom Trottoir fliegt. Sie sind es gewohnt, daß sie so aussehen, wie sie aussehen. Denn mit ihnen sehen 249999 Hamburgerinnen so aus. Es gibt also keinen Grund zum Gaffen.

Schon kam die nächste. Genauso schön. Und immer diese weiten, blauen, ausgewaschenen, unprätentiösen, schikken, bescheidenen Bluejeans, in denen sie steckten. Diesmal gaffte ich schon weniger.

Ich kam an Autokolonnen vorbei, schleppte mich durch schwüle Stickoxyde, taumelte auf die Hafenkräne zu, die weithin sichtbar in den blauen Seehimmel ragten. Ich wohnte nicht weit vom Hafen entfernt.

Möwenschwärme stürzten hektisch durch die Luft. Eine noch nicht ausgewachsene Ente ruderte geschäftig quakend durchs Fleet. Ich wußte nicht, was sie hatte; eine andere Ente kam müde herangepaddelt, verstand es aber auch nicht. Die erste Ente quakte mit der Regelmäßigkeit einer Polizeisirene. Vorn lagen die kleinen Schiffe, hinten die großen.

Die Hafengeräusche, das Schmatzen der liegenden Barkassen, das Dieseltuckern, Klappern, Rufen und ferne

Tröten, machten mich müde. So weit das Auge reichte, nur Wasser, Schiffe, Kräne, Werften, überall ein vieltausendfaches Hämmern, Nageln und Rufen. Ich gähnte.

Vor mir lag das Tor zur Welt. Die Sonne spiegelte sich in den Wellen, glitzerte, funkelte, blendete. Die Luft war gut, endlich. Fast erfrischend, wenn auch noch weit entfernt von Kühle. Auf den Kaimauern lagen gußeiserne Anker herum, ausgemusterte Schiffsanker, als Sehenswürdigkeit für die Touristen. Es ging ein leichter Wind, der stärker wurde, je weiter man in die Hafenanlagen hineinkam. Oben auf den Schiffsmasten flatterten Fahnen, ebenso auf den Gebäuden am Ufer, ausnahmslos. Vom Wasser aus konnte man erkennen, daß das Ufer mit seinen Häusern darauf fast steil anstieg, was den Häusern etwas Imposantes gab, da sie auch noch so wacker geflaggt hatten.

Ich stand vor einem Frachter mit dem Namen ›Ingrid Thalmann‹. Er wirkte ausgesprochen alt, wurde aber gerade frisch gestrichen, was auf mich einen guten Eindruck machte. Über dem offensichtlich neuen Namen war noch ein alter, ehemaliger Schiffsname zu entziffern, da die Übermalfarbe abblätterte, ›Copégoro‹. Die Form des langgestreckten Kahns gefiel mir: Fünf Sechstel bestanden aus Frachtfläche, dafür hatte man im hinteren Teil mehrstöckige Häuser aufgerichtet. Ganz obendrauf befand sich eine Art Kommandobrücke, auf der ein weißgekleideter Mann stand, der mich ansah.

Auch ich sah hin. Es schien eine Subform von Käptn zu sein, mit Mütze auf, aber kleinwüchsig und nahezu verkrüppelt, also ohne Autorität. Er stemmte die Hände in seine Hüften, und da er mich nicht unfreundlich ansah, sprach ich ihn an. »Where are ya goin' to?«

Er antwortete in einem unbekannten Idiom, einer Mischung aus Englisch, Deutsch und Niederländisch.

»Wo dat hin geit? In sos Weeken sin wi in Madagaskar!«

»So so! Madagaskar!«

»Da geit dat erst mol rüber nach Afrika, do krieg wi Lodung for dat Mittelmeer, Stückgout, Maschinentele!«

Ich fragte das Männchen, ob genug Leute an Bord waren.

»Ick bruck noch Lüt!«

Ohne lange zu überlegen, gab ich an, ein kräftiger, arbeitsamer Matrose zu sein. Ob ich nicht anheuern könne?

»Morgen freu, clock negen, geit dat los.«

»Und was machen Sie in Madagaskar?«

»Wenn wi dor sind, gif dat neie Order.«

Das klang nicht schlecht. Wozu noch lange warten?

»Gut!«

Ich lief auf das zitternde Schiff und ließ mich einweisen. Der Boden unter meinen Fußen schwankte.

Aber am nächsten Tag war ich auf hoher See.

Nachwort

Als ich Joachim Lottmann Mitte der 80er Jahre zum ersten Mal – noch in Hamburg – besuchte, zeigt er mir als erstes sein gut gefülltes Bücherregal. Alle Bücher waren von ihm selbst verfaßt, getippt und handgebunden. Insgesamt Tausende von Seiten, ich schätze 40 bis 50 Bücher. In allen erzählt er auf seine unverwechselbare Weise – gehetzt, detailbesessen, meinungsbesessen, übertreibungsbeseelt, ohne den Willen zur Abstraktion oder zur Auslassung – die Ereignisse seines Lebens. Daneben stand ein weiteres Bücherregal, noch größer und voller Fotoalben. In diese Alben waren Zehntausende von Fotografien eingeklebt, die Joachim Lottmann Tag für Tag geschossen und mit Unterschriften versehen hatte: Der linke Kotflügel eines Volkswagens am Bordsteinrand. Eine leere Cola-Büchse, ein Hühnergericht im Wienerwald, ein Wahlplakat für die FDP in Düsseldorf.

Ich habe keinen Anhaltspunkt dafür, daß bei Joachim Lottmann nach der Veröffentlichung von »Mai, Juni, Juli« im Jahr 1987 der Ausstoß von neuen Büchern und Fotoalben nachgelassen hätte, ich schätze den Umfang seines literarischen Werks heute auf ca. 150 Bücher von jeweils ca. 300 Seiten, sein fotografisches Werk entsprechend umfangreicher. Die Manuskripte und Bücher (»Deutsche Einheit, 1995), die ich nach »Mai, Juni, Juli« und vor »Mai, Juni, Juli« gelesen habe, fallen literarisch gegenüber diesem Roman keinesfalls ab. Insbesondere erinnere ich mich an ein Buch über ca. 20 Psychotherapeuten, die der Erzähler-Ich in einer Lebenskrise nacheinander aufsucht, um sein Leiden zu lindern, und an einen Erfahrungsbericht, den Joachim Lottmann als Büromitarbeiter eines CSU-Bundestagsabgeordneten verfaßt hat und in dem die privaten und politischen Umtriebe selbigen CSU-Abgeordneten so dargestellt wurden, daß ich bereits einen unmißverständlichen anwaltlichen Warnanruf erhielt, bevor ich das Manuskript überhaupt zu Ende gelesen hatte.

Die entschlossene Serialität von Joachim Lottmanns Arbeit geht im übrigen weit über seine Romane hinaus: Parallel zu den Buchprojekten erschienen zahllose Erzählungen und Berichte in SPEX, DIE ZEIT bis zu BILD sowie im Internet, darüber hinaus schrieb er für andere und unter dem Namen anderer (z.B. für und als Martin Kippenberger). Aber auch »Mai, Juni, Juli« zeigt ja, daß bereits die Niederschrift *eines* Romans in *einem* Buch für den Autor eine Beengung darstellt, die sogleich durchbrochen wird, indem *in* diesem Roman zahlreiche weitere Romane erzählt werden.

Hier arbeitet ein Autor offensichtlich mit manischer Energie daran, die eingespielten Bedeutsamkeits-Hierarchien zu torpedieren und dem Leser den Eindruck zu vermitteln, er schwimme mit dem Autor gemeinsam im langen Fluß des alltäglichen Lebens, so wie es Moment für Moment einfach so passiert. Aber, weit gefehlt, auch dieser Eindruck ist nur ein Eindruck, und wie immer in solchen Fällen künstlerisch raffiniert hergestellt, wie etwa in den Filmen des großen Eric Rohmer, wo man ja auch glaubt, durch ein reales Schlüsselloch dem realen Leben realer Figuren beizuwohnen, egal, was sie gerade tun ... und dabei ist alles beste, wenn auch gut versteckte Konstruktionsarbeit.

Aber was für ein Erzähler-Ich konstruiert hier? Wer sortiert denn doch? Wer bewertet und analysiert? Es ist ein Ich, das einen höchst unterhaltsamen, mittlerweile historischen Aufstand probte: den Aufstand gegen eine leergelaufene Protestkultur der 68er, gegen wohlfeile Gesinnungsliteratur und gegen »Relevanz«, gegen müdes Engagement, billig gewordene Moral und selbstgerechte Revolutionsnostalgie.

Wir sind in der Mitte der 80er, wir sind in der Neuen Deutschen Welle und im Punk, wir sind in einem explodierenden Soziotop, das dieser Tage übrigens gerade selbst zum Museumsstück und zur Kulturgeschichte wird – siehe Jürgen Teipels 2001 erschienenes Erinnerungsbuch »Verschwende Deine Jugend«. In der Musik: Fehlfarben und DAF. In der Kunst: Die Neuen Wilden (Maler). Und in der Literatur: Rainald Goetz und Diedrich Diederichsen, Thomas Meinecke und Peter Glasers Anthologie »Rawums«, in dem nicht nur Schriftsteller und Journalisten, sondern auch Künstler und Musiker schreiben. In der Philosophie: Dekonstruktion, Simulation und Differenz. Joachim Lottmann ist in dieser Situation eine Art genialer Plünderer aller plötzlich wie von einem Wirbelsturm losgerissenen Ideen, Theoreme und Haltungen des abendländischen Denkens, an die angeblich niemand mehr glaubt, und der geniale Schwadroneur Klarczyk, der in »Mai, Juni, Juli« in jeder Bar lauert, die der Erzähler betritt, ist sein kongeniales Alter Ego.

Wichtig dabei: Alles, was »verboten« ist, wird erst einmal verbal maßlos durchexerziert, vom Schwulenhaß bis zum Nationalen Gedanken, von der Frauen- bis zur Ausländer- und Demokratieverachtung. Eine Art Amoklauf gegen alles politisch Korrekte, auch wenn es den Begriff noch gar nicht gab. »Um die Konversation nicht abreißen zu lassen, sagte ich, der Führer habe die falschen Berater gehabt und von vielem nichts gewußt« (S. 174). Viele, die das Buch damals lasen, gingen in die Falle und reagierten entweder mit Empörung (was dem Autor nicht mißfiel) oder mit ebenso falscher Lobpreisung für einen Schriftsteller, der hier nun angeblich in die berühmten Abgründe der menschlichen Natur blicke und das lange vermißte »Böse« eines George Bataille oder Ernst Jünger neu entdecke. Der versteckte Hinweis auf Celines »Reise ans Ende der Nacht« gegen

Ende des Romans ist daher eher eine Nebelkerze, denn der Pathos der Unmoral ist dem Erzähler dieses Buches ebenso fremd wie der Pathos der Moral. Schon eher ein Hinweis auf ein geheimes literarisches Vorbild ist die Erwähnung von Knut Hamsuns frühem Roman »Mysterien«, dessen Held Nagel eine ganz ähnliche Mischung aus Nihilismus, Lebensunfähigkeit und blitzhafter Genialität an den Tag legt wie Joachim Lottmanns reichlich orientierungsloser Erzähler. Die Frage wäre eher, ob man überhaupt von *einem* Erzähler sprechen kann – das Tempo der Meinungs- und Haltungswechsel und die bewußte Schludrigkeit der Handlungsführung geht an manchen Stellen bis zur bewußten Auflösung eines sinnstiftenden oder (er)lebenden Ichs. Selbst der dekadente Flaneur oder der geläufige Dandy der Kulturgeschichte – etwa als postmoderner Wiedergänger – ist nicht das letzte, geheime Selbstverständnis dieses kopfschmerzgeplagten, erfolglosen Schriftstellers, sondern auch nur eine weitere Variante durchspielbarer Posen. Deswegen: What makes him tick? Soweit erkennbar: nichts weiter als die Flucht vor der Langeweile. Die Sehnsucht nach dem »anderen«, dem Unvorhersehbaren, dem Überraschenden, der Pointe, die das Leben auffrischt. Und damit kommt nun sogar so etwas wie Tragik ins Spiel. Denn dieses Überraschende, Neue ist mit dem Ende der Moderne sicher überall dabei, sich zu verflüchtigen, aber auf keinen Fall ist es in der Welt zu finden, in der der arme Poet dieses Buchs es sucht: unter den anderen durchgeknallten Figuren der bundesdeutschen Subkultur dieser Zeit und in den amüsanten Bars und Clubs wie dem *Pink Champaign* in Köln oder dem *Subito* in Hamburg. Dieser geheime Vitalismus, die hier ganz unerfüllbare Sehnsucht nach wirklicher Bewegung, nach der unerwarteten Wendung erzeugen das hektische Tempo des Romans, das zwar das Tempo eines sich drehenden Hamsterrades ist, aber eines Hamsterrades, von dem man genauer und komischer kaum erzählen kann, als es Joachim Lottmann tut.

Entstanden ist das Buch – um hier auch ein Geheimnis zu verraten – im Köln des Jahres 1986 als Ergebnis einer Abmachung: Vorschuß plus Wohnrecht für drei Monate (Mai, Juni und Juli) in der Wohnung des damaligen Lektors Helge Malchow. Hinter den grotesken Verzerrungen, Übertreibungen und faustdicken Lügen, die bei Joachim Lottmann organischer Bestandteil des literarischen Prozesses sind, ist so auch eine schöne Schilderung der damaligen Kölner Szene um die Zeitschrift SPEX entstanden, auch des verzweifelten Ringens des Autors mit seinem Verlag über weitere Buchverträge, desgleichen eine Beschreibung der geistigen Situation einer neuen Generation – der letzten der alten Bundesrepublik –, die noch nicht ahnte, daß ein paar Jahre später ein solcher Roman gar nicht mehr denkbar gewesen wäre.

Trotzdem stellt sich die Frage nach geschichtlichen Verknüpfungen. Vielfach ist auf den Roman als eine Art Vorläufer von Christian Krachts »Faserland« hingewiesen worden. Desgleichen taucht er bei einigen Beobachtern als eine Art frühes Beispiel im Gelände der sogenannten Pop-Literatur auf. Aber von einigen formalen Gemeinsamkeiten abgesehen (das häufige, fast übergangslose Wechseln zwischen Literatur und Journalismus bei Joachim Lottmann wie bei Christian Kracht oder Benjamin von Stuckrad-Barre) sind die Unterschiede zwischen diesen und anderen Autoren viel zu groß, um hier plausible Zusammenhänge zu konstruieren. Der Begriff der Pop-Literatur etwa mit seinem pejorativen Unterton hat seinen Ursprung in Abgrenzungsbedürfnissen einzelner Feuilleton-Journalisten gegenüber massenkulturellen Themen, Medien und Erzählweisen, um dem gegenüber eine auratische Hochkultur (und die eigene Zuständigkeiten) zu verteidigen.

In einem viel allgemeineren Sinne aber stehen eine Reihe von Büchern der 80er Jahre am Anfang einer kleinen literarischen Revolution, die in ihrer Tragweite noch nicht erkannt worden ist. Zu diesen Büchern gehören neben Joachim Lottmanns Roman Bücher wie Diedrich Diedrichsens »Sexbeat«, Rainald Goetz' »Irre«, Peter Glasers »Schönheit in Waffen«, Thomas Meineckes Texte aus der Zeitschrift »Mode und Verzweiflung«, die die unterschiedlichsten Auswirkungen gehabt haben, sich in vielem extrem unterschieden, die aber eines gemeinsam hatten: Die Entdeckung der Massenkultur und der Massenmedien samt ihrer Techniken als Gegenstand der Literatur *und* die Untersuchung der *Auswirkungen* dieser Phänomene auf die Themen, Techniken und Vermarktungen des literarischen Schreibens selbst. Die Mutation kultureller Inhalte etwa zu Versatzstücken einer ökonomischen angetriebenen Spektakel- und »Erlebnis«-Kultur, deren Gesetzmäßigkeiten man ungewollt oder gewollt als Autor immer auch schon ausgesetzt ist – dies kann man kaum besser als in »Mai Juni Juli« studieren, wo diese Entwicklung als Groteske vorgeführt wird, inklusive der prekären Ambivalenz von Subkultur und Modeverwertung, einem geheimen Motor unserer Zivilisation.

Die zahlreichen Arten der literarischen Intervention auf diese neuen Realitäten, auf die Allgegenwart des Fernsehens etwa oder des Internet, sind seitdem so unterschiedlich wie die Autoren selbst und reichen von Romantisierungen bis zu raffinierten Unterwanderungen, von der Veränderung der Darstellungs- und Wahrnehmungstechniken bis zu Übertrumpfungen oder auch bewußten Verweigerungen. Insofern begann mit Joachim Lottmann und anderen Mitte der 80iger Jahre eine Entwicklungslinie (ein Vorgänger war

Rolf-Dieter Brinkmann), die eine interessante Parallele zu einer Reihe von amerikanischen und englischen Autoren und Büchern darstellt: Jay McInnery, Tama Janovitz, B. E. Ellis, Irvine Welsh, David Foster Wallace, Dave Eggers, Nick Hornby, um nur einige Beispiele zu nennen. Und so betrachtet war »Mai, Juni, Juli« auch schon 1987 nicht das fremde Tier, als das es manchem damaligen Leser in Deutschland erschien.

Helge Malchow, Januar 2003